COVER　東京駅おもてうら交番・堀北恵平

内藤 了

角川ホラー文庫
21775

目次

プロローグ　六
第一章　刑事課研修　二六
第二章　AV女優猟奇的殺人事件　六五
第三章　Genital area マーケット　一〇三
第四章　東京駅うら交番　一三九
第五章　バストマニア　一六〇
第六章　第三の殺人　二〇三
第七章　名探偵メリーさん　二四七
第八章　COVER　二七〇
エピローグ　三四一

【主な登場人物】

堀北恵平《ほりきたけっぺい》　警察学校初任科課程を修了し、丸《まる》の内西《うちにし》署で研修中の『警察官の卵』。長野出身。

平野腎臓《ひらのじんぞう》　丸の内西署組織犯罪対策課の駆け出し刑事。

桃田　亘《ももたわたる》　丸の内西署の鑑識官。愛称〝ピーチ〟。

ペイさん　東京駅丸の内北口そばで七十年近く靴磨きを続ける職人。

ダミさん　呉服橋《ごふくばし》ガード下の焼き鳥屋『ダミちゃん』の大将。

メリーさん　東京駅を寝床にするおばあさんホームレス。

柏村敏夫《かしむらとしお》　『東京駅うら交番』のお巡りさん。

――生首には頭髪がありませんでした。
上唇や顎《あご》の肉も剝《は》げ落ちて、そりゃ惨《むご》いものでした。
今もほら、あれのさまよう姿が視えるようです――

プロローグ

二月初旬。比較的うららかな日を狙って、初老の男がひとりで河原を歩いていた。ゴロタ石の多い川辺には、流れが岩を打つ音がひっきりなしに響いている。背の高いサギが中州に立って獲物を待ち、どこかでまた魚が跳ねた。

喰《く》いは悪いが、こんな季節でも釣り糸を垂れさえすればウグイやオイカワが釣れるものだ。それに、釣果がなくても水音を聞きながら糸を垂れる時間は格別だ。男がお気に入りのタボ釣り岩へ来てみると、周囲には、見慣れぬゴミが散乱していた。河原にゴミが流れ着くことはあるが、それらは折れた枝や、瀬戸物の欠片《かけら》や、ウキや釣り糸などの見慣れたものがほとんどだ。

「なーんで……こんなところに……」

男はその場に足を止め、奇妙なゴミの数々を見た。

水際に小型の柳行李《やなぎごうり》がひとつ。蓋《ふた》が開いて、薄紅色のちり紙の束が濡《ぬ》れている。脇にヘアピンが散乱し、レンズの割れたメガネと、奥に紳士用の帽子が転がっていた。竿《さお》と魚籠《びく》を足下に置き、柳行李をつまんでみれば、ヘアピンに絡んだ髪の毛が糸を引くように伸びてきて、なんとなく厭《いや》な気持ちになった。川縁《かわべり》をゆく風が帽子を転がし、タボ釣り岩の窪地《くぼち》で止まる。

その場所に、漬物石くらいの大きさの何かが見えた。

男は腰を屈《かが》めて目をこらす。

窪地は岩の陰なので薄暗い。近くへ寄ればいいものを、不用意に近づくのは憚《はばか》られた。それほどに、通い慣れた釣り場の気配が尖《とが》っている。なにか、とてつもないものを見つけたのではないかという緊迫感。マズいぞという不穏な予感。彼は頭《こうべ》を巡らせて、誰かいないかと見渡した。が、置物のように立つサギのほかに影はない。

「はあぁ……」

それは諦《あきら》めにも似たため息だった。

瞬《まばた》きしながら見上げると、冬の空は冴《さ》え冴《ざ》えと青く、頭上に輪を描くトンビが見えた。そうしてから視線を戻すと、さっきよりも少しだけ冷静にそれを見ることができた。

いいや、わかっていたのだ。窪地にあるのが肉塊だということは。鹿か、イノシシか、もしくは狢《むじな》か犬か猫。いずれにしても獣の肉と思われる。毛皮がないので判断できないが、丸い形の肉塊が窪地に捨ててあるのだった。

わざわざ確認する義務などないぞ。釣りをやめて帰ればよいのだ。男は自分に言い聞かせたが、そう思いつつも好奇心で気持ちが逸《はや》った。柳行李を放り出し、岩場の陰に近づいてゆく。

恐れたのは、肉塊の周囲に凄惨《せいさん》な血の跡を見ることだった。けれど河原の石は汚れておらず、無残な殺戮《さつりく》の痕跡《こんせき》はない。そのかわり、くるんと剝《む》かれて転がっている肉の下には、束になった黒髪が長々と乱れているのであった。斬り口が錆色《さびいろ》になった肉の間に、真っ白な骨が一本突き出している。

ピイイーッ、ヨー、ヒョロロローッ。

はるか高みでトンビが鳴いた。そうしてなぜかそのとたん、男は肉の塊が、どういういわれのものかを理解した。肉塊には鼻があり、うっすらと口を開けていた。眼球があるべき場所は空洞で、両耳も頭皮も顔の皮もなく、ただ頭蓋骨《とうがいこつ》に肉が付いたという体で窪地にうち捨てられている。

驚きのあまり尻もちをつき、あとはもう、ときおり四《よ》つん這《ば》いになりながら夢中で駆けた。ようやく悲鳴を上げたのは土手にたどり着いてからで、男は狂ったように泣き叫びながら、通りすがりの人を捕まえ、警察を呼んで欲しいと訴えた。

タボ釣り岩に生首がある。皮を剝《は》がれているのだと。

刑事柏村敏夫《かしむらとしお》は三十七歳。このときは、東京市外亀戸《とうきょうしそとかめいど》警察署に勤務していた。殺人事件の捜査協力要請がもたらされたのは二月の中旬。申し出は名古屋《なごや》の刑事からで、家事手伝いをしていた八百屋の娘（十九歳）が殺害された事件であった。

「既にお聞き及びと思いますが」

テーブルがひとつ、安っぽいソファを対面にふたつ置いただけの応接コーナーで、五十がらみの刑事が膝《ひざ》を乗り出す。

柏村は、『お聞き及び』といわれる事件を思い描いてこう言った。

「帝国旭新聞社《ていこくあさひ》が『悪鬼も顔を背ける奇っ怪な事件』とタイトルにしたほどの惨状だったそうですね」

辰野《たつの》という年配の刑事は出がらしのお茶を飲んで頷《うなず》いた。

「あんな現場を見たのは初めてで……今後も二度と見ることたぁないでしょう」

「そんなにですか」

体をわずか前へ倒して、柏村は辰野の顔を覗《のぞ》き込む。辰野は茶碗《ちゃわん》をテーブルに置くと、背広の懐から数枚の写真を出して、そのうちの一枚を手に持った。

「悪鬼どころか悪魔でも、こげな所業はできますまい」

そう言って写真を差し出したので、柏村は手刀を切って受け取った。肌理《きめ》の粗い白黒写真は、現場の惨状を余計に生々しく伝えてくる。

「……これは……納屋かどこかですか？」

「鶏糞小屋《けいふんごや》だそうですわ。その家の息子が、たまたま農機具を取りに入って、盛り上がった菰《こも》を見つけて、何だろうと開けてみたところ……」

辰野は別の写真をテーブルに置いた。

「ああ……こりゃあ……さぞかし肝を冷やしたことでしょう」

写真に撮られた惨状に、柏村は息を呑《の》む。

菰の下にあったのは、かろうじて着物を巻き付けただけの女であった。ハの字に乱れた着物の裾《すそ》から肉付きのいい両脚が突き出して、その真ん中を、蛇のように内臓が伸びている。解《ほど》かれた帯が脇腹の横に丸まって、むき出しの上半身は血まみれだ。広げた両腕は雨を受けるように上向いているが、肩から上にあるべきはずの首がない。

「酷《ひど》いな……」

柏村は口を覆った。

「出刃包丁が二本、遺体のそばに落っこってましたわ。被害者は、頭部、両方の胸とへそ、あと、あそこが持ち去られとりました」

「まだ若い娘さんだと聞きましたが」

二枚の写真を辰野に返すと、彼は別の一枚を柏村に渡した。

眉《まゆ》の濃い、キリリとした顔つきの娘である。右頬に大きな泣きぼくろがあって、まとめ髪に簪《かんざし》を挿し、流行の銘仙を着こなしている。

「齢《よわい》十九の倉田《くらた》マツエといいまして、町の八百屋の次女ですわ。父親はなく、店は母親が切り盛りしてます。チャキチャキした男勝りの娘だったようで、八百屋を手伝う傍らに、母親が裁縫を習いに通わせてました」

辰野はまた別の写真を柏村に見せた。菓子の空き箱に詰め込んだ手紙の束だ。重なる封筒や葉書には、差出人倉田マツエの文字がある。宛名《あてな》は男性で、住所は東京市の外亀戸町だった。だから名古屋の刑事が柏村の署を訪ねて来たのだ。

「鶏糞小屋の裏にドブがあって、そこへ風呂敷《ふろしき》包みごとほっぽり捨ててありました。他には革靴一足と、血を拭《ふ》き取ったとおぼしきメリヤスのシャツが一枚。ヘアピンが数本。ほか、遺体の上に数珠《じゅず》が置かれてありましたがね」

こんなむごい真似をしておいて、数珠もなかろうと辰野は付け足す。

「この手紙はなんです？」

借金の無心か何かだろうが、それにしてもおびただしい数である。

「被害者が男と交わした書簡です」

人差し指の先で眉毛《まゆげ》を掻《か》きながら、辰野は続けた。

「宛名の岩渕宗佑《いわぶちそうすけ》てえのは、マツエが裁縫を習ってたサトって女の亭主でしてね、四十三になるそうです。元々は東京の和菓子職人で、結婚して子供も二人いたのが、サトと出会って家を捨て、名古屋まで流れてきたようですわ。宗佑は饅頭《まんじゆう》工場で働いて、サトが裁縫で家計を助けていたようで」

「それが、裁縫を習いに来ていた娘に手を出したんですか？」

辰野は人差し指で鼻の下をこすった。

「や、いや。浮気したというのとは、ちっとばかり事情が違います……そのサトですが、風邪をこじらせたのがもとで、昨年の秋に死んでましてね。サトの病院の付き添いや宗佑のメシの支度など、かいがいしく世話をやいていたのがマツエです。元来面倒見のいい、姉御肌の娘だったようですが、そうこうするうち宗佑がマツエを好いたのか、そのあたりはこれからということになりますけども。サト亡き後、宗佑は再び東京へ舞い戻り、マツエとは頻繁に書簡を交わしていたようで……手紙を読むとわかりますがね、仕事に身の入らない宗佑に、『そんなことでは到底身を任せることが出来ないので、どうか真面目に仕事をしてください』などと叱咤《しった》しておるのです。もはやマツエのほうが母親のような口ぶりで、直近のやりとりを見ると、直接会って話をしようとしていたようで、マツエのほうから仕事終わりの時間や、独りになれる場所、頻繁に通る道などを詳しく書いて送っています。宗佑は事件の数日前に東京を出て名古屋の安宿に逗留《とうりゅう》し、事件前日に突然マツエを訪ねとります。マツエは家族に内緒で家を出て、それきり戻ってこなかった。どう見ても宗佑が犯人で間違いないでしょう。マツエの母親は、宗佑が強引に関係を迫って、断られたために娘を殺したと言っとりますがね？　清い体だったかどうかは怪しいもんだと思います」

「親子ほど年の違う二人が、ですか？」

「まあそこが……マツエはもともと父親を知らずに育ったわけで、宗佑に父親の面影を重ねていたのかわかりませんがね。そういうところが男と女の、一筋縄じゃぁいかないところですわなあ」

次に辰野が出したのは、宗佑とおぼしき男の写真であった。

犯行現場の凄惨《せいさん》さから、どれほど凶悪な男だろうかと思っていたが、意外にも宗佑は華奢《きゃしゃ》な風貌《ふうぼう》で、虫も殺さぬ顔をしていた。

「これが岩渕宗佑ですか？」

「写真は饅頭工場で働いていた頃のものですが、見た目は今もさほど変わっとらんという話です。年は四十三ですが、三十前後に見えなくもない。あっちでは、その写真をそこいら中に貼り出して行方を追っとるんですが……」

柏村もまた冷め切った茶をゴクゴク飲んだ。辰野は柏村が茶を飲み終えるのをじっと待ち、申し訳なさげにその先を続ける。

「それと……これはまだ……あまりのことに報道を伏せておるのですがね」

この上まだ何かあるのかと柏村は思い、図らずも大きなため息が出た。

辰野は小鼻の脇に皺《しわ》を作って、笑うか笑わないかの表情をした。

「こんなカストリ事件発覚の三日後に、鶏糞小屋から一キロほど離れた川で、今度は皮を剝《は》がれた生首が見つかっておるのです」

「かわ……を……」

続く言葉が出なかった。おそらく絶望的な表情をしていたのだろう、辰野は同情するような目を柏村に向けて、頷《うなず》いた。そうしておいてこの刑事は、最後の写真を差し出してくる。柏村は飲んだばかりの茶を吐きそうになった。

「まあ見事に皮を剝いで、そればかりか、耳も両目も持ち去っておるのです」

説明なんかしてくれずとも写真を見ればわかると、胸の中で吐き捨てる。柏村は、これほどまでに醜怪な遺体を見たことがなかった。

「皮膚に残されていたほくろの跡から、マツエの首だと判断しました」

「犯人はなぜこんなことを」

「さあそれは……」

言いながら腕を伸ばして、辰野はそそくさと生首の写真を引き上げる。柏村はしばし目を閉じて、自分を落ち着かせなければならなかった。これほどの凶悪犯が未《いま》だ野放しになっているとは、どういうことか。

「それで、宗佑がこっちへ戻っていないか調べて欲しいというんですね？」

「ご明察です」

間延びして見えるほど長い顔で辰野は笑う。

「あちらじゃ総出で捜しとりますが、神隠しに遭ったみたいに、汽車に乗った気配も旅館に泊まった形跡もない。こんなとんでもないことをしでかした野郎が、どこに潜んでいるかわからないんじゃ、名古屋中が戦々恐々としとるんですわ」

「宗佑はこちらに知り合いが？」

訊《き》くと辰野はメモ用紙を出してテーブルに置き、書かれた文字を指さした。

「ヤツが和菓子職人の修業をしてたのが外亀戸町のこの店で、当時の親方がまだ店を切り盛りしとるということですわ。その後、結婚してから小さな饅頭屋を開いたのが浅草《あさくさ》で、震災で焼け出されるまでの五年ほど、そちらで店をやっていました」

柏村は辰野の指先をじっと見つめた。

「東京に宗佑の身よりは？」

「捨てた女房と子供がいるかもしれませんが、名前しかわかりません」

柏村は三つ並んだ名前を指す。

「宗佑自身は群馬の生まれで、母親の本籍は群馬にあります。母親には最初の夫との間に三人の子供があって、子供らは今も高崎《たかさき》に住んどりますが、宗佑は兄姉とは別の胤《たね》でして、戸籍に届けられたのも十二歳になってからでした。一応、高崎の警察署にも応援を頼んでありますが、兄姉ではなく、昔の知り合いを頼って東京へ戻っているということも、十分に考えられますからな」

「なるほどね」

柏村は辰野のメモ用紙を捜査手帳に挟んだが、頭の中では彼に返した死体の写真が、生々しく色を持って渦巻いていた。

若い娘にこれほどのことをしでかす男は何者だろう。凄惨な鬼の所業は、あの優男のいかなる場所から発現し、何を求めた故なのだろう。あまりに酷《ひど》い情景は柏村の瞼《まぶた》に貼り付いてしまい、何度瞬《まばた》きしても消えようとしない。それどころか、イメージばかりがさらに膨らみ、生臭さが鼻に粘り付いてくるようだった。

「わかりました。とにかく宗佑が住んでいたあたりを探ってみましょう。何かわかったら連絡します」

よろしくお願いしますと頭を下げて、辰野は部屋を出ていった。

柏村は強く息を吐き、ムカムカと胃に蟠《わだかま》る不快な感じを追い出そうとしてみたが、気分は一向によくならなかった。

ひと月近くが経過しても、新聞は連日『陰獣岩渕』の悪行を書き立て、日が暮れてから出歩く婦人の姿が見られなくなるほどだった。宗佑は民家に忍び込んで盗み食いをしたり、はては信州の山村にまで出没して鶏や野菜を盗んだなどと噂が立ったが、いずれの現場でも身柄確保には至らなかった。

辰野の依頼を受けた柏村は、宗佑の立ち回りそうな場所を探し続けた。

宗佑が修業していた外亀戸町の和菓子店でも話を聞いた。

宗佑はどちらかというと気の弱い、生真面目な質《たち》の男であるから、若い娘を惨殺したことを含め、人様の家に盗みに入ったり、誰彼かまわず危害を加えるようなことは想像がつかないと親方は言う。

「宗ちゃんはさ、最初の奥さんとは見合いでさ、子供も二人こさえてさ、浅草に饅頭《まんじゅう》屋を開いて、その頃は真面目にやっていたんだけどね」

裏口に出てきた親方は、手についた上新粉を手ぬぐいで払って空を見た。

「やっぱりさ……あれだよな。震災で焼け出されたどさくさに、サトって女と出会ってさ……魔が差したというか、それで人生が狂ったのかねえ。あの女も子持ちでさ、しかも随分年上だった。それが、互いの家族をうっちゃって、こっから逃げて行ったんだから、人ってぇのはわからないね。だから、今さらうちへ逃げ戻ってくるとは思えないよ。宗ちゃんを迎えてくれる人なんか、近所には一人もいないんだから」

最初の女房や子供の行方を、親方は知らないと言う。

柏村は、宗佑の胤違いの姉を訪ねて高崎まで行ったが、反応は冷たいものだった。

「おれが何か悪いから、刑事さんはそうやっておれを責めなさるんかね」

狭くて汚い玄関で、宗佑の姉は柏村を睨《にら》んだ。ラクダ色の肌着に羽織った木綿の水屋着は襟が垢《あか》で黒光りして、白髪をまとめた生え際に膏薬《こうやく》を四つも貼っていた。

「あれを生んだのは母親の勝手で、生きて生まれてきたものを殺すわけにもいかんから、食い物を分けてやりましたけどね、今となったら、あのまま放っておけばよかったですよ。陰獣だなんて……おれが姉だと世間に知れて、ここにおられんようになったら、あんた、どうしてくれますか？　宗坊は来やしません。おれとあれとは、ろくでもない母親から生まれたってだけの縁なんだから」

けんもほろろにあしらわれて姉の家を出ると、玄関先に近所の女衆が集まって聞き耳を立てていた。このあたりで見慣れない柏村が、どんな用で訪ねて来たかと興味津々のようである。宗佑の姉に迷惑がかからぬよう、柏村は女たちに礼儀正しく頭を下げて、来た時とは別の方向へ歩いて去った。

父親を知らなかったマツエは、その面影を宗佑に重ねたのではないかと辰野は言ったが、宗佑もまた、肉親とは縁の薄い人生を送ってきたようだ。嫌悪感を丸出しにした姉の表情を思い出し、柏村はやりきれなくなって頭を掻《か》いた。

どこかの家の庭先で、ほんのりと梅が香っていた。

残念ながら宗佑の足取りは一向に追うことができないと、報告書をまとめているとき、電話がかかった。手にしたエンピツを耳に挟んで、柏村は受話器を握る。

「柏村です」

名乗ると相手は軽い調子で、「やあどうも」と言った。

「どうもお世話になっとりますなあ。こちら、名古屋の辰野です」

そして辰野は、マツエの生首が捨てられていた場所からそう遠くない小屋で、またしても奇妙な死体が出たのだと言った。

立ち枯れた葦《あし》や灌木《かんぼく》で枯れ葉色になった景色の中を、蕩々《とうとう》と木曾川《きそがわ》が流れていく。川のほとりに犬山橋《いぬやまばし》と呼ばれる橋があり、そのたもとには、鵜匠《うしょう》が川鵜に鮎《あゆ》などを捕らせる『木曾川鵜飼』の発着場所があるという。鵜飼のシーズンは五月頃からで、この時期はまだ屋形船もかけ茶屋小屋も閉まっているが、変死体は無人の茶屋小屋の中で見つかったのだと辰野は言った。

「コロシですか。まさかそれも宗佑が？」

聞くと辰野はまったく別のことを言う。

「橋の近くに自転車を修理する店がありまして、そこに三つになる坊主と、親たちと、婆さんが住んどります」

「はあ」

話の真意がわからずに、柏村は曖昧《あいまい》な相づちを打つ。

「始まりは、坊主の親が通報してきたことだったんですわ」

柏村の前には雑然と散らかった捜査員の机や、その奥で新聞を読む刑事課長の姿がある。目を転じれば、榊《さかき》をあげた神棚や、壁に貼られたスローガンが見える。雑然とした部屋で電話をすれば、蕩々と流れる木曾川のイメージなどは湧きようもない。

「それで？　奇妙な遺体というのはなんですか？」

再び猟奇事件が起きたのか、柏村はそこが知りたかった。

「話はまあ、ここからですよ」

じらすかのように辰野は笑う。

「長年刑事をやっとりますと、たまさかこんな事件に遭遇しますわ。その坊が、ちょうどひと月ほど前から、妙なことを口走るようになったって話です」

「妙なことと言いますと」

「姉ちゃんが来ると言って怯《おび》えるそうで。誰もいない場所を指さして、ほらまた姉ちゃんが来た。赤いべべ着た姉ちゃんだ。髪のながーい姉ちゃんだ。そこに来た、また来たぞ、かかさんは見えぬか。婆さんはどうじゃとうるさく騒ぐ」

「はあ……」

「あんまりしつこく騒ぐんで、親たちも心配になってきて、もしや本当に怪しい者が近所に潜《ひそ》んでいるのじゃなかろうかと、犬山橋の駐在所へ相談に来たというわけで」

「それで?」

急《せ》かすと今度は、辰野が真抜けた声で「はあ」と返した。

「それでさっき駐在から電話をもらって、現場に駆けつけたってわけですが、驚いたことに、休業中のかけ茶屋小屋に首吊《くびつ》り死体がぶら下がっておりました。自転車屋の坊主が言うように、長い髪で緋《ひ》襦袢《じゅばん》を着た……」

不本意ながらゾッとした。

「子供は幽霊を見たってことですか」

「そういうことになりましょう。ガックリ首を折りまして、赤いべべ着てぶら下がっていたわけですからな。ところがですよ? 下ろしてみたら、これが女ではありませんでした。いま調べておる最中ですが、あれは岩渕宗佑だと思います」

「え?」

柏村は眉《まゆ》をひそめた。

辰野はわずかに間を開けて、うむぅ……と小さく唸《うな》って返した。

「さあそこです。柏村さんには世話になったんでお話ししますが、首つり死体は、人間の頭の皮をすっぽり被《かぶ》っておりました。おそらくマツエのものでしょう。髪の長さは一メートルほど、まだ片耳がくっついておりまして、もう片方の耳は、目玉と一緒にお守り袋に入れて、内ポケットにありました。マツエの生首から奪われたものが、全部揃ったちうことですな。赤い襦袢もマツエのもので、それを着て、マツエの皮を被って、首をくっておったのです。腐敗の状況などを見ますと、事件後まもなく死んだものと思われます」

「でも、民家に忍び込んで飯を食ったとか、信州で宗佑を見たというのは」

「デマですな。間違いなく死後ひと月程度は経っとりますんで。あと、マツエから奪った乳房やアレは小屋の電気式冷蔵器にしまってありました。冬場は電気を止めてますんでカビだらけですが。尤《もっと》も、全部ではなく一部が欠損してまして、それは」

喰《く》っちまったんでしょう、と辰野は言った。柏村は吐きそうになって口を押さえた。

「じゃあ、ヤツが逃げおおせているというのは」

「デマ。全部デマですわ。死人が飯を食ったり、鶏を盗んだりできません」

明日には新聞が大騒ぎでしょうと辰野は笑う。

「でも、それも妙な話じゃないですか。宗佑の捜索は、名古屋全域で進めていたはずでしょう？　なのに、現場からそう遠くない場所で死んでいた？　どうしてそんなことになったんです」

「面目ない。それにはこんなわけがありまして」

辰野は仕切り直すかのように言葉を切った。

おそらく煙草に火をつけて、煙をたらふく肺に入れたのだ。

「陰獣宗佑の記事が新聞に載って、かけ茶屋小屋の主人がそれを読み、万が一にも、そげな野郎に忍び込まれちゃ堪《たま》らんと、慌てて戸締まりしたそうですわ。木戸をおもてから釘《くぎ》で打ち付けたんです。中は確かめなんだということです。もちろん駐在所のおまわりも小屋を確認しましたが、おもてから釘が打ち付けてあったので、これじゃ侵入できんじゃろうと、見過ごしたっちうわけですわ。まさか、その時にはもう、中で首を吊っとったなんて思いもしません……いや、大変お手間を取らせました」

名古屋に来ることがあれば礼をしますよと辰野は言って、電話を切った。

木曾川の光景は想像できなかった柏村だが、梁《はり》にぶら下がる異形の死体や、犯人が被害者から奪ったおぞましい部位や、それらが腐りかけて異臭を放つ様子などは、ありありと脳裏に浮かんだ。こういう事件は、いっそ現場に立ってしまったほうがダメージが少ない。どれほどにおぞましかろうと、目の当たりにすれば真実を認めるしかないのだし、真実を認めてしまえば、あとは捜査をするだけだ。

「なんだ？　名古屋の事件に進展か？」

新聞から顔を上げて課長が聞いたが、すぐには返答出来なかった。

暗く湿った小屋の中。マツエの皮を被って襦袢をまとい、梁からぶら下がった宗佑や、冷蔵器にしまわれていたという部位。若く美しかった被害者マツエと、童顔で優男だった犯人の宗佑。そして、宗佑への嫌悪を隠しもしなかった姉の顔。凄惨《せいさん》な事件現場の白黒写真や襦袢の緋色が、生唾《なまつば》と一緒に胸を上がったり下がったりして、課長の問いに答える代わりに、柏村はトイレへ走っていた。

第一章　刑事課研修

風に朽葉《くちば》の匂いが混じる。

夜明け前の都会は暗く、肺の奥までしみ通るほど空気が鋭く冷たくなった。今頃は故郷の山々も錦《にしき》に染まっているだろう。濃紺の空と吹く風に信州の晩秋を思い出す。

この季節、周囲を山々に囲まれた長野市では、冬が下って来るのが見えた。空に一番近いのが北アルプスで、日の出頃は冠雪がバラ色に染まり、その下の山は紅葉し、里の木々はまだ緑だった。白雪と紅葉と緑が織りなすコントラストは三段紅葉と呼ばれて、カメラを抱えた人々が多く訪れる季節でもあった。

コンクリートとガラスに囲まれた都会にいると、季節を知るのは道行く人のファッションで、日本はけっこう広いんだなあと思ったりする。

「あー……っ」

と大きく背伸びして、それからビシッと姿勢を正し、腰を折って、頭を下げた。

「本日も無事に勤務を終えられますように」

先にあるのは重厚な駅舎だ。日が昇る前。赤煉瓦《あかれんが》造りの駅舎は黒々として、明け染めの空に台形の屋根と、天辺に取り付けられたロートアイアンが浮き上がる。オレンジ色の照明が、花崗岩《かこうがん》と赤煉瓦で飾られたルネサンス風の建物を薄ぼんやりと映し出す。

ここは東京駅丸《まる》の内《うち》駅前広場。行幸《みゆき》通りへまっすぐ延びる白い敷石の上である。まだ人通りがない午前五時四十五分。出勤前の時間を使って、彼女は駅舎の前に立つ。

堀北恵平《ほりきたけっぺい》は二十二歳。警察学校初任科課程を修了後、丸《まる》の内西《うちにし》署で研修中の『警察官の卵』である。先月までは管轄区内の『東京駅おもて交番』で地域課研修を受けていた。立番《りつばん》でする道案内のために早起きして周辺の地理を覚え、最後は必ずここに立って、駅舎に頭を下げていた。

地域課研修が終わっても、その習慣は変わらない。

なぜなら恵平は『東京駅』に惚《ほ》れたのだ。

駅は一世紀以上もこの場所から街の変遷を見続けている。駅舎や駅前広場は保存整備を終了したが、内部には今も建築当初の遺構が残されている。この駅を行き来した人々の歴史や息吹《いぶき》がそのまま封印されているようで、それがこの駅の一番の魅力だと思う。ここから駅舎に挨拶《あいさつ》するとき、恵平は、警察官としての第一歩が東京駅おもて交番であったことを誇れる警察官になろうと誓う。

行幸通りの先にある皇居の森は薄闇に溶け、丸の内北口に椅子と道具箱だけの靴磨き店を出すペイさんもまだいない。空は次第に明るくなって、ロートアイアンが白く透け、屋根飾りがくっきりと空に立つ。暁に浮かび上がる美しい駅舎を心ゆくまで眺めてから、恵平は駆け足で駅前広場を出ていった。

秋になり、東京駅おもて交番で二ヶ月間の地域課研修を終えた恵平は、刑事課研修に異動していた。今日は刑事課鑑識係の講習があり、他の所轄で研修中の仲間と共に、先輩鑑識官のレクチャーを受ける予定だ。

交番勤務の制服から現場鑑識《げんじょうかんしき》活動服に替えて寮を出る。たくさんのポケットがある鑑識の活動服は、交番勤務の装備に比べて随分軽い。交番勤務では拳銃《けんじゅう》のほか無線機や警笛などを携帯するので装備が重く、拳銃を貸与される責任とプレッシャーは相当なものだった。下世話な話、お巡りさんの研修中はトイレへ行くことすらままならなかった。男女平等とはいえ、生物学的身体的男女差は如何《いかん》ともし難く、巡回中にもよおしても交番へ戻るまで我慢するほかないのである。女性が用を足そうと思ったら、いちいち装備を外さなければならず、その隙に襲われて拳銃を奪われたら一大事である。拳銃の貸与は制圧力を得る特権ではなく、凶器を奪われる可能性と常に向き合うことだ。恵平は水分を控えることでトイレ問題を乗り切ったけれど、現実を知らなければわからないことはとても多くて、身を以《もっ》て交番勤務の女性警察官が膀胱炎《ぼうこうえん》を患う理由を知った。

研修中の丸の内西署は煉瓦駅舎の裏側にある。

交番研修中は先輩たちの出勤前に地域課のブースを掃除していたのだが、刑事課研修になったので、掃除するべきエリアは二倍に増えた。もちろんこれは恵平だけでなく、また、男も女も関係なく、下っ端警察官の仕事である。

エントランスを通って刑事課へ行くと、応接セットの三人掛けソファに大の字になって、男の人が眠っていた。スーツの上着を掛け布団代わりに、顔に昨日の夕刊を載せ、片足は靴を履いたままソファの肘掛《ひじか》けに、もう片足は床に置き、左腕はお腹に、右腕はダランとソファから下がっている。

デスクには生活安全課の刑事がもう一人いて、眠そうに目をこすっていた。

「おはようございます」

小さい声で挨拶すると、生活安全課の刑事も「おはよう」と言う。

「なんだ、今度は鑑識研修か」

小指で耳をほじりながら訊《き》くので、「そうです」と答えた。

「お掃除しようと思って来たんですけど……」

ソファの人物を見下ろすと、

「平野《ひらの》だよ。ゆうべは一緒に当番勤務」

と、刑事は言った。

当番勤務とは連絡係として署に残る夜勤のことだ。

なるほど、言われてみれば平野かもしれない。スーツは細身で脚が長く、着ているものは薄ピンク色のシャツである。

丸の内西署組織犯罪対策課所属の平野は『駆け出し刑事』で、今のところ真面目にスーツで出勤している。そこそこ整った顔立ちをして、服装のチョイスもオシャレだが、口が悪い上に人使いがめっぽう荒い。交番研修をしていたときは、何度か彼に現場へ駆り出され、足が棒になるほど歩いたり、目がしょぼしょぼするほど防犯カメラの映像確認をさせられた。

「気にせず掃除していいよ。ちょっとやそっとで起きるようなタマでもないし。あ、それと、電話が鳴ったら取ってくれ」

彼は「ふあぁ」とまたあくびをして、コーヒーを買いに出ていった。

刑事課のブースは雑然としていて、どこから手をつけていいものやらわからない。各々のデスクには書類が積み上がっているし、足元に置かれた段ボール箱にもいろいろなものが詰め込んである。何かの証拠か、それともやりかけの書類なのか、うっかりかたすと業務に支障が出るのではないか。そう思って手が出ない。

署内は禁煙なので、煙草の吸い殻や灰皿が置かれているわけでもないし、どのデスクにもダスターで拭《ふ》ける隙間なんかない。仕方がないのでゴミ箱のゴミをひとつにまとめ、ブラインドの埃《ほこり》を払ってよしとした。せめてここだけは拭いておくかと応接テーブルを拭いていると、平野がムクリと起き上がった。被《かぶ》っていた夕刊が落ちて床に散らばる。

「あっ、ごめんなさい。起こしちゃいましたか？」

平野は目をしばたたき、首の後ろをポリポリ掻いた。

「つか、ケッペー。おまえはなんで刑事課にいるの？」

寝ぼけ眼《まなこ》で訊《たず》ねられたので、

「だって、今は刑事課の研修中で……」

落ちた新聞紙を拾って答えた。

「ふぁ、そうなん？　あー」

「今日は鑑識のレクチャーを受けるので、ちょっと早く来てお掃除を」

ご苦労さんと平野は言って、床に足を置き、ゆるめたシャツの首許《くびもと》に手を突っ込んで背中も掻いた。立ち上がって上着を取ると、思い出したように、

「レクチャーどこで受けるんだ？」

と聞く。

「上の会議室みたいですけど。本庁推薦の凄腕《すごうで》鑑識官が来るとかで」

「ああ。班長がなんか話していたな」

コキコキと肩を鳴らしてネクタイを締め直し、そして突然、

「それならさ、ここより鑑識の部屋を掃除した方がいいんじゃねえの」

と、言った。

「しばらくは鑑識の手伝いなんだろ？　鑑識は、そっち行ってあっちの部屋だから。レクチャーあるなら、係長がもう来てんじゃね？」

「うそ、本当ですかっ。早く言ってくださいよ」

恵平は飛び上がり、平野が指す方へ走って行った。

午前十時三十分。

丸の内西署上階にある会議室に、恵平を含む数人の新人警察官と、現役鑑識官が集まっていた。凄腕鑑識官が講義に来ると聞いたので、どんなベテランが現れるかと思っていたら、登場したのはかわいらしい女性鑑識官と、ずんぐりむっくりで目つきが悪いおかっぱ頭の中年鑑識官の二人であった。

鑑識係長の紹介によると、彼らは八王子《はちおうじ》西《にし》署の在籍で、目がクリッとした月岡《つきおか》巡査は、上司である三木《みき》鑑識官の下について四年になるという。三木という中年のほうが教鞭《きょうべん》を執るのかと思ったら、彼は教壇脇に置かれた椅子にどっかりと腰を下ろして、喋《しゃべ》り始めたのは月岡巡査のほうだった。簡単な自己紹介と前振りのあと、

「……従来、織り目や繊維などの凹凸がある布からは、指紋採取できないというのが鑑識官の常識でした」

かわいらしい月岡は室内のひとりひとりを見渡しながらそう言った。

本日のテーマは新しい技術に目をつけることの大切さと、技術は進化し続けるということのようである。

「ご存じのように、捜査過程に於《お》いて指紋採取は重要な役割を担っていますが、それ

自体はゲソ痕《こん》や血液、毛髪、微物などなど、様々な証拠品採取作業のひとつに過ぎません。ただ、ゲソ痕や毛髪、微物などの証拠品が役に立たない犯罪現場に於いて、どうしても指紋採取をしたいケースもあるのです」

どういう場合が想定できるか訊ねるように、月岡は室内を見渡した。

恵平は考えた。交番勤務で遭遇した犯罪の多くは、スリや置き引き、酔っぱらい同士の小競り合いや痴漢騒ぎだった。それらの中で指紋が決定的な証拠になるのは、

「スリですか？」

隣に座る新人がそう訊いた。月岡は小首を傾げ、唇に微《かす》かな笑みを浮かべる。

「どうしてそう思ったの？」

「被害者の財布に犯人の指紋が残されていたら、証拠になるのではないですか」

すると脇から別の新人が言う。

「財布は拾ったものだと言い張られたらどうですか？　指紋があっても不思議じゃないし、そもそもスリは現行犯でしか逮捕できないのでは？」

月岡が小さく頷《うなず》く。

片隅の三木は腕を組み、眠っているのかと思われるような半眼で、微動だにしない。ぱっつり切りそろえたおかっぱ頭、垢抜《あかぬ》けない雰囲気に下腹の付き出た体形は、警察

官というよりもアキバあたりで見かけるオタクのようだ。月岡は彼の部下だと言うが、彼女の方が有能そうだ。そんなことを考えていたら、

「あなたはどう？」

と、月岡に聞かれた。

「は、はい！　堀北です」

緊張で思いっきり席を立ち、仲間たちの失笑を受けた。立ったまま、

「痴漢行為でしょうか」と答える。

「なぜそう思うの？」

「痴漢行為の場合、例えば、微物や髪の毛が被害者に付着していても、混雑した電車内などでは互いに密着するので証拠になりにくいと思います。でも、もしも、被害者のプライベートな部分から被疑者の指紋を検出できたら、痴漢行為以外の理由は説明しにくいんじゃないかと思います」

「そうね」

月岡はニッコリ笑った。

「微物に関しては、容疑者の手を検査して下着の繊維が付着していないか調べることも一案です。ただしＤＮＡを検出できる体液などが付着していない限り、容疑者が痴

漢行為をしていた証拠にはなっても、被害者への直接行為を証明するには弱いです。なぜなら痴漢常習者は複数の被害者に触れている場合が多いから」

月岡は咳払《せきばら》いして主旨を戻した。

「触った、いや触っていない。この人だ、いや人違いだ。こうなると監視カメラの映像か、目撃者を探すしかありません。私と三木鑑識官はまさにそうしたケースに遭遇し、被害者の下着から指紋を採取できないかという発想に至ったのです。ところが、ベテラン鑑識官からは、『布から指紋は採れない』と一蹴《いっしゅう》されてしまいました。『やってみなければわからない』と言ってくれたのは、三木先輩だけでした」

月岡はホワイトボードに、『シアノアクリレート法』と書き込んだ。

「これが何か、わかる人」

新人たちが互いに顔を見合わせてしばし、三木がコホンと咳払いした。

「シアノアクリレートは、主に瞬間接着剤に使われておる有機化合物ですな。強力かつ瞬間的に皮膜状に硬化する特性を持ち、百度近くの耐熱性、また耐衝撃性にも優れております」

半眼のままで説明すると、月岡が先を続けた。

「シアノアクリレートの成分を液体に溶かし、その蒸気を対象物に当てると、対象物に付着した水分と反応して指紋が浮かぶ。そこにパウダーを添付して採取する。もともとは、石、木、ビニール製品などから指紋を採取するときに用いられていた方法ですが、これならば、織り目がある繊維にも応用できるのではないかと閃《ひらめ》いたのです」

様々に配合を変えてこの採取方法を試した結果、ついに下着から被疑者の指紋を採取することに成功したのだと月岡は言った。

「ただし、布製品は繊維や素材、織り方や加工による違いがあるので、確立された検出方法だということではありません。今も試行錯誤は続いていますが、現在では接着剤メーカーの協力のもと、各種布製品に適したシアノアクリレート剤の検証や開発が進んでいます」

恵平は二人に拍手を送りたい気持ちになった。彼女たちは一蹴された常識に囚《とら》われることなく可能性を模索したのだ。先輩の三木が月岡に喋らせているのも、そういう意味があってだろうか。指紋採取は地味な仕事だけど、この人たちはその重要性を誰よりも深く理解しているのだと思った。

東京駅で靴を磨いて六十八年のペイさんにイメージが重なる。たかが靴磨きと、ペイさんを知らない人は言うかもしれない。でも、ペイさんのそれは神業だ。『七十年近くも続けていれば誰でもベテランになるよ』とペイさんは笑うけど、絶対にそんなことはない。靴磨きを七十年も続けられる人は、たぶん、何にだってなれるのだ。月岡巡査や三木鑑識官のように試行錯誤を繰り返しながら、ペイさんは伝説の靴磨き職人になったのだと思う。

「カッコいいなあ。ベテランって」

恵平は、口の中で呟《つぶや》いた。

その後も指紋採取に関わる様々なレクチャーが続いた。鑑識官が大きな筆を使って指紋を採取するシーンは刑事ドラマでよく見るが、実際は、証拠能力をもつ指紋の採取には様々な特殊技術が使われている。指紋はセロハンテープなどに容易に付着し、拇印《ぼいん》や汚れなどでも目にするが、そうした指紋は隆線《りゅうせん》が潰《つぶ》れていることが多く、鮮明な指紋とはいえない。鑑識のプロが専門の道具を使って採取した指紋は隆線がほとんど潰れていないので、確認が容易で証拠としての価値も高い。鑑識官には、経験によって対象物を検証し、採取道具、インクやパウダーから最適なものを選んで使い分ける技術が必要なのだと月岡は言う。

恵平は興奮してきた。ひとくくりに『警察官』と呼ばれても、その中身はプロフェッショナルの集団だ。そして、月岡のような若手女性警察官がその道を突き進んでいることに憧《あこが》れを抱いた。

卵の自分はどんなプロフェッショナルを目指せばいいのか。交通安全教室で子供を指導する女性警察官や、大きなバイクを颯爽《さっそう》と乗り回す白バイ隊に漠然と憧れていた恵平だったが、警察官は思った以上に奥深く、興味の尽きない仕事であった。

レクチャーのあと、恵平は思いきって、廊下へ出ていく月岡巡査を呼び止めた。貴重な講義を聞かせてもらったことに礼を言い、素直な気持ちで、

「月岡巡査はなぜ鑑識官になったんですか？」

と聞いてみた。

「配属先が鑑識だったからよ。あと、交番勤務の時に仕事を教えてくれたのが、鑑識上がりの先輩だったの」

「それだけですか？」

目を丸くして訊《たず》ねると、

「ガッカリした？」

と、彼女は笑った。三木は信望者が多いようで、丸の内西署の鑑識係長や鑑識官らが周りを取り囲んで休憩室の方へ行ってしまった。

「実はね、最初は鑑識の仕事が苦手だったの。でも、素敵な先輩たちに恵まれて、い

つの間にか、彼らの背中を追いかけるようになったのよ」

「それが三木鑑識官ですか？」

「彼もその一人」

と、月岡は微笑んだ。

「あなたは鑑識志望なの？」

そう聞く彼女は、小顔にショートボブが似合っている。

女性警察官の多くは職務に追われてオシャレに気を遣う余裕がない。月岡もまたすっぴんに近いのに、なぜこんなにもキラキラしていられるのだろう。恵平は、自分の中に警察官としての何ものも育っていないことを痛感させられた。

「いえ。まだ何もわからない状態で……でも、講義を聞いて鑑識に興味が湧きました」

月岡は深く頷《うなず》いた。

「基本的な鑑識のノウハウは、刑事課に配属されれば身につけなきゃならないことよ。鑑識を知らないと現場を荒らしてしまう恐れがあるし、場合によっては刑事が鑑識をしなきゃならないこともあるから」

「鑑識官に必要な資質はなんですか？」

聞くと月岡は悪戯《いたずら》っぽい目をして言った。

「本気で鑑識に来るつもりなら、オタク気質が大切かもね」

「オタクですか？」

「執念深く、ねちっこく、たとえ本庁の刑事から『鑑識のブンザイで口を挟むな』なーんて言われても、めげない図太さも必要ね」

「そんなふうに言われちゃうんですか？　同じ警察官同士なのに」

「同じ警察官同士。その通りよね」

月岡はニッコリ笑った。

「本庁も所轄も、鑑識も刑事も、男でも、女であっても、事件に立ち向かうとき私たちは警察官同士なの。誇りを持って仕事すること、そして仕事に誇りを持つことが、警察官を続けていくキーポイントだと思う。しっかりね」

誇りを持って仕事することと、仕事に誇りを持つことは、同じなのではないだろうか。訊《たず》ねる前に月岡は身を翻して去ってしまった。その後ろ姿が凛《りん》として、

「素敵だなあ……」

月岡をポーッと見送っていると、後ろ頭をコツンと指でつつかれた。

「イタッ」

振り向けば、平野が呆《あき》れ顔で立っている。

「ボーッとしてんじゃねえよ。講習が済んだら仕事だろうが。下でおまえを呼んでるぞ？　出動だ、出動、早くしろ」

「え、出動？」

「有楽町《ゆうらくちょう》で、雑居ビルの隙間から変死体が出たってよ。ケッペー隙間は得意だろ？」

「得意です！」

即答すると、「肯定するか普通」と、平野は笑った。

「ま、いいや。とりあえず急げ。鑑識が行かないと捜査が始まらない」

「はい、急ぎます！」

講習会用のノートを胸に抱き、恵平は脱兎《だっと》のごとく署の階段を駆け下りた。

堀北恵平は隙間フェチだ。生まれは長野市西部の、俗に『西山《にしやま》』と呼ばれる山間地である。内科医の父親が村の診療所に勤めた関係で、恵平はそこで生まれ育った。山肌に集落が点在し、日の落ちる方向に北アルプスの尾根が連なる西山地区は、渓流の水が澄み渡り、緑濃く、風が鋭い寒村だ。どこもかしこも遊び場で、板塀の隙間を通って隣家の敷地へ入ったり、石積みの用水路に潜り込んだりしているうちに、彼女は肩の関節を自在に外す技を得た。組んだ両手に足を通して、手を離すことなく正面に回す人間縄跳びが特技である。

田舎でのびのび育って都会へ出て来た恵平は、高層マンションのベランダで徒長《とちょう》している観葉植物や、小路《こみち》に並ぶ植木鉢、裏窓の面格子に工夫して干された洗濯物など、折り重なる人の気配に圧倒された。都会は個人のスペースが小さく狭くてゴミゴミしていて、なのにエネルギーで溢《あふ》れている。なるべく狭い裏通り、古くて汚い地下道や、ビルの隙間に散乱するゴミなど、人の息吹《いぶき》を感じる雑多で生々しい隙間が好きだ。

『ケッペー隙間は得意だろ？』と平野が訊《き》くのは、つまりはそんな理由からだった。


臨場要請が入ったとき、鑑識官は現場保存用具や鑑識キッドなど、様々な器機を持ち歩く。よって基本的にはそれらを積んだ専用車で移動する。現場へ向かう車内では、先輩鑑識官から入電内容などの予備知識を与えられる。

この日の運転者はベテランの鑑識官で、助手席に鑑識係長が座っていた。恵平は後部座席で、隣は先輩鑑識官の桃田《ももた》という男である。桃田は痩《や》せ型《がた》の中背で、サラサラの黒髪を坊ちゃん刈りにして、赤いフレームのメガネをかけている。年は三十前後らしいが、独身で女っ気がなく、植物っぽい雰囲気から、署内では『ピーチ』という愛称で呼ばれている。

「これから向かう現場だけど、午前十一時四十八分。有楽町駅前交番からの入電ね」

係長らはすでに情報を共有しているらしく、講習会で後れを取った恵平にだけ、桃田は言った。

「現場近くで犬を散歩させていたペットショップの店員からの通報だって。雑居ビル近くの車道を歩いていたら、リードが外れて犬が遁走《とんそう》。ビルの隙間に入ってしまったそうだ。隙間は行き止まりだったので、名前を呼んだら犬は戻って来たんだけど、そのとき人間の手首と思われるものを咥《くわ》えていた」

「まさかバラバラ事件ですか？」

驚いて恵平が聞くと、

「早とちりをするな」

助手席から鑑識係長が言った。桃田は続ける。

「手首はほぼ白骨化していた。現場へ行ってみないとなんとも言えないところではあるけど、バラバラ事件でビルの隙間に手首を捨てたとしたら猟奇的だね。でも、残念ながら有楽町駅前交番の警察官が、その後死亡者の全身を確認している」

「隙間は六十センチ程度しかないらしい。最も広い場所で六十センチな」

鑑識係長が補足する。

「広い場所で六十センチ……それでもビルって建つものですか？」

恵平が聞くと、「建つんだよ、これが」と桃田が言った。

「ぼくが知る最狭《さいせま》物件では、隣との隙間が三十センチってのがあったからさ」

それではさすがの恵平も、隙間に顔を挟むくらいしかできそうにない。

いったい何がどうなって、隙間で人が死んだのか、想像もつかないまま現場に着くと、それは有楽町に立ち並ぶ雑居ビルの、まさしくわずかな隙間であった。

近くに有楽町駅前交番の警察官二人と、エプロン姿の若い女性が立っている。事件現場の物々しさはまだなくて、いつもと同じ街の風景だ。遠くからパトカーのサイレンが近づいて来るが、歩行者たちは振り向きもしない。こういうところが都会らしいと恵平は思う。故郷ではサイレンが聞こえようものなら近所中の人が続々と集まってくるからだ。家と家とは離れているのに、人はすぐさま駆けつける。田舎は他者との境界が曖昧《あいまい》なのだ。

鑑識のバンが近くに止まると、警察官がひとり走って来た。丸の内西署から有楽町駅前交番へ出勤している同僚で、小野寺《おのでら》巡査長という。交番のお巡りさんは、本署で担当係長の指示を受けてから、それぞれの勤務先へ向かうのだ。

「お疲れ様です」

小野寺は助手席に回って鑑識係長に声をかけた。

鑑識係長が車を出ると、鑑識官は一斉に準備を始める。バンの荷台が開けられて様々なものが運び出される。恵平も腕章を着けてマスクをし、ヘアキャップの中に髪を隠した。手順の講義は受けてはいるが、実際の現場は少し勝手が違う。空気が一瞬で引き締まり、先輩たちはプロの目つきになった。

大した役には立てずとも、足手まといにだけはなりたくない。手袋と腕カバーを着け終わると、桃田がジュラルミンケースを押しつけてきた。受け取って、準備万端ですとばかりに係長を見ると、

「そこの隙間か？」

鑑識係長が小野寺に聞いた。

「はいそうです。あちらは通報者の小林《こばやし》さん。ペットホテルのアルバイトで、預かった犬の散歩中、犬が隙間に入ろうとしたので強く引いたらリードが外れ、あとは電話で報告の通り……」

「犬が咥えてきた手首というのは？」

「犬を抱き上げた時に落としたそうで、そのままにしてあります。歩行者が踏まない

よう番をさせていますが」

小林という女性の足元に、青黒く変色した枯れ木のようなものが落ちている。散歩していた犬の姿はどこにもなくて、彼女は途方に暮れた表情で、別の警察官と話をしていた。

「行こう」

鑑識係長の一声で、一同はゾロゾロと現場へ向かう。恵平はひどく緊張してきた。学芸会で出番待ちをしている時のような、それでいて使命感に突き動かされているような、怖いような、楽しみなような、奇妙な感じだ。

桃田から渡されたジュラルミンケースには検視用具が入っている。死体の体温を測るテルモメーターや、各種のスケール、はさみや収集容器やピンセットなど。医療用具さながらの品揃えだが、決定的な違いは、それを使う相手が死体であるということだ。

鑑識官として初めて扱う遺体の許《もと》へ、恵平は小走りで近づいて行く。

「ワンちゃんはどこへ行ったんでしょうね？」

初めから気になっていたことを桃田に訊《たず》ねた。桃田はマスクでくぐもった声で、

「店に返したんでしょ」と言った。

「お客のペットまで現場検証に立ち会わせる理由もないから、店の仲間が犬を連れに来たんじゃないかな」

なるほど確かに。そんなことすら想像できない自分は、すでに相当緊張しているようだ。恵平はその場でタタタと足踏みをした。

「何やってんの」

と、桃田が聞く。ヘアキャップと帽子とマスクの隙間に見えるのは目だけなので、視線はダイレクトにものを言う。（こいつ、大丈夫か）と、語っている。

「私、けっこう緊張していて……」

答えると、

「臨場前はトイレに行っておかないと」

桃田は親切に教えてくれた。

地面に落ちた手首は手根骨《しゅこんこつ》あたりでちぎれ、ほぼ白骨化して、親指全部と人差し指の第一関節から先が欠損していた。遺体の一部というよりは、干物のようでおぞましさはない。すぐさま番号付きの札と計測器が置かれて写真が撮られ、現状データが記録される。鑑識係長は小野寺巡査長と一緒にビルの隙間へ歩いて行き、その場に立ち止まって話を始めた。

「それで、体のほうなんですが」

ついにパトカーも到着し、平野たちが降りて来る。

恵平はジュラルミンケースを持ったまま、鑑識係長と小野寺巡査長の後ろに立っていた。小野寺はビルの隙間を手で指して、指を中空に向けていく。

「あっ」

その先を見て、恵平は小さく叫んでしまった。

わずか六十センチ。排水パイプや送電線器具の出っ張りを差し引くと、狭いところで四十センチ程度しかないビルの隙間に、人体らしきものが挟まっている。体がねじれて、頭部は下向き、片方の腕はダラリと伸びて、もう片方の腕はどうなっているのか確認できない。汚れた灰色のジャンパーを着て、髪は白髪。ジャンパーの下は作業着にも思えるが、下半身はよく見えなかった。

鑑識係長と巡査長はさらに隙間に近づくと、遺体ではなく壁を見上げた。二棟の雑居ビルはそれぞれが十二階建てと十階建てで、相対する壁面に窓はない。隣の建物と距離が近いから、換気用の穴しか設置できなかったみたいだなと話している。

「ピーチ、堀北を連れて上へ行け」

鑑識係長は桃田に顎《あご》で指図した。

「行くよ、堀北」

ジュラルミンケースをその場に置くよう指示すると、桃田は指紋採取用キッドの鞄《かばん》を摑《つか》んでビルへ向かった。

その頃になると、ようやく周囲が事件現場らしくザワつき始めた。ビルの隙間がブルーシートで覆われて、ペットショップのアルバイト店員が平野ら刑事に紹介される。

恵平と桃田はそれを尻目《しりめ》に狭い階段を上って行った。

「どこへ行くんですか、桃田先輩」

手袋をしているので、手すりに触れずに階段を上がる。

「どこって、屋上かな」

それで恵平も閃《ひらめ》いた。

「被害者が落ちた場所を調べるんですね」

エレベーターではなく階段を使うのは、転落可能な場所を確認しながら行くためだ。二階部分に広めの踊り場があるが、死体がひっかかっているのはそれより上だ。外階段は二階で途切れてしまったので、恵平たちはビルへ入った。正面にエレベーターがあって、細い通路の脇でコンタクトレンズの店舗が営業している。パーティションの奥にスタッフや客がいて、恵平たちに注目していた。それを無視して廊下を進む。非常階段は外付けなので、店舗の脇から外へ出た。階段はビルの裏側にあり、螺旋《らせん》を描いて上方へと伸びている。

「ここから落ちても、あの場所には挟まりませんよ」

恵平は桃田に言ったが、桃田は駆け足で階段を上がり始めた。

三階、四階、五階、六階……徐々に息が上がって来るが、桃田はペースを落とさない。体力には自信のある恵平だったが、先輩警察官らの粘りと地力にはいつも感心させられる。つい、手すりを握りたくなってしまうのだ。

黙々と階段を上り続けることしばし、二人はついに最上階まで辿《たど》り着いた。人ひとりがやっと立てる程度の踊り場にスチールの一枚扉があって、開けると十階の廊下に出た。廊下を進んでまた階段を上り、メンテナンス用の扉を開けると、ようやく屋上に出る造りだ。桃田は踊り場に鞄を置くと、メンテナンス用扉のノブを慎重に回した。ガチャリと低い音がする。

「あー……開くね、やっぱり」

光と一緒に風が吹き込み、何かがカサカサ言うのが聞こえた。

桃田の背中が逆光になって、ビル風に揺れる不織布のヘアキャップが光っている。

桃田に続いて屋上へ出ると、給水塔やエアコンの室外機などの隙間に、コンビニのゴミやペットボトルが散らばっていた。床にはブロックで重しをしたブルーシートがあって、ラクダ色の毛布が挟まれている。割り箸《ばし》を燃やした空き缶と、汚れたスニーカーが一足、黒いスポーツバッグがひとつ、ブルーシートの脇にある。

「なるほどね」

桃田は散らばるゴミを避けながら、屋上の端まで歩いて行った。

屋上は周囲を手すりで囲まれている。正面が広い通りに面していて、非常階段のある裏側は別のビルの裏側に面している。裏側には人が通れる程度の通路があって、業者の搬入や、バックヤードとして使われているようだ。

超人ならひとまたぎ出来そうな隙間の先は隣のビルだが、両側のビルが高いので、手すりの正面は隣のビルの壁である。

恵平も桃田の隣へ進み、手すりから身を乗り出して下を見た。

遺体はやはり隙間に挟まるようにして浮かんでいる。下から確認できなかった腕は背中側にあり、二本の足は奇妙な形に折れ曲がって胴体の上に載っていた。

「ここから落ちたんでしょうか」

けれど、手すりはパラペットより三十センチほど内側に設置されている。体を乗り出した拍子に手すりから落ちても、パラペットの内側で止まりそうなものだ。

「たぶんそうだね」

桃田は身を乗り出して、表通りの鑑識係長に手を振った。屋上に着いたことを知らせたのだ。

「あの人は、ここで暮らしていたんじゃないかな」

ゴミやブルーシートや毛布を見た瞬間に、恵平もそう思っていた。雨の日は毛布の上にシートを被《かぶ》って寝たのだろう。

「写真を撮って、指紋も採って、早く遺体を下ろしてやろう。あんな場所にひっかかったままじゃ可哀想だからね」

「はい」

桃田の指示で仕事を始める。現状をつぶさに記録して、彼がなぜあんな状態になったのかを知る為に、手すりに付いた指紋や靴跡を探していく。

手すりには両手で握った跡が残されていて、自発的に乗り越えたとして矛盾のない手の向きだということがわかった。死亡者は手すりを乗り越えてパラペットの内側に立ち、そこから隙間へ飛び込んだ。痕跡《こんせき》はそう語っている。特に胸を衝《つ》いたのは、ためらうように行き来した靴跡が無数に残されていたことだった。

「歩けるくらいのスペースがあるから、表通りへ飛び込むこともできたのに、そうしなかったんですね」

落下場所に残された靴跡を見て、恵平は桃田に言った。

「あの人は、わざとここから、隙間めがけて飛び込んだんですね」

「そうだね。万が一にも歩行者を巻き込むことがないように、下に人がいない場所を選んだ。堀北の言う通りだと思うよ」

桃田は静かに答えてくれた。

残されたスポーツバッグには身分証明書が入っていた。工事現場へ立ち入るための入館証らしく、七十過ぎと思しき男性の写真と、氏名と、会社の名前が記してあった。他には痛み止めの薬があって、桃田によると末期癌患者が使う強い薬ということだった。タオルが三本。ひげ剃《そ》りと歯ブラシ、靴下とシャツ、ネットカフェの割引券、電池の切れた携帯電話、そして二百六十三円入りの財布が、彼の残した総《すべ》てであった。

屋上から見える空はとても大きい。建物に切り取られた変形の空ではなくて、どこまでも続いていると思わせる広さと青さを持っていた。彼はここから空を見て、いったい何を思っていたのか。

仕事中なのに、研修中なのに、恵平は幾度も空を仰いだ。死んだ老人の末期《まつご》が胸に迫った。現場に涙を落とすわけにはいかないというのに、風が涙を乾かす前に、頬にこぼれてしまいそうだった。

「堀北さん、同情するのはいいけれど、それで仕事がおろそかになっちゃ困るのよ。あと、自分勝手な価値観で被害者の人生を値踏みするのも失礼だと思うんだよね。だから今はしゃんとして、やるべきことをやらないと。ぼくらは警察官なんだから」

いつになく厳しい声で桃田が言う。

「はい。すみません」

振り向くと、赤いフレームのメガネの奥で、彼は目を細めていた。

「気持ちはわかる。でも、先《ま》ずは仕事だ。感情を出すのはその後ね」

――素敵な先輩たちに恵まれて、いつの間にか、彼らの背中を追いかけるようになったのよ――再び頭の中で月岡が言う。

恵平は這《は》いつくばって現場の写真を撮り続けた。あの人が生きた痕跡。ここで生きて、死んだ痕跡。それらを残さず記録しようと、心に誓う。

どれほど鑑識官が優秀でも、ビルの途中にひっかかった遺体に触れることは出来ない。そこで鑑識係長が要請したのは、東京消防庁丸の内消防署の救急隊であった。

恵平らの監識作業が済むのを待って、彼らは屋上にやってきた。手すりの強度を確認してから、支柱部分にロープを結び、忍者のようにビルの隙間を滑り降りた。日々の訓練で鍛えた体は贅肉《ぜいにく》がなく柔軟で、尻《しり》から隙間に挟まると、器用に壁面を蹴《け》りながら下へ下へとおりていく。遺体の下に担架を渡して、壁にひっかかっていた骨を外すと、遺体は担架の上に落ち、そのまま地面に下ろされた。

恵平は検視の様子も見学したが、遺体顔面の皮膚はほぼ残されていて、身分証で見た写真の面影が偲《しの》ばれた。

「落ちてしばらくは生きていたみたいだな」

表情を確認して検視官が言う。

恵平は痛ましさに唇を噛《か》んだ。

誰にも気付いてもらえずに、この人は、たった独りで死んだのだ。痛かったろう。怖かったろう。辛《つら》かったろう。彼が今際《いまわ》に感じた苦しみを、分け与えて欲しいと恵平は思った。もっと早く発見してあげたなら、もっと早く彼の存在を知っていたなら……知っていたなら、自分に何ができただろうか。それともそれは傲慢《ごうまん》で不遜《ふそん》な考えだろうか。わからないけど心が痛む。被害者と自分を結んだ縁が、ただ死の痕跡を調べることだけだったなんて、やりきれない。

被害者の腕と肩には骨折の跡があり、飛び降りたとき、咄嗟《とっさ》に壁を摑《つか》もうとして折れたのだろうと検視官は言った。

死ぬ覚悟で飛び降りたのに、それでも人は生きようとするらしい。彼は体がねじれて肩と骨盤が隙間にはさまり、頭を下にして中空で止まった。そして頭部に血液が集まって、血管が破れて亡くなったのだ。死体は鼻からおびただしく出血し、顔がどす黒くなっていた。恵平が屋上を調べている間に、係長らはビルの隙間を調べ、遺体の下に大量の血痕《けっこん》が残されていたことや、取れた手首がカラスの仕業であることなどを確認していたのであった。

おじいさん、どうして死んだの？

変わり果てた遺体に恵平は訊《たず》ねる。痛かったの。辛かったの。寿命を待つのが怖くて命を絶ったの？　ビルの隙間に飛び込めば、もっとよい場所に行けると思ったの？

鑑識官が調べるのは痕跡であり、どれほど技術を重ねても、死者の想いは聞こえない。その人の体が遺体収納袋に入れられるとき、恵平も平野らも、鑑識官も消防官も、一様に合掌して冥福《めいふく》を祈った。そして恵平は、命の瀬戸際の苦しみの中で、彼がビルの隙間を選んだことを忘れずにいようと心に誓った。自分勝手な価値観で被害者の人生を値踏みするなという桃田の言葉も。

昼食前に臨場したのに、気がつけばすでに夕暮れだ。遺体を搬送するバンに赤く日が射し、ビルの谷間に大きな夕日が沈もうとしていた。現場の片付けを手伝いながらも、恵平は時々顔を上げて、去って行く遺体収集車を見送った。可能であれば一晩中、被害者に合掌していたかった。


見習い警察官としての一日が終わると、恵平は東京駅へ向かった。東京駅おもて交番の勤務が残っているからではなくて、夕食を摂《と》るためだった。

丸の内北口から呉服橋《ごふくばし》方面へ進んで行くと、ガード下に小さな居酒屋がゴミゴミと並ぶ一角がある。足元にはピンコロ石が敷かれて、頭上に剝《む》き出しの配水管が通り、『呉服橋』と書かれたサインは古い。昭和にタイムスリップした錯覚に陥る界隈《かいわい》だ。居並ぶ店はどれも狭くて、路上に置かれたビールケースを椅子代わりにサラリーマンが酒を飲んでいる。そこには『ダミちゃん』という焼き鳥屋があって、炭火焼きの香ばしい鶏《とり》を食べられる。目下のところ、恵平イチオシのごはん屋さんだ。

あれからずっと、今日のご遺体が恵平の心を占めている。だからこそ恵平は、ダミちゃんで夕飯を食べなければならないのだった。恵平に変な名前をつけたお祖父《じい》ちゃんが生きていた頃、寂しい仏さんと出会った日には、明るくて人が大勢いる場所で、美味《おい》しいごはんを食べなさいと教えてくれた。そうすれば、寂しい仏さんも一緒にごはんを食べて、賑《にぎ》やかな場所を楽しんで、心置きなくあの世に旅立って行くからと。

自分の肩に仏さんが憑《つ》いている気はしなかったけれど、美味しいごはんと末期の酒を、死んだおじいさんに味わって行って欲しかった。切れ目から鶏を焼く煙がモクモク出ている暖簾《のれん》を上げて中を覗《のぞ》くと、店内は酔客でごった返していた。

「お？　ケッペーちゃん、お帰り、お帰り！」

焼き場で串《くし》をひっくり返しながらダミさんが言う。

ダミちゃんの店主はシルバーグレーのイケメンながら、音痴でダミ声なので『ダミさん』と呼ばれている。店名のダミちゃんは彼のニックネームから来たものだ。

「ただいま。大繁盛ね、もうちょっと後で出直してくる」

座る場所がないので帰ろうとすると、

「大丈夫、大丈夫、ちょっと待ってな」

と、ダミさんは言って、カウンターのお客に席を詰めさせた。

店内は焼き台に沿ってL字型のカウンターがあって、座ったが最後、容易に出てこられない最奥が恵平の指定席になっている。客たちがわずかずつ隙間を詰めると、最奥の席が現れた。恵平は客たちに礼を言い、蟹《かに》のように横歩きして特別席へ辿《たど》り着く。

即座におしぼりと割り箸《ばし》とお通しが置かれた。

「生ビールでいいかい？」

聞かれたので頷《うなず》いて、恵平は言った。

「あと、お水と、冷やの日本酒が欲しいんだけど」

ダミさんは片方の眉《まゆ》を吊《つ》り上げた。

「あれ珍しい。失恋でもしたのかい」

温かいおしぼりで手を拭《ふ》きながら、恵平は苦笑する。

「そうじゃないけど、今日ね、ちょっと現場でね」

ダミさんは「ああ」という顔をして、カウンターから身を乗り出した。

「夕方のニュースで見たよ。ビルの隙間のアレだろう？」

恵平は頷いた。

ダミさんが用意してくれたお通しと水と冷や酒を一列に並べると、酔客から見えないカウンターの下で合掌する。末期の酒と死に水と、店名物のお通しがお供えだ。おじいさんの冥福を心から祈って、恵平は割り箸を手に取った。

「さあ、食べよう。お腹ペコペコ」

まだ注文もしていないのに、白いごはんと漬物と味噌汁《みそしる》とモツ煮が目の前に並ぶ。

仏さんは生臭物《なまぐさもの》を嫌うという話もあるが、お祖父ちゃんは楽しく美味しく食べてあげるのが一番の供養だと言った。冷や酒には手をつけず、仏さんと会食するつもりでビールを飲んで、ごはんを食べた。空《す》きっ腹に落ちて行くごはんがいつもの二倍美味しいと思う。屋上の毛布を思い出し、味噌汁の温かさに泣けてきた。

鼻水をすすりながらごはんをかっ込む恵平を、焼き台からダミさんが見守っている。モツ煮に七味を振り込んで、汁まできれいに平らげたとき、ダミさんが目の前に何かを置いた。小さなお皿に載った、丸くて白い天ぷらだった。

「あ。天ぷら饅頭《まんじゅう》」

目をまるくして言うと、ダミさんは笑った。

「やっぱり知ってたかい？　おやつのあまりだけどさ、信州じゃ、盆に仏さんに供えるんだろ？　だからちょいと揚げてみた」

それは、仏様には珍しいものを差し上げたいとの心遣いから生まれた料理で、盆や彼岸に信州の一部地域で作られる。恵平が育った寒村でも、あの世へ帰る仏様のお土産として供える風習があった。

「食べなよ。仏さんの代わりにさ」

ダミさんの心遣いにグッときた。

恵平は束の間冷や酒に目をやってから、饅頭に醬油《しょうゆ》を垂らしてガブリと嚙んだ。外側はカリカリと香ばしく、饅頭の甘さとわずかな塩気が至福の味だ。

ああそうか。おじいさんは故郷へ帰りたかったのだと、なぜか思った。ビルの隙間に身を投げたとき、あの人はそこに故郷を見たんだ。自分の体に重なるように、被害者の心が染みてくる。それはただの自己満足で、感傷で、自分勝手な想像かもしれないけれど、それでも恵平は天ぷら饅頭に何かを感じた。焼き鳥屋ダミちゃんのダミさんは、どこまでも人間臭いのだった。

食事を終えて帰ろうとしたとき、満席の店内にふらりと男が入って来た。暖簾をくぐって足を止め、座れる場所がないか見渡している。ここ空きますよと、恵平が声をかけようとしたとき、ダミさんが一瞥《いちべつ》して黙らせた。

「相済みません、ただいま満席なんで、またお願いします！」

拒絶するようなダミさんの声に、男は外へ出ていった。

「私、帰るとこなのに」

「いいってばさ。もうちょっとゆっくりしていきな」

珍しくそんなことを言う。けれど恵平は疲れていたし、お勘定を促した。ダミさんは焼き台で焼いていた鶏串を盛り付けて、他のお客のフォローをし、それらが全て済んでから、ようやくお会計をしてくれた。

「ケッペーちゃん、夜道は気をつけて帰りなよ」

賄賂《わいろ》になるから警察官にはサービスしない主義なのに、天ぷら饅頭はお会計に含まれていなかった。

時刻は十一時少し前。すっかり冷たくなった夜風に吹かれてブラブラと東京駅の方へ歩いていくと、最終列車に乗る人たちが、足早に恵平を追い越していった。丸の内側には北口、南口、中央口と三つの改札口があり、それぞれに吸い込まれるように消えていく。東京駅は今日もたくさんの人々を、送り、あるいは受け入れたのだ。

「すごいなあ……」

ほろ酔い加減に呟《つぶや》きながら駅を仰いで、人の波が吸い込まれて行く中央口の喧騒《けんそう》を見る。そして恵平は、「あれ？」と思った。

慌ただしい人の流れに逆らうように、佇《たたず》んで動かない人がいる。ボサボサの白髪にグレーの作業服、痩《や》せて貧相な顔つきをした老人だ。今日のおじいさんに少し似ている。いや、そっくりだ。むしろ同じだ。身分証で見た写真、干からびた体に着ていた服そのままだ。見つめ合うこと何分の一秒。老人は深々と頭を下げると、改札の奥へ踵《きびす》を返してスーッと消えた。

「え……うそ……え？」

誰にともなく同意を求めて、恵平は周囲を見渡した。人はみな慌ただしく行き交っていて、何事もない。ざわりと二の腕に鳥肌が立つ。

恵平は拳《こぶし》を握り、空を仰いだ。駅舎の影が黒々と立ち、随所に灯《とも》るオレンジの光が、煉瓦《れんが》や飾り石や、優美な造形を浮かび上がらせている。振り向けば広場の植栽が照明に照って、銀杏《いちょう》の木が黄金のようだ。

これほど美しい都会にいても、人は最期に故郷へ帰りたいと願うのだろうか。

まだ鳥肌の立つ二の腕をさすって、恵平はまた改札口へ体を向ける。そしてペコリと頭を下げた。駅舎ではなく、去って行った老人に下げたのだった。

おじいさん、私、頑張ります。今はただ頑張りますとしか言えないけれど、何の為にどう頑張るのかは、これから考えていくけれど、とにかく私、頑張ります。おじいさんがあの隙間に飛び込んだ勇気に比べたら、いくらでも頑張れるから。

「逃げない。私、逃げないぞ」

小さく声に出してから、恵平は大急ぎで寮へ戻って行った。

第二章　ＡＶ女優猟奇的殺人事件

翌午前三時二十三分。

夢の中で立番《りつばん》をしていると、けたたましい音で電話が鳴った。恵平がいたのは東京駅おもて交番で、なぜか道案内を請う人が長蛇の列になっている。しかも、行きたい場所が東京ではなく長野市内であったりする。そこへ行くには北陸《ほくりく》新幹線を使って、長野駅で降りて……誰も電話に出てくれない。巡査長や巡査部長の前にも長蛇の列が出来ていて、電話に出ることができずにいるのだ。早く電話に出なければ。でも、道案内の列はすでに行幸通りの向こうまで伸びている。わー、どうしよう。恵平は焦りまくって目を開けた。

枕の下に置いたスマホが、ブルブル震えているのであった。

「ふぁい……堀北でぇす」

寝ぼけ声で電話に出ると、

「爆睡してやがったな」

と、平野が言った。

「あ、はい。寝てました」

布団をはねのけて起き上がったら、ゴッン！　と頭が天袋にぶつかった。

「てっ！」

おかげですっかり目が覚めた。

狭い場所フェチの恵平は、押し入れの上段に布団を敷いてベッドにしている。

「たった今、班長が鑑識を招集した。すぐに着替えてこっちへ来てくれ。八重洲《やえす》口のホテルで殺人事件だってよ」

「わかりました！　え？」

……殺人事件。と恵平が呟いたとき、平野は電話を切っていた。

押し入れを下りると、手探りで部屋の明かりを点《つ》けた。室内はガランとして生活感がなく、まだかりそめの住まいという感じがする。恵平は、

「そうか……今は刑事課の研修中だったんだ」

と、独り言をいった。

夢に見ていた東京駅おもて交番は、地域課研修で配属された部署だった。初任科課

程を修了すると、地域課に二ヶ月、刑事課に二ヶ月、生活安全課に一ヶ月、交通課に一ヶ月、そして再び地域課で二ヶ月間の実地研修を受ける決まりがあるのだ。

冷たい水で顔を洗って、大急ぎで着替えを済ませる。寮を出ると、街はまだ寝静まっていて、冷え切った空に煌々《こうこう》と月が照っていた。

昨日も鑑識の専用車でビルの隙間へ臨場した。それなのに、恵平はまたしても先輩たちと専用車に乗っていた。未明にも拘《かか》わらず、寝ぼけ眼の者はひとりとしてなく、しかも車内はピリピリとした緊張感に包まれていた。今夜の運転者は桃田で、助手席の鑑識係長は前のめりになっている。恵平の隣はベテラン鑑識官の伊藤《いとう》で、七つ道具を膝《ひざ》に抱えて前方を睨《にら》んでいる。

呼ばれたチームの人数は昨日の倍で、何もかもが昨日の現場と違っていた。臨場前に鑑識係長が大まかな経緯を説明する。

「入電は八重洲〇丁目のファッションホテル・アモーレの支配人」

「このへんにファッションホテルなんてありましたっけ？」

ハンドルをさばきながら桃田が聞いた。

「たしかにな。東京駅界隈《かいわい》にはないと言われているな」

車の中から通りを見渡し、伊藤は帽子を被《かぶ》り直した。

「……あるにはあるってことなんですね」

桃田は車を小路《こみち》へ回した。係長が続ける。

「ファッションホテル、レンタルルーム、呼び名は様々だが、客がどう使うかだ。そこをチャーターしたのはアベックではなくグループで」

「アベックじゃなくカップルですね、イマドキは」

桃田がさらりと突っ込むが、聞こえないふうに係長は続ける。

「女がひとり、男が四人。ひと部屋一泊分のオーダーだ。男四人が部屋を出たのが午前二時三十分頃。その後支配人が部屋へ行き、女の死体を発見した」

「一泊で部屋を取ったのに、どうして夜中に帰ったんですか？」

恵平が聞くと、伊藤は振り返って恵平を見た。

「ファッションホテル。何に使うか、知ってんだよな？」

「お洒落《しゃれ》なホテルってことなんじゃ」

係長までが助手席から振り返って恵平を見た。

「一昔前で言うラブホテルのことだ」

「ああラブホテル……って……え？」

恵平は首をひねった。

「そこへどうして大人数で行くんですか。まさか、レイプ事件？」

「ＡＶの撮影隊とかじゃねえのかな？　セット代わりにラブホテルを使うんだよ」

「その可能性はあるだろうな」

と、係長は再び姿勢を戻した。

「ただ……現場はひでえ有様らしいや」

恵平は背筋が冷たくなってきた。

実地研修に出て間もない頃に殺人事件と遭遇したことがある。あれも酷《ひど》い事件だったが、あの時の死体は、生々しさよりもむしろ神々しさを感じさせるものだった。あれは、そう、警察学校で検死した、ホルマリン漬けのご遺体と向き合った感じに近かった。だからやっぱり、発見されたばかりの他殺体を検視するのは怖い。

急に寡黙になった恵平をルームミラーで確認し、桃田が言った。

「まあ、胃が空っぽだからこの時間でよかったよ。現場では決して吐かないように。ポケットにビニール袋を入れておくといいよ。二重にしてね」

大丈夫ですと言いたかったが、本当は大丈夫そうじゃない。何を見せられるのかと考えただけで、恵平は胃のあたりがムカついてきた。

「鉄道隊の奥村《おくむら》さんも言ってたが、配属早々、次々デカい山に当たるとは、堀北は『持ってる』んだな。なあ、おい」

伊藤は励ますそぶりで軽口を叩《たた》くが、その目がまったく笑っていないので、緊張は益々高まった。

車は大通りから脇道へ入り、ケバケバしく電飾《でんしょく》が光るビル街の脇で停車した。ファッションホテル・アモーレの看板は控えめだったが、メニューボードに室内写真と利用料金が掲載してあることや、フロントがわかりにくいところが普通のホテルと違う。ラブホテルがないといわれる地域で異彩を放つ、見るからにそれっぽい施設だった。駐車場はないので荷物だけ路上に降ろして、桃田が車を移動させる。

「撮影隊なら車で来たってことなんですよね？」

伊藤にそう訊《たず》ねると、

「なんで？」

ジュラルミンケースを持ちながら伊藤も聞いた。

「だって、撮影機材とか、荷物が多いですもんね」

「今どきのカメラは小さいし、大仰な装備はないんだろ。車で運ばなくてもな。映画を撮るわけじゃないんだからさ」

そうなのか。

ＡＶと呼ばれるものを、恵平は観たことがない。だから伊藤や係長たちが共有している知識がないし、そもそもファッションホテルもよくわからない。裏口かと思うような狭い入口を入っていくと、通報者の支配人とおぼしき高齢の男性が待っていた。鑑識係長が挨拶《あいさつ》をして、彼に現場へ案内させる。

「他にも利用者がいますんで……」

どうかお静かにと、懇願するような口調で言葉を切った。鑑識係長は低い声で、

「後から刑事が来ますので、そちらの指示に従ってください」

とだけ言う。支配人は「困ったなあ」とうなだれて、忙《せわ》しなく首筋を掻いた。視線も宙をさ迷っていて、何か言いたいことがあるのか、それとも、客が人目を忍んで利用するホテルなので穏便に済ませたいのか、恵平にはわからなかった。

フロントは無人でタッチパネルが置かれており、スタッフがいないかわりに、目立つ場所に監視カメラがついていた。エレベーターを呼んでいるとき、車を置きに行った桃田が戻った。狭い庫内にぎゅうぎゅう詰めになりながら、恵平たちは現場へ向かう。着いたのは五階フロアで、このホテルは大小合わせて十五の部屋を完備しているということだった。

「『ベアトリーチェ』は一泊八千五百円の部屋で、広くはないです」

エレベーターが止まると、開放ボタンを押して支配人が言った。

「その部屋に数人？」

「はあ……まあ……割増料金は頂きましたが、それでも一泊一万一千円というところです。なのに、こんな事件を起こされて……利用者に損害賠償請求って、できるものなんですかねえ」

「弁護士に相談するのがいいでしょう」

と、鑑識係長はにべもない。支配人はため息を吐いた。

鑑識装備を終えた恵平たちはマスクをしている。誰一人会話に加わらないが、そうは言っても、目しか見えない相手というのは威圧感を与えるのだろう。最後にエレベーターを降りた恵平に、支配人は意味もなく会釈する。

エレベーターホールの先に扉があって、金のアクリル板を切り抜いたベアトリーチェという字が貼り付けてある。扉は桃色の革張りで、各所に金色の鋲《びょう》が打ってある。声は出さなかったが、その生々しさと豪華さに恵平は息を呑《の》んでいた。

「おい」

鑑識係長の一声で、床に細長くシートが敷かれる。

「中はそのままですか？」

「はい、そのままです。ビックリして腰を抜かして……飛び出してきたものですから……これが」

と支配人はカードを出して、

「全室用のデジタルキーです」

それを鑑識係長の手袋に置く。鑑識係長はロックを外した。その瞬間、微《かす》かに嫌な臭いが漏れて、恵平はマスクの下で顔をしかめた。初めて嗅《か》ぐ人間の臭い。人間が発する嫌な臭いだ。それだけで、胃袋からガスがこみ上げて来る。体が緊張で固まっていたのだろう。誰かにポンと背中を叩かれ、恵平はハッと我に返った。

しっかりしなさい。絶対に逃げないぞって、あの人に誓ったばかりじゃないの。

自分を叱咤《しった》し、闇雲に頷《うなず》く。その時にはもう、仲間たちは部屋に入っていた。桃田だけがまたエレベーターに乗り、後続隊を呼びに行く。引き返すことはもうできない。

恵平は覚悟を決めて部屋へ入った。

なんというか、ベアトリーチェは奇抜で派手な部屋だった。床は大理石の市松模様で、室内の照明はピンク色。さほど広い部屋ではないのに、壁に巨大な天使の像が、ダブルベッドを見下ろす形で飾られていた。広げた翼が壁面を覆い、天井から薄い膜が垂れ下がっている。ベッドは白く、シーツが乱れ、赤や紫や黒の、複数の女性用下着が散乱していた。何もかもが物珍しくて、恵平はキョロキョロしてしまう。脇にガラス張りのお風呂《ふろ》があって、仕切り壁が白濁した水で濡《ぬ》れていた。ただの水じゃない。そう思ったら吐きそうになって、目を逸《そ》らす。

何をしに来たの、仕事でしょう、しっかりしなさい。自分を鼓舞する間にも、先輩鑑識官は着々と準備を進め、薄暗い部屋に目を射るような明かりを点《つ》けた。

その瞬間、恵平は見た。市松模様になった大理石の床が血の海になっているのを。血液はベッドの向こう側から流れ出て、粘度のせいで盛り上がり、何カ所かがこすれて切れ切れの筋になっていた。誰かが血を踏んで歩いた跡だ。足跡は浴室に向かっていて、備え付けのスリッパと血を拭《ぬぐ》ったタオルが浴室内部に捨てられていた。

ひゃあ、と支配人が悲鳴を上げる。自分の靴の裏を見て、うっかり血を踏んでいないか確かめている。死体はベッドの向こうにあるようで、血と糞尿《ふんにょう》と内臓の臭いが漂っていた。

「……ひでえな……」

マスクの中で伊藤がうめく。確かに酷い臭いである。恵平は目を閉じて、深呼吸のかわりに呼吸を止めた。徐々に空気を肺に入れ、臭いに慣れようとしてみたが、恵平を怯《おび》えさせているものは臭いよりもむしろ恐怖であった。これから何を見なければならないのかという恐怖。得体の知れない『何か』は想像力を刺激し、脅威と化して襲いかかってくる。

その場に凍り付いてしまった恵平に気休めを言う者はない。鑑識係長はテキパキと指示して、支配人を部屋から出した。後続隊も到着したらしく、廊下で平野の声がする。それだけで恵平は腹に力が入った。先輩とはいえ、平野もまだ駆け出し刑事だ。ここで負けてはいられない。こみ上げて来る生唾《なまつば》を飲み下し、恵平は前に進んだ。

よく見ると、血を踏んで歩いた跡は、鮮血が滴《したた》った跡と重なっていた。犯人も出血したのか、二種類の血痕《けっこん》は別の成り立ちによるものだ。それらひとつひとつの形と方向、大きさなどを鑑識官は記録に残す。痕跡を侵さぬように注意深く歩いて、恵平は被害者に近寄っていく。ベッドは血で汚れていない。ただしシーツは乱れていて、上掛けが半ば床に落ちかけていた。白い上掛けは床に落ちた部分が血溜《ちだ》まりに染みて、手前に女性の足があり、だらしなくハの字に広げた両足の付け根に水色のショーツを穿《は》いていた。なめらかな腹が剝《む》き出しで、両腕が大の字に投げ出され、左手が上掛けの裾《すそ》を握っていた。乱れ髪の隙間に覗《のぞ》く顔は紫色に腫《は》れ上がり、首に索痕《さくこん》があり、両胸はえぐれてなくなっていた。

「すいませっ……！」

叫んで身を翻したとたん、マスクの中にせり上がってくるものがあり、恵平は廊下に飛び出してからビニール袋に胃液を吐いた。

そばに平野たちがいて、「あーあ」と言う顔で見下ろしてくる。

耐えられなかった。目に飛び込んできたのは無残な遺体だが、現場に蟠《わだかま》るおぞましさはその数倍気味が悪かった。遺体を見た瞬間、恵平は、犯人の狂気に打たれたのだ。人の命を、尊厳を、徹底的に弄《もてあそ》んだ形跡。それは信じていた世界や常識を粉々に打ち砕き、恵平の魂に暴力でつかみかかってきた。

仕事……仕事……仕事なんだから……ああ、神様……。

おまじないのように繰り返しても吐き気は止まず、床に這《は》いつくばって吐き続けている恵平の目の前を、他の鑑識官の足が慌ただしく通り過ぎて行く。立ち上がろうとしても力が入らず、ビニール袋をしまいたくても、胃は痙攣《けいれん》を止めてくれない。恵平は絶望し、マケルナと自分に叫び続けたが、想いと裏腹に指が凍えて、そのうち体まで震えてきた。

「ほら」

頭の上で声がして、ミネラルウォーターが降ってきた。顔を上げるとそれは平野で、彼はボトルの封を切ってから、恵平に渡して廊下の先へ顎《あご》をしゃくった。

「従業員用の水道とトイレは廊下の先だ」

「……はい……っ」

恵平は水を受け取り、立ち上がってトイレへ駆けた。うがいをし、冷たい水で顔を洗った。両手で自分のほっぺたを張り、「よし！」と気合いを入れてから、ミネラルウォーターを飲み干した。再びラテックスの手袋をはめ、今度こそはと現場に戻る。

ベアトリーチェの前にいる刑事たちが道を空けてくれたので、恵平はまっすぐ事件現場へ進んだ。そこにはもう細長くシートが敷かれ、捜査陣の『道』が作られていた。

「すみませんでした」

奥にいる鑑識係長に頭を下げると、

「もういいか？」

と係長は聞いた。それからわずかに体を引いて、恵平が死体を確認できるようにしてくれた。二度目とはいえ衝撃は薄くなかったが、少しは冷静になれたと思う。死体のそばには検視官が跪《ひざまず》き、直腸温度を測る伊藤を見守っている。

「堀北。怖がらずしっかり見ておけよ。そして頭に叩《たた》き込め。被害者をこんな目に遭わせたヤツを許すな」

「はい」

なぜか今回も涙が溢《あふ》れた。恵平は幾度も瞬《まばた》きをして、流れる涙をマスクに吸わせた。もう、泣くことを恥ずかしいとは思わなかった。床に涙をこぼしてはならないとしても、見知らぬ誰かの凄惨《せいさん》な死に動揺するのを悪いとは思わない。警察官だって人間だ。こんな惨劇を目にしたら、誰だって心を痛める。そうやって覚悟を決めてしまえば、臭いにも、恐怖にも、真っ向から挑むだけである。

「死因は首を絞められたことによる窒息死。遺体を損壊したのは死後だが、血液の量からしても直後だろう。乳房が切り取られているな」

吐きたくないので係長の言葉は流すようにした。

「ブラジャーで首を絞めたんだ」

凶器は遺体の首にまだ巻き付いていた。

ショーツと同じ水色の、高級そうなブラジャーだった。

「床に血の滴った跡がある。切り取った部位を浴室へ運び、洗って持ち去ったみたいだな。死人は血圧がないから頭から返り血を浴びたわけでもなかろうが、犯人も相応に汚れたはずだ。自身もシャワーで体を洗ったかもしれない」

「血液はともかく脂《あぶら》がね。脂はなかなか落ちないからな」

検視官が補足する。その意味を考えると貧血で倒れそうになる。恵平は拳《こぶし》を握り、昨日のおじいさんのことを思い起こした。あの人に誓った決意は本物か。

「と、いうわけで、バスルームには犯人の毛髪、体毛、指紋が残されている可能性がある。堀北。しっかり集めてこい！」

「はい！」

勇んでバスルームを振り返ったら、バスタブの脇で桃田が恵平を待っていた。


いつの間にか夜は明けて、鑑識作業を終えて所轄へ戻った恵平は、署の裏口で遺体の到着を待つ刑事たちの姿を見かけた。警察官になるまで知らなかったことだが、死亡診断書のない遺体はすべてその場で検視して、犯罪の痕跡が確かめられる。殺人とおぼしき遺体は所轄署へ運ばれ、刑事たちが改めて見分するのだ。

遺体搬送車が到着すると、平野たち刑事の姿も一緒に消えた。

死は平等に訪れるものだけど、あんな姿で発見されて、見知らぬ誰かに見分されて、死体になっても被害者の受難は終わらない。殺人は命だけでなく尊厳までも奪うのだ。

『怖がらずしっかり見ておけよ。そして頭に叩き込め。被害者をこんな目に遭わせたヤツを許すな』鑑識係長はそう言った。

見られたくない。もう、そっとしておいて欲しい。被害者がそう望んでも、調べなければ犯人を逮捕できないから、拝見しますと遺体に告げて、無礼を詫《わ》びつつ痕跡を追う。そんな現場で吐くなんて、仏様に申し訳ないではないか。殺された被害者の無念は、生きている自分が晴らすんだ。懸命に自分を鼓舞していたら、ポンと背中を小突かれた。東京駅おもて交番へ出勤していく洞田《どうだ》巡査長の仕業であった。

「堀北、お疲れ。頑張ってるか？」

四角い顔に四角いメガネ、いつも飄々《ひょうひょう》としている洞田は、実生活では二人の子供のお父さんだ。地域課研修の期間中、恵平は彼の下で働いていたが、厳しくも思いやりのある指導に洞田パパの面影を見ることも多かった。

「はい。頑張っている……んですけど……」

言葉を濁すと、「どうかしたか」と、洞田は聞いた。

「現場に臨場させてもらったんですけど……」

「吐いた？」

白い歯を見せて笑う。

「気にするな。ベテランでも吐くことがある。気持ちの問題じゃなく生理現象だ」

「そうでしょうか」

洞田は正面に来て、しょんぼりと肩を落とす警察官未満を見下ろした。

「現場へは空腹で行く。これ刑事の鉄則な？　それよりも、またも当たりくじを引いたんだってな」

恵平はきょとんとした。

「当たりくじなんか引いてません」

「事件のことさ。捜査本部が立つんだろ？　先輩たちの足手まといにならないようにしっかりやれよ」

今度は背中をバシンと叩いて、洞田は所轄を出ていった。

「堀北ーっ！」

どこかで伊藤が呼んでいる。現場から証拠品が届いたのだ。恵平は大急ぎで駐車場へ走って行った。

指紋、足跡のスライドや、犯人が体を拭《ふ》いたとおぼしきバスタオル、床の埃《ほこり》、繊維に毛髪、恥毛や体毛、シーツに枕……現場から押収してきた品々は、仕分けてそれぞれの専門家が調べる。署内で検査するもの、科捜研に依頼するもの、指紋鑑定の専門家に渡すもの、一通りの現場作業を終えてなお、鑑識官の仕事は続く。

警察学校で大まかな段取りを学んできても、新米未満の恵平は簡単な作業しか任せてもらえない。黙々と動く先輩たちを気遣いつつも、緊迫の作業を目に焼き付けていくのが目下の任務だ。刑事が容疑者を逮捕できても、鑑識が出す証拠なしには検挙できない。鑑識と刑事は捜査の両輪であり、逮捕の要《かなめ》だ。自分は何もしていないのに、先輩たちの真剣な眼差《まなざ》しを見ているだけで緊張する。

どれほど時間が経ったのか、午前九時過ぎには捜査本部が立ち上がり、鑑識係長が最初の会議に呼ばれて行った。こちらでは鑑識作業がさらに進んで、次回の捜査会議で共有すべき証拠のまとめを急いでいる。昼は交代で食事を取るよう言われたが、朝食を食べていないにも拘《かか》わらず、まったく食欲が湧いてこなかった。

署の休憩室でスポーツ飲料を飲んでいると、外食から戻った伊藤が聞いた。

「気分はどうだ？」

「平気です」

警帽を脱いだ伊藤は短髪のごま塩頭で、愛嬌《あいきょう》のある眉毛《まゆげ》と丸い目が、昔流行《はや》ったモンチッチというお猿のような人形を思わせる。彼は小さな目を細め、ベンチで水分補給する恵平を見下ろした。

「そうか。昼メシは喰《く》ったか」

「ちょっとまだ食欲がなくて……すみません」

「俺に謝ることたぁない。どんな現場も衝撃的だが、ゆうべは特に酷《ひど》かったからな。でも、まあ、平気ですと答える覚悟があるんなら、手伝って欲しいことがある」

恵平は立ち上がり、一も二もなく、「やります」と言った。

もちろんだ。まだ卵とはいえ、自分は警察官なのだから。

伊藤は目だけでちょっと笑い、恵平に現場写真の整理を申しつけた。

ひと口に鑑識官と言っても、それぞれが得意分野を持っている。指紋採取に能力のある者、現場写真を撮ることに長《た》けた者、八王子西署の月岡たちのように、特殊な発想を持つ者など、鑑識官はプロフェッショナルの集まりだ。丸の内西署で写真撮影を担当するのは桃田で、現在は、それをパソコンに整理している最中だという。

一通りの作業を見学した恵平は、伊藤の指示で桃田のフォローに回された。

現場で目にした光景が、パソコン上に映し出される。恵平が担当したのは各種血痕《けっこん》の写真整理で、パソコン上のスケールを血痕画像に置いて、大きさやしぶき方、方向などを記録していく。モニターに浮かぶのは一滴の血だが、それを撮影順に並べていくと、犯人の動きや速度が想像できてくるから不思議だ。

たかが血痕が如実に語る真実に触れるのは興味深くて、恵平は作業にのめり込む。その間はもう、被害者の無念や自分の使命を思い出す暇すらなかった。

「堀北。いいぞ、今日はもう上がれ」

何度か声を掛けられたのか、係長に肩を叩《たた》かれて、恵平はようやくモニターから目を上げた。脇で桃田が笑っている。

いつの間にか日は落ちて、鑑識係のブラインドが下げられていた。

「堀北は結構集中力あるね。驚いたよ」

時刻は午後七時を過ぎている。

「あ。はい」

返事をすると、

「何でもいいから、晩飯は食えるものを食えよ」

と係長が言った。

「腹が減っては戦ができん。明日は捜査会議を見学させる。八時半からやるそうだ。ピーチ、面倒見てやれ」

「わかりました」

桃田が了承するのを待って、係長は伊藤と出ていった。

「あとはこっちでやっておくから」

桃田はそう言ってくれたが、下っ端の自分が先に上がっていいのだろうか。

恵平の気持ちを察したらしく、桃田は鼻の脇に小じわを寄せた。

「今の堀北にできることはそう多くない。ていうか、ほとんどない。そういうぼくらも、係長や伊藤さんだって、見習いの時は何もできなかったんだ。それを悔しいと感じるのなら、少しは見込みがあるってことさ。今日は帰ってしっかり休む。ぼくらには堀北のパワーが必要だ」

「はい」

恵平は席を立ち、お先に失礼しますと頭を下げた。部屋には何人ものプロフェッショナルがいたが、桃田以外は顔も上げずにそれぞれの作業に没頭していた。


【衝撃の殺人現場！　ラブホテルで両胸をえぐり取られた女性の死体】

署を出るとき、休憩所に置かれていた夕刊のあおり文句に目が留まった。

ラブホテル殺人事件はトップニュースとして扱われており、ホテルの外観や、捜査車両の写真が一面に大きく載せられていた。まだ被害者の身元がわからないため、記事の内容は事件発覚の大まかな経緯ばかりだが、猟奇的な見出しはいやが上にも興味を引いて、そのせいか署内の空気はピリピリしていた。誰もが無言で、足早に行き来する。正面玄関の外には報道陣が張り込んでいて、立番《りつばん》の警察官は感情をなくした顔で彫像のように佇《たたず》んでいる。署員は裏口から出入りしているらしく、ロビーよりも裏口のほうが混んでいた。捜査本部が置かれた講堂では何人かの若手警察官が廊下に立って、夜食や弁当の仕分けをしていた。お茶、毛布、捜査員の家族が運んで来る衣類や差し入れ。テレビドラマで見ていたような光景が目の前にあることに、恵平は感動した。おもて交番で勤務していたときにも捜査本部が立ったけれど、あの時はずっと交番にいたので、署内の様子はわからなかったのだ。

これほど多くの警察官が被害者のために動くのを見ると、漠然と検視に抱いた嫌悪感が少し薄れて、確認作業は責任を伴う行為なんだと思えるようになってきた。興味本位にするのではなく、大切な仕事だからそれをするんだ。警察官として当たり前のあれこれを、恵平は逐一自分に言い聞かせていく。

食べて、寝て、捜査する。今の自分がするべきことはそれである。

署を出ると、ダミちゃんではなくコンビニに寄って、ヨーグルトとプリンと浅漬けとおにぎりと味噌汁《みそしる》を買った。寮に戻ってシャワーを浴びてヨーグルトを食べ、それからまたシャワーを浴びてプリンを食べて、三度目のシャワーを浴びて、ようやく味噌汁に浸したおにぎりと、浅漬けを胃にねじ込んだ。押し入れベッドに入ってからは、一晩中殺人現場の夢を見た。絞殺された被害者は顔がむくんで生前の面影はなく、どんな女性だったか、まったく想像ができなかった。

彼女のために祈るとき、醜く傷つけられた容姿しか思い出せないのは理不尽だ。

夢の中で恵平はまた泣いた。

翌朝八時過ぎ。恵平は桃田に連れられて『八重洲口ラブホテルにおけるＡＶ女優猟奇的殺人事件』の捜査会議に出席した。鑑識係長や伊藤がひな壇の近くにいるのに対し、見学させてもらう立場の恵平は、桃田の指示で最後列にこっそり座る。

ひな壇には丸の内西署の署長と刑事課長、本庁の捜査一課長、本庁の管理官、理事官、機動捜査隊長などがズラリと並ぶ。おおよそ六十名の捜査陣のうち、十名ほどが本庁の捜査一課から出向いてきた精鋭たちだ。

その顔ぶれを見て、桃田は、本件に対する意気込みが窺《うかが》い知れると囁《ささや》いた。ここ数年、猟奇事件は頻発する傾向にあり、本庁も特殊班を指揮するなどして警戒に努めているそうだ。だからマスコミに叩かれる前に、なんとしても早期解決したいのだろうと。マスコミに叩かれようが叩かれまいが、事件の早期解決は全員の望むところだと思う。けれど、こわばった署長の顔と、その胸に光る丸くて大きな金バッジを見ていると、想いとは裏腹に緊張してくる。早期解決が署長のプレッシャーになっていることをヒシヒシと感じたからだった。

平野はどうだろうと探してみると、席の中程に本庁刑事と並んで座っていた。

「所轄の刑事は、本庁の刑事とバディを組まされる。特に若い指示待ち刑事はベテラン刑事の補佐をすることが多いんだよ」

平野を探しているのがわかったのか、桃田がまた囁いた。新人刑事はそうやって捜査のノウハウを身につけていくらしい。

会議は定時に始まって、新たな情報が共有された。

恵平は捜査手帳を持っていないので、大学ノートにメモを取る。刑事課長がホワイトボードの脇に立ち、資料を指して説明を始めた。ファッションホテル・アモーレの一室を借りていたのは宍戸《ししど》映像研究所という会社だと言う。現場となった一室に複数人がいた理由はやはり撮影のためだったのだ。

「ここの社長は宍戸秀明《ひであき》六十八歳。映像の制作会社といえば聞こえはいいが、七十三歳の女房が役員で、あとは経理がいるだけの小さな会社だ。監督やカメラマンは都度招集、役者を現地へ送ってポルノを撮らせ、制作の上前をはねている。同ホテルの常連で、料金は宍戸映像研究所から銀行振り込みされるシステムだ。こうした事情から、ホテル側は撮影に使われる階の監視映像を切っていた。今回の事件では、フロントおよびエレベーター内に設置されたカメラの映像を提出させた」

ホワイトボードにはベアトリーチェの室内と廊下、数枚の死体写真が貼ってある。他に若くてきれいな女性の写真、防犯カメラ映像を引き伸ばした人物写真も、それぞれの名前とともに並んでいた。

・真島謙吉《ましまけんきち》：六十八歳　通報者　ホテル支配人

・被害者：進藤玲子《しんどうれいこ》二十九歳　朝比奈《あさひな》アカデミー所属の女優　介護福祉施設フランセーズ悠々《ゆうゆう》の看護師

・田口怜央《たぐちれお》　三十六歳　トリトンプロモーション俳優　配達員

・緒形祐二《おがたゆうじ》　四十五歳　自称映画監督　プロデューサー

・磯崎友孝《いそざきともたか》　五十八歳　フリーカメラマン

・アルバイト　四十歳前後　男性　緒形が行きつけの居酒屋で調達

「被害者および撮影に関わっていた者たちがわかった。進藤玲子と田口怜央はそれぞれ別の芸能プロダクションに登録している俳優だ。ただし、AV撮影はプロダクションを通していないアルバイトらしい。田口怜央の話によれば進藤玲子とは初対面。田口の報酬は三時間で三万五千円だと言っている。詳しいことは河島《かわしま》、頼む」

課長は河島班長を呼んだ。班長が立ち上がり、報告する。

「進藤玲子の本職は看護師で、台東《たいとう》区の介護福祉施設『フランセーズ悠々』に勤めています。勤務は不定期のシフト制。施設運営者も同僚も、彼女が女優をしていたことは知りませんでした。多数の無名アーチストを抱える朝比奈アカデミーのような芸能事務所は多く、アカデミー卒業後の研究生をスライド式に登録し、年間登録料で稼いでいます。ホームページを作ってプロのカメラマンに撮影させ、各自のプロフィールを公開していますが、実際に振り当てられる仕事はエキストラや結婚式の補充要員程度のようです。そういう意味でもAVは割のいいバイトで、進藤玲子の取り分は三時間で五万円。進藤も田口も、緒形のビデオに複数回出演しています。進藤玲子出演のAVは宍戸映像研究所から提出してもらっていますので……」

平野が、エロい表紙のＤＶＤ－ＲＯＭを掲げて見せた。班長は先を続ける。

「田口怜央の本職は宅配便のドライバー。勤め先の特急アローズに聞き込みしましたが、勤務態度は真面目で借金などのトラブルはなし。現在は妻と二歳の娘と共に都内のマンションで暮らしています。ちなみに進藤玲子から検出された体液のＤＮＡは田口怜央のものと一致しており、それ以外のＤＮＡは検出されておりません。田口本人はＡＶに出演していることを妻には内緒にしているようです」

河島班長は席に着き、別の班の主任が立ち上がった。

「監督兼プロデューサーの緒形祐二はＡＶ専門の映像屋です。裏では知られた存在らしく、複数の事務所から仕事を請け負い、主にラブホテルや公園などで、いかがわしいビデオを撮影しています。迷惑防止条例違反で検挙されたことも複数回あるようです。カメラマンの磯崎とは長い付き合いで、共に違法ビデオの制作で喰《く》っている。なお、不明の一人は撮影日前日に雇ったアルバイトで、緒形が行きつけの居酒屋でたまたま知り合い、当日現場へ連れて来たという話です。緒形と磯崎のコンビは場当たり的にバイトを調達していたそうで、この男とも、撮影終了後に一万円を支払って別れています。この人物に関しては、防犯カメラ映像などから身元の特定を急ぎます。

事件当日、撮影が終わったのは午前二時少し過ぎ。被害者を除く全員が一緒に部屋を出て、ホテルの外で別れています。撮影後に進藤玲子が部屋に残るのはいつものことで、支配人の話では翌朝ホテルから出勤していくと。また、撮影時、進藤玲子に変わった様子はなかったそうです。

緒形ら撮影隊が出ていく様子はホテルロビーの防犯カメラで確認済み。緒形と磯崎はその後、磯崎のオフィスに移動して撮影データを仕上げています。編集が終わったのが当日の午後。すぐさまデータを焼き付けて製品にしているところから、アリバイがあるとみていいでしょう。今のところ証言と齟齬《そご》はありません」

――進藤玲子二十九歳。

恵平はノートに書き付けた。生前の写真は所属していた芸能事務所のプロフィール画像で、死体の顔とは全く違う若くてきれいな人だった。田口怜央も素人離れしたかっこよさで写っている。芸能界に憧《あこが》れて役者を目指し、食べるために普通の職業に就きながら夢を追い続ける人たち。その夢は、彼らにとってどれほど大切なものなのだろう。

恵平は首を伸ばして他の関係者の写真を見た。防犯カメラ映像の引き伸ばし写真は、最後列から見ると大まかな印象しかわからなかったが、AV監督の緒形は髭面《ひげづら》で、いかにも胡散臭《うさんくさ》そうに思われた。真夜中にも拘《かか》わらず黒い帽子にサングラス、ごつい首飾りやブレスレットをし、若者が着るようなパーカーを羽織っている。

カメラマンの磯崎は痩せ型《やがた》で長身、真面目そうな印象で、長めの白髪を後ろでひとつに束ねていた。ＡＶを撮るからスケベだとは限らないけれど、エロビデオのカメラマンというよりは、鳥や植物の写真家という感じがする。

日雇いバイトの男は、ほとんど顔がわからなかった。大きな機材を抱えているため、それが上半身を隠しているのだ。エレベーター内部の画像も同様で、足元に複数の荷物や三脚を置き、コウモリ傘や棒状の何かに囲まれている。今どきの機材は小型なんだと伊藤は言ったが、そうだとしても、なかなか大変な力仕事であるらしい。

その後は敷鑑《しきかん》捜査の割り振りを確認し、ごく短時間の会議は終わった。

刑事たちが席を立ち、一斉に部屋を出ていくなかで、平野がツカツカと寄ってきて、恵平の机にさっきのＤＶＤ－ＲＯＭを載せた。

「えっ。これ、なんですか？」

「見りゃわかるだろ。被害者が出ていたビデオ。そっちでも確認しておいてくれ」

表紙には『Ｓ級素人・超絶ＯＬの熱い夜』とか、『現役女子大生VS変態オヤジ』とか、スケべったらしいタイトルが並んでいる。

「そっちでもって……平野刑事は確認済みってことですか？」

表紙画像のあられもなさに驚いて、恵平は大学ノートでそれを隠した。

「当たり前だろ？　おかげでスゲー寝不足だ」

「平野、急げ！」

と廊下で本庁のベテラン刑事が怒鳴る。

「はい！　じゃあな」

軽く手を挙げて出て行く平野に、恵平は呟《つぶや》いた。

「現役女子大生VSって……被害者二十九歳じゃないですか」

平野は一瞬足を止め、

「バカか」

と言い捨てて去った。

バカってどういう意味だろう。こういうビデオに実年齢は関係ないのだろうか。恵平は机に目を落とし、隠し切れていなかった破廉恥画像に慌てふためき、ノートを広げて全部を覆った。あからさまな女性の裸は自分の裸を見られるみたいで恥ずかしい。

「被害者、胸にタトゥーを入れてるんだね」

桃田がコソッと呟いた。

「え？」

さすが男は目敏《めざと》いというか、ノートをめくって確認すると、被害者の左胸に、確かにタトゥーが入っていた。それは青色の小さな蝶《ちょう》で、乳首から蜜《みつ》を吸っているようにも見える。

「これ……シジミチョウのオスですね」

シジミチョウは恵平がよく知る蝶だ。

「へー、そうなんだ。堀北は蝶に詳しいの？」

桃田がさらに覗《のぞ》こうとしたので、見せないように体で隠した。これがただの証拠品であり、見るのは仕事と割り切るためにも、あと少しだけ時間が欲しい。

「シジミチョウは郷里にたくさんいますから。でも、今では絶滅危惧種《きぐしゅ》に指定されているのもあるみたいですよ。青いのはオスで、メスはもっと地味な色ですけど、こんなにきれいな青色の蝶って、実際にいるのかな。わからないけど」

「本物のタトゥーじゃなく、役作りのためのシールってこともあり得るね」

立ち上がって恵平のノートをどかすと、桃田は臆面《おくめん》もなくビデオを並べた。

今の法律はどうなっているのか、改めて見るとかなりきわどい画像である。恵平は直視できずにオロオロしたが、桃田は至極冷静な声で、

「やっぱりシールじゃなくてタトゥーだな」

と断言した。それからビデオを重ねて胸に抱き、こう言った。

「行くよ、堀北。仕事だ、仕事」

颯爽《さっそう》と廊下へ出て行く桃田を見ると、いやらしさを感じていた自分の方が、ずっとスケベなんじゃないかという気がしてきた。


直後から、恵平はエロビデオの確認作業に入った。被害者が出演している宍戸映像研究所のビデオは五本あり、事件当日に撮っていたものは、後に磯崎から回収されることになっていた。とりあえず、手元のビデオを桃田と手分けしてチェックする。

「あのう……これって……全部見ないといけないんでしょうか」

パソコンを横並びにした資料室で恵平が聞くと、桃田とその脇にいた伊藤が交互に答えた。

「鑑賞するわけじゃないから三倍速で観ていいよ」

「ただし、終わりまで真剣にチェックしてくれ。特に背景、部屋の様子や、相手の役者、あとは女の表情な？　もしも田口怜央が映っていたら、進藤玲子と組むのは初めてだというヤツの証言は嘘だったことになる」

確かにそうだ。田口の顔は覚えているから楽勝だ。

「わかりました。他には何を探せばいいですか？」

「何でもだ」

と、伊藤が睨《にら》む。モニターにイヤホンをつなぎ、恵平に使うよう促した。

「ざっくり言うと違和感だ。被害者があんな目に遭わなきゃならなかった理由が、どこかに隠れているかもしれないからな。真剣にやれ」

椅子を引き、恵平の肩を押して座らせる。

「違和感って……でも私、こういうの観るの、初めてなんですけど」

正直に白状すると、伊藤と桃田は顔を見合わせ、伊藤が笑った。

「ま、後学のためと思って確認しとけ。大丈夫、違和感は違和感だ。何かと比べて感じるものじゃなく、直感に訴えかけてくるものだ」

そう言うと、伊藤はビデオをより分けて、一枚を恵平に手渡した。おそらく初心者向けのソフトな一本を選んでくれたのだと思う。どれがソフトか、ハードなのか、表紙を見ただけでわかるのはすごい。それで恵平はようやく覚悟ができた気がした。気持ちのどこかにスイッチが入る。

スタートボタンをクリックし、人生初のエロビデオに挑む。

それでもやはり、特定のニーズを満たすためだけに作られた映像を観るのはきつかった。生まれてこの方、自然豊かな寒村で、素朴な人たちの中で暮らしてきたのだ。こんな世界があることも、こんな映像に需要があると知ることもショックであった。

撮影現場はホテルではなく屋外だった。公園の、路地裏の、飲食店の、学校裏の……よくもこんなところで撮影したなと思うような場所ばかりで、迷惑防止条例違反で検挙歴があるというのも腑《ふ》に落ちた。目を覆うようなシーンでは、唇を噛《か》みながら事件現場の惨状を思い出すことにした。死体のビジョンが全裸で演技する彼女にフラッシュバックするたびに、自分は何の為にこれを観るのか問いかける。

たとえお金の為だとしても、彼女はどんな気持ちでカメラの前にいたのだろう。恵平にはわからない。せめて、もっと美しく撮ってあげればいいのに、映像はいやらしく撮ることに重きが置かれているように見えた。磯崎のような男がこの映像を撮ったと思うと、なんだかげんなりしてしまう。

それでも三倍速の映像は、やがて恵平の感覚を麻痺《まひ》させていき、『スゲー寝不足だ』と感想を述べた平野の気持ちがわかってきた。嫌悪感や羞恥心《しゅうちしん》を取り払って観れば、そこにあるのは繰り返されるただの行為だ。不自然さや違和感を覚えないまま、恵平はようやく一本を見終わった。

「終わりました。特に怪しい感じはなかったです」

桃田に告げて、次の一本に手を伸ばしたとき、ノックとともにドアが開き、河島班長が追加のビデオを持って来た。提げている紙袋一杯にDVD-ROMが入っている。

「追加のビデオだ」

と河島は言った。

別会社が制作したAVを、裏ビデオのレンタル店から借りてきたものらしい。

「調べたら、被害者は十代の頃からビデオに出演していたようだ。一応、手に入る分は借りて来たが、十代のビデオは二、三本。緒形が彼女を使い始めたのは最近で、その間十年近くのブランクがある。確認するのはここ数年の分でかまわない」

「それにしてもけっこうな量ですね」

桃田が立っていって中身を確かめ、テーブルの上にビデオを出した。

恵平も立ち上がってそれを見る。表紙画像のスケベったらしさは同じだが、十代の被害者の姿は見るに堪えない。胸にはまだタトゥーもないし、顔つきは、あどけないどころか垢抜《あかぬ》けてさえいない。

「あー……これなんかまさに十代だなあ。それにしては体ができてるね」

何を基準にそう思うのか、わからないけれど桃田は言った。それにしても被害者は、同性の恵平が見てもきれいな体をしている。

「どんなきっかけで入れたんでしょうか？　蝶のタトゥーは」

恵平が聞くと、

「さあね」

と桃田は首をすくめた。ブランク後に撮った画像はすべてにタトゥーがあるし、表紙もタトゥーを強調するような画角で撮られているように見える。

「仕事のためらしい」

含蓄がある様子で伊藤が答えた。

「捜査会議で聞いた話だ。緒形が彼女を使うようになったのは、胸にタトゥーがあったからだと。演技や顔より裸勝負の世界だろ、マークがあると使いやすいんだそうだ」

「どうして使いやすいんですか？」

「客が覚えているからさ」

「え」

つまりビデオを買う客は、女優の顔や雰囲気よりも、身体的特徴のほうをよく覚えていると言うことだろうか。恵平は疑問に思ったが、なぜか質問できなかった。まだ恋人もいない身なのに、恋どころか男性そのものに幻滅したくない。

今回の事件はいろいろな意味で自分にキビシイ。大人になるって大変なことなんだなと思う。追加のビデオは十八本。今日はエロビデオで終わりそうな予感がした。

第三章　Genital area マーケット

午後九時八分。資料室で桃田や伊藤とカップ麺《めん》を啜《すす》っていると、もの凄《すご》い勢いでドアが開き、ずかずかと平野が押し入ってきた。

「なんだ、ビックリするじゃねえか」

唇の端に鴨南蛮そばをひっかけて伊藤が叱ると、

「すみません。伊藤さん、ちょっとお願いが」

平野はテーブルへやって来て、

「いい匂いだな」

と恵平のチリトマトヌードルを見下ろした。

「晩ご飯、まだなんですか？」

恵平の問いには答えずに、平野はビデオ確認用のパソコンを見やる。スリープ状態になってはいるが、マウスを動かせばとんでもない画像が浮かぶ代物だ。

「ネットに接続できますか？」

伊藤に聞きながら捜査手帳を出す。

「なんだ。何かあったのか」

伊藤は食べかけの鴨南蛮をテーブルに置き、立っていって別のデスクトップパソコンを起動させた。恵平と桃田も視線を交わし、伊藤の後ろに並んで立った。

パソコンが起動すると、平野は伊藤と席を替わって、捜査手帳を確かめながら、どこかのアドレスを打ち込んだ。

『アダルト・アートＢＯＸ』というタイトルページにアクセスする。

「なんなんだ、そりゃあ」

伊藤が聞いても平野は答えず、真剣な眼差《まなざ》しでホームページを見渡していく。

「大人の玩具《おもちゃ》の通販サイトってとこですかねえ」

ショートケーキ味のカップ焼きそばを食べながら桃田が言う。席を立つときも、平野の後ろからモニターを覗《のぞ》き込んでいる今も食料を離さないので、甘い焼きそばの微妙な匂いが恵平の鼻をくすぐった。

桃田の言う通り、それはアダルトグッズを扱うサイトのようで、恵平には耳慣れない取扱品目が、カラフルなバナーとなって並んでいた。

「ここか?」

平野がひとつをクリックすると、モニターに複数の窓が現れた。

女性の胸らしき白っぽい写真が並んでいる。石膏《せっこう》かアラバスターで造られた彫像かもしれないが、一つ一つの窓が小さすぎて確認が難しい。平野はマウスを操作して、写真を大きく表示した。

「なんですかこれは」

伊藤と同じ質問を、別の動機で恵平はする。疑問ではなく、非難の気持ちを込めたのだ。画面にずらりと並んでいたのは、女性のプライベート部分のレプリカだった。胸像ではなく乳房そのもの、下半身そのものの模型まである。『マキちゃん』とか『エリカ』など、個人名を思わせるタイトルがつけられ、価格は二万円から五万円台。こういうものが販売されているのを見ると、同じ女性として自分が冒瀆《ぼうとく》された気分になる。いったい誰がこんなものを買うというのか。恵平は次第に腹が立ってきた。

「報道番組を観た視聴者が、テレビ局にタレこんだらしいです。被害者の胸を持ち去った犯人はバストマニアじゃないかって。それで、こういうものを扱う通販サイトが浮かんだんです」

一つ一つの画像を丁寧に確認しながら平野が言う。

「バストマニア？」

「販売会社の名前ってこと？」

恵平と桃田が交互に訊《たず》ねる。

「そうじゃなく、そういう性癖を持つ人物を指すそうで」

答えて平野は画面を見ている。沈黙の中、平野がマウスを操る音と、カップ麺の匂いだけが室内を過《よ》ぎっていく。大きな胸、小さな胸、下がり気味に、上がり気味……次々に拡大されていく作品は、一つとして同じものがない。

それを見ているうちに恵平は気付いた。

「これって、もしかして……実在の人物から型取りしたものなんですか？」

まさかと思って訊ねると、平野があっさり「そうだ」と答えた。

だからなのか。計算の行き届いた裸体の彫像はなんともないが、これは、なんというか、エロくて生々しくてゾワゾワする。

「なんでそんなことをするんです？」

「金になるからだろ。あった！　これか？」

平野は興奮した声で、作品の一つを伊藤に見せた。

タイトルは『レイコ嬢』。価格は二万三千円だ。

他のレプリカとの大きな違いは左胸にとまる青い蝶《ちょう》。タトゥーのようなリアリティはなく、明らかにシールとわかる。それでも蝶の位置は被害者のものと同様で、タトゥーに似せようという作為を感じる。青い蝶のデザインもタトゥーに近い。一日中それればかりを眺めていたのだ。間違いない。

「まさかな」

と伊藤は唸《うな》り、またも平野と席を替わった。

「伊藤さん。ＡＶから被害者の画像を抽出して、この画像データと照合してみてくれませんか？　これが被害者のものかどうか」

「被害者の胸だと思うんですか？」

「だからそれを調べてくれって」

振り返った平野の胸に、桃田は激レア味のカップ焼きそばを押しつけた。腕まくりしながらパソコンのスリープを解除して、被害者の胸が正面から映っているシーンを探す。手頃な画像を見つけると、拡大して確認していく。

「ホームページ上の写真って、72ｄｐｉ程度なんですよ。それに、レプリカが白いから凹凸が出ていない。ざっくりとした大きさや形は合わせられても、細部まで照合できるかわかりませんよ」

「じゃ、ダメか？　係長に掛け合って『レイコ嬢』を購入しろってか」

言いながら桃田の後ろに来た平野がチリトマトヌードルを啜っているので、恵平は悲鳴を上げた。

「それ、私の！」

平野はすまして麺をすすり上げ、汁だけになったカップを返してよこした。

「あーっない、もう麺がない」

「大げさだな。ほとんど残ってなかったぞ」

「嘘ですよ。食べ始めたところだったんだから」

恵平は平野の非道を訴えようと伊藤を見たが、伊藤は画像の処理に真剣だ。いつの間に食べ終えたのか、鴨南蛮そばのカップがゴミ箱に捨ててある。

「よければぼくの焼きそばもどうぞ」

同じく画像処理を試みながら桃田は言うが、平野は桃田の焼きそばを持ち上げると、匂いを嗅《か》いだだけでテーブルに戻した。

二台のデスクトップモニターに、白とフルカラーの乳房が並ぶ。伊藤が加工した画像データをハードディスクに落とすと、桃田はそれを引っ張り出して、二枚の写真を重ね合わせた。ネット画像は不鮮明なので、乳房の丸みや乳頭の位置が輪郭線で描いてある。完全に同じ角度から撮った写真とは言い難いものの、二つの画像は、ほぼ重なった。

「ああ……いい線いってるみたいだね」

なんの感慨もなく桃田が呟《つぶや》く。対して平野は拳《こぶし》を握った。

「やったぜ、ビンゴ」

男三人の表情にはいやらしさの欠片《かけら》もない。恵平はそれが不思議であった。捜査対象と割り切ってしまえば、医者が患者を診るような感覚になるのだろうか。それとも刑事は裸の死体を検視するから、女性の裸を見ても平気になってしまうのだろうか。

後ろでノックの音がして、本庁の中年刑事が入って来た。平野とバディを組んでいる竹田《たけだ》というベテランだ。

「どうだ」

と竹田は平野に聞いた。ズカズカとパソコンへ近づいて、ほぼ重なった画像を眺める。タトゥーの蝶とシールの蝶は位置も大きさも違うが、バストは同一人物のものと思われた。

「どうです？」

平野も竹田に聞き返す。竹田は背が低く、おかっぱに切った白髪交じりの長髪を真ん中で分けている。スーツのポケットに手を入れたまま、桃田の脇で前屈《まえかが》みになる。

「被害者本人の型かもな……ホームページの運営者は？　わかったか」

「まだです。注文用アドレスしかないので、通販サイトに確認しないと」

「すぐにやれ。明日は現物を観に行くぞ」

竹田は鑑識の誰にも目を向けず、身を翻して部屋を出ていった。

「……なんか、威張ってるんですね。本庁の刑事って」

恵平は本音をこぼした。

「本庁の捜査一課様だぞ？　仕方ないだろ」

平野が唇を尖《とが》らせる。平野も口は悪いけど、現場ではそれなりに苦労をしているようだ。恵平は、麺《めん》だけでなく汁もあげればよかったと思った。

その後も作業は深夜まで続いた。平野は部屋を出ていかず、ビデオ映像を確認する恵平たちの隣でネットサーフィンを続けている。刑事課は刑事課で監視カメラ映像を確認しているために、パソコンが空いていないのだ。

胡散臭《うさんくさ》い標本を販売するショップは一軒に留《とど》まらなかったが、商品を逐一確認していったところ、被害者のものとおぼしきバストを販売している店は、アダルト・アートBOXを含め三社程度あることがわかってきた。もっともこの三社は名前を変えた同じ業者か、同系列の業者の可能性が高いと桃田が言う。三社ともまったく同じ写真を使っているからだ。

「しかも最近のレプリカだよね」

ごく真面目な顔で断言する。

「どうしてそう言い切れるんですか？」

恵平が聞くと、桃田は真面目な顔で言う。

「若い頃の胸とは形が違う」

「桃田さん。そんなとこばっかり観てたんですか」

思わず本音を口にすると、桃田は少し赤くなる。

「だって、そりゃ……目が行くよ」

それを聞いて恵平は、ようやくスッキリした気分になった。

チリトマトヌードルをくすねただけでは空腹を満たせなかったらしく、十一時を過ぎた頃、平野はふらりと出ていって、コンビニの袋を抱えて戻った。買ってきた菓子パンを配りつつ、パンは作業しながら食べられるから便利なのだと言った。

「刑事の常識だから覚えとけ。あんパン、ジャムパン、クリームパン、口の中の水分を無駄に搾取しないパンが適している」

平野がくれたジャムパンを食べながら、深夜にパンを貪《むさぼ》りながらエロビデオを観る自分たちは、傍目《はため》にどう映るのだろうと考えた。

肉体を商売に使う女性がいるのは知っている。風俗という言葉も、性が金になることも、知識としては理解している。けれど初めてそれに向き合ってみれば、恵平が漠然と思い描いていた世界とは違って思えた。現実はさらに生々しく、滑稽《こっけい》で、切なさすら感じる。彼女はなぜ、どんな気持ちで、こうした世界に身を置いたのか。

東京駅の一角で靴磨きをしているペイさんや、ホームレスのメリーさんのことが頭に浮かんだ。二人とも、おもて交番で勤務している時に知り合った人たちだ。

持てるだけのものを身につけて、Y口《ぐち》側26番通路で寝泊まりしているメリーさんは、ほとんど言葉を話さない。勝手な思い込みで彼女に哀れみをかけた恵平に、ペイさんはこう言った。家を持たない婆さんは、会話も満足にできないと思うのかいと。

事件発覚からのわずかな時間で、あまりに多くのアダルト情報に触れたため、恵平は考えが整理できなくなっていた。だからまたペイさんに、こう言って叱られるのではないかと思った。性を売り物にする女性は、酷《ひど》い目に遭って当然だと思うのかいと。

ジャムパンを咥《くわ》えて、恵平は頭《かぶり》を振った。

被害者のことを知らないくせに。生前の進藤玲子さんを知らないくせに。

自分自身にそう言うと、両目をこすってモニターを見た。モザイクもぼかしもない画面では、男女の営みが延々と続く。二人は監督とカメラマンとアルバイトの前でこれを演じて、複数の人に映像を売る。だからやっぱりこれは商売だ。商売で、赤の他人がこれを観て、彼女のことを知っている気になったりするのだ。

犯人もこれを観たのだろうか。そうして彼女に、本当の彼女ではなくてスクリーンの中の彼女に、興味を持ったりしたのだろうか。

恵平が最後のビデオを観ているときに、

「あ、畜生め!」

突然平野が奇声を上げた。

その声はたやすくイヤホンを通り抜け、恵平の耳にも響いてきた。恵平は画像を一時停止させ、イヤホンを外して平野を見た。

「どうしたんですか?」

「これだ。ネットニュースだよ。事件のことが書かれてる。被害者は看護師と報告したのに、アダルトビデオに出演していたのがすっぱ抜かれた」

平野は床を蹴《け》って椅子を転がし、両手で自分の目頭をもんだ。画面には、モザイク処理を施した被害者のあられもない姿がプロフィール写真と並んで表示されていた。

「ひどい……どうしてそこまで記事にされなきゃならないんですか」

「売り上げのためだよね。扇情的なタイトルで刺激的な記事を載せれば、収入が上がるから」

イヤホンを外しもせずに桃田が言う。

「でも被害者ですよ？　被害者なのに」

「嘘を書かれたわけじゃない。商売なんだから納得ずくだ。ネットを探せば本人が出演したビデオの写真が出てくる。過去は消せない。どうにもできん」

マウスを動かしながら伊藤が呟く。その目はモニターを見つめたままだ。でも、

【バストを奪われた看護師はAV女優・被害女性のふたつの顔】

その記事は根も葉もない憶測を面白おかしく並べただけの、悪意に満ちたものだった。事実を報道することに異議はない。だからこそ、彼女の本当の姿も思いも心も、真摯《しんし》に調べて報道するべきではないか。恵平は被害者を思って唇を嚙《か》んだ。

深々と夜は更け、午前一時を回った頃に、恵平たちはようやく一連の作業を終えた。結果として、進藤玲子と田口怜央が共演したビデオは他にはなかった。ビデオ撮影に

使われたホテルはアモーレの他にも何ヵ所かあったが、圧倒的にアモーレが多い。他社で販売しているビデオにも緒形・磯崎コンビが関わっていたためで、そういう意味では、ホテル・アモーレと進藤玲子、緒形・磯崎コンビは一連の仲と言えそうだった。

近くに寮がある恵平は帰宅することにしたが、平野たちは電車がないので署に泊まると言う。お疲れ様ですと署を出ると、吹く風があまりに冷たくて驚いた。

ビル群の上にはささやかに星が光っている。都会は明るすぎて見えないが、郷里の山で夜空を仰げば、いま見えている星の隙間にも無数の星が散らばっているのを知るだろう。どこかにまた被害者の姿を視るだろうかと思ったが、真夜中のビル群には看板の光が灯《とも》るだけだった。


翌早朝も捜査会議は開かれていたが、恵平は会議に出られなかった。出勤と同時に現場へ連れて行かれたからだ。

臨場したのは有楽町のマンションで、二階に住むホステスの部屋が荒らされて、クローゼットから下着が盗まれたというのであった。室内には衣服などが散乱し、随所に血の手形がついていた。

「どうして血だらけなんですか？」

進藤玲子の事件に関わっていたこともあり、恵平はその光景にゾッとした。忍び込んだ部屋に血染めの手形を残していった犯人の心理が恐ろしい。

裏通りに面した窓を開け、係長が外を覗《のぞ》き込む。そして、

「のぼせた素人の仕業だな」

と、呟《つぶや》いた。犯人は雨樋《あまどい》を伝って二階へ登り、その時に雨樋を止める金具のバリで手を切ったらしい。

「どうしてわかるんですか？」

血だらけの部屋を見渡して聞く。

「手形、指紋、ＤＮＡ。わかりやすい証拠を残しやがって。普通なら、手を切ったところで諦《あきら》めるか、そもそもプロならそんなヘマはしない。女に惚《ほ》れ込んだ客か、気の弱いストーカーの仕業だろう」

淡々とそう言って、係長は作業の指揮をする。

果たしてその日の午後には有楽町駅前交番に犯人が自首してきて、事件はスピード解決を見た。係長が想像した通り、ホステスが勤めているスナックの常連客で、一方的に歪《ゆが》んだ恋愛感情を募らせた末の犯行だった。

その日の報告書をまとめながら、恵平は桃田に聞いてみた。

「係長はどうして犯人のことがわかったんでしょうか?」

赤いメガネフレームの奥で、桃田の涼しげな目が動く。彼は係長の命令で、現場報告書をまとめているところだった。

「あまりに稚拙な現場だったから」

「血の跡がですか?」

「それもあるけど全体的に」

桃田は言って、恵平を振り向いた。

「先《ま》ずは下準備をしていない。犯人は被害者の後をつけてきて、あの部屋に被害者が住んでいるのを確認していた」

「はい」

「たぶん何回か来ていたんだろう。でも昨夜、彼女は帰ってこなかった」

確かに被害者はそう言っていた。友人の家に泊まって、帰宅したら部屋が荒らされていたと。

「だから突発的に部屋へ入った。自分が彼女を見ていることを、知らせたかったのかもしれない」

「え……」

「惚れた客、もしくはストーカー。係長が言ったのはそういう意味だよ。手をケガしたのに二階までよじ登って、部屋中に手形を残したんだ。犯人は気の弱い、彼女に告白できない男。わかった？」

恵平は二の句を継げず、桃田はまた作業に戻った。

告白できないから下着を盗んで行くなんて、その心理はどうしても、理解できないものだった。


慌ただしく時間は過ぎて午後八時過ぎ。

昨夜は残業だったこともあり、恵平、桃田、伊藤の三人は上がるよう係長に言われた。猟奇事件の喧騒《けんそう》は未《いま》だ収まらず、署の正面には今夜もメディアの影がある。私服に着替えて裏口を出て、恵平は東京駅へ向かった。

ザワザワと、駅前広場の植栽を木枯らしが揺らしている。晩秋の夜空はスッキリと澄んで、心なしか街灯の光も遠くまで届いているように思う。南口、中央口、北口と、三つの改札を通り過ぎ、恵平は呉服橋のほうへ歩いて行った。

丸の内北口に椅子と道具箱だけの店を出すペイさんの姿はもうなくて、帰宅を急ぐ人々が各所から駅へ向かっている。また風が吹いて、恵平は首をすくめた。ダミちゃんでホッピーを飲もうと思っていたのに、体がどんどん冷えてきた。焼酎《しょうちゅう》のホットウーロン茶割り。それともいっそ熱燗《あつかん》にしようかと考えながら暖簾《のれん》をくぐると、なぜか恵平の指定席に平野がいた。

「ほら来た。いらっしゃい」

カウンターの中でダミさんが笑う。

「そろそろケッペーちゃんが来る頃だろうって、話してたところだよ」

「こんばんは、スルドイですね。てか先輩」

平野はかまわずおしぼりで手を拭《ふ》いている。店はいつものように満席で、ダミさんがカウンターの客に声を掛け、一人分のスペースを作ってくれた。常連さんたちは自然と体を斜めにし、何事もなく飲み続けている。わずかな隙間におしぼりとお通しと箸《はし》を置き、「ビール？　ホッピー？」と、ダミさんは聞いた。

「えっとね……今夜は熱燗にしようかな」

おずおず言うと、「大人だねえ」と首をすくめる。

おしぼりを使いながら、恵平は、いつもこうして席を空けてくれるのに、いつかのお客さんを『相済みません』と返してしまったのはなぜなのだろうと考えていた。

「お疲れ様です」

とりあえず平野に頭を下げると、平野は低い声で「おう」と答えた。

「係長が、今日は早めに上がれって。先輩もですか？　ゆうべは徹夜ですもんね」

そうだともそうじゃないとも取れる頷《うなず》き方をして、平野は早速箸を持つ。

お通しは鶏《とり》団子の白菜煮だ。ダミちゃんの鶏団子には砕いた蓮根《れんこん》が入っていて、シャキシャキとした歯ごたえがとてもいい。つゆだくの器から湯気が立ち、ゆずの香りが鼻をくすぐる。平野は器に口をつけ、熱いスープをズズと啜《すす》った。

「あーっ……うまっ」

七味をかけて、鶏団子を箸で割る。

ダミちゃんの七味は都内浅草のやげん堀《ぼり》。七味といえば郷里の根元《こんげん》八幡屋《わたや》礒五郎《いそごろう》しか知らなかった恵平が、初めて知った余所《よそ》の七味だ。平野が夢中で食べているので、たまらず恵平も箸を取る。考えてみれば事件からこっち、まともな食事をしていない。色よく煮えた白菜は甘く、鶏団子は塩味のスープとよく合っていた。

「ふはぁーっ」

熱いスープが胃に染みて、これこれ、これを待っていたんだよ！　と体が喜ぶ。

「うまいかい？」

ダミさんが聞いた。

「美味《おい》しいです！　もう最高」

へいお待ち、と、熱燗を恵平の前に置く。

「お猪口《ちょこ》は？　ふたついるかい？」

「いや、俺は」

「ふたつください」

ダミさんにお猪口をもらい、恵平は平野の分に熱燗を注いだ。白くたおやかな湯気が立ち、お酒の甘い香りがする。恵平と平野は杯を挙げ、熱めの燗をくーっと飲んだ。酒は食道に染み渡り、喉《のど》の奥がチリッと鳴った。

「おいしいーっ」

「てか、利くな」

平野は恵平の杯に注いでくれ、

「模型出展者のところへ行ってきたぞ」

と、ボソッと言った。えっ、どうでしたか？　と、恵平はもう聞かない。研修期間を経るほどに、そのあたりの加減がわかって来たからだ。今度は平野に酌をしながら、

「はい」と小さな声で答えた。

「あれは『彼女』の副業だった。『レイコ嬢』にはファンがいて、少し高めでも売れるんだとさ」

「副業ですか……」

「狭い業界だ。バイトを紹介したのが緒形で、出展者は作業場を持っている」

「作業場？」

「型取り用の工場だよ。元々は町工場だったらしいや。親の代には」

何種類かの焼き鳥を一緒盛りにしたプレートが平野の前にスッと出てきた。ダミさんは無言でそれを置き、顔は他のお客に向いている。大きな声で話しかけ、客の関心が恵平たちに向かないようにしてくれる。

「食うか？」

と平野が聞いたので、ラッキーとばかりにボンジリを取った。

「あっ」

平野が残念そうな顔をする。

「もしかして、先輩もボンジリ好きですか？」

「逆に嫌いなヤツっているのかよ」

「そんなら半分返しますか？」

「いらねえよ」

ハツに七味をかけながら、平野はその先を話した。

「なんつーか、もっとこう……いかがわしい場所にあると思っていたんだよな」

「はい。高級マンションの一角とかですよね。アジトみたいな感じで」

「そうそう」

言いながら前歯でハツを串《くし》から外し、熱燗をキュッと飲む。

「ダミさん、熱燗もう一本」

まだ半分ほど残っている徳利《とっくり》を平野が振るので、ストレスがたまっているんだなと思った。本庁のベテラン刑事と組むのって、どんな感じなんだろう。平野は図太く見えるけど、それでも苦労はあるようだ。

「町工場が集まっている場所なんだ。親の代で仕事をやめて、息子はそっちで喰《く》っている」

「そっちって……あっちですか？　ネット通販で」

「そ」

頷いて、手酌する。

「緒形が金になるからと説得して、型取りと複製のテクニックを教えたらしい。レイコ嬢を紹介したのも緒形。撮影に使う女優全員に話を持ちかけていたようだ。えげつねえ話だぜ、まったく」

平野は視線を空中に泳がせて、わずか苦しげな顔をした。

「まだ、親が使ってた機械とか、置いたままなんだよなー……捨てるにも金が掛かるって、隙間にブルーシートを敷いて……そこに型取り用の桶《おけ》があって……なんつーか……」

クイッと杯を空けてから、

「……メンタルに突き刺さる光景だった」

と、また杯を酒で満たした。

漠然とだが、ああいう品は芸術的な手法を用いて型取りすると思っていた。けれど平野の様子から、そうではないとわかってきた。型取り用の桶？　ブルーシート？　言葉の端々から想像するに、それはとても原始的かつ安価なやり方のように思える。例えばだが、男二人で裸の女性を抱え上げ、型取り材で満たした桶に載せるというような……潰《つぶ》れた町工場に大の大人が集まって、女性のパーツを型に取る。それが真剣であればあるほど、滑稽《こっけい》で、わびしくもある。詰まるところ人の欲望を具現化する根底にあるのは、無邪気かつ執拗《しつよう》な好奇心と真剣さなのかもしれない。

「つまりヒガ」

被害者とうっかり言いそうになって、言葉を探す。

「……レイコさん自身が納得の上、モデルになったってことなんですね？」

「彼女が今のプロダクションに登録したのは十六の時。出身は千葉で、五歳から地元の子供劇団に所属、ローカルCMに子役で出たりもしていたようだ。高卒で上京して俳優養成学校へ進んだが、オーディションで落ちまくり、奨学金やレッスン費が莫大《ばくだい》な金額になった。母子家庭で、本人よりも母親が女優志望だったらしくて、娘の将来を夢見て子供劇団に入れたんだとさ。ただ、母親はその後再婚して家庭に入り、娘を女優にする夢から手を引いた。その後は独りで夢を追い続けていたんだろうな。俳優養成所を二年で卒業したあとは、レッスン費用や奨学金の返済のため、再度奨学金を受けて看護学校に入り直した。調べたところ、借金は八百万円近くもあった」

「だからバイトを？　俳優になるのにそんなにお金が掛かるんですか？」

「週に数回のレッスン料が年間通して五十万円以上。他にプロダクションの手数料、登録料、美容代、服に靴、化粧品、レッスンを増やせばその分も……趣味と割り切っても高額だけど、実際問題、親の援助なしに役者を続けていくのは大変そうだ。まあ、夢を買うようなものかもしれないけどな」

平野が酌をしてくれたので、恵平も杯を干した。早くご飯を食べないと、空《す》きっ腹に日本酒が利いてきた。

「ダミさん、ご飯ちょうだい。私、焼き鳥丼で」

「俺はお茶漬け。わさび茶漬けの漬物多めで」

はいよ！　とダミさんの返事を聞いて、恵平は話を続けた。

「どんな人だったんでしょうね？　レイコさんって」

性的に奔放なイメージがあったのだけれど、平野の話を聞くうちにわからなくなった。少なくとも、借金を踏み倒したり、人生を捨てたり諦《あきら》めたりするような人ではなかったということだ。ＡＶ女優は進藤玲子という女性の一片に過ぎない。

「型取りのギャラは、胸が八万、下が十五万だとさ。一度型を取れば複製が作れるし、型そのものを買い取る業者もいるらしい。パーツだけで顔が出るわけじゃないから、バイト感覚で応じる若い子も多いんだってさ。若い子のほうがあっけらかんとしてるって話だが、なんだか夢が削《そ》がれる事案だよな」

お通しの器に少しだけ残っていた汁を飲み干して、平野は恵平の顔をまともに見た。

「彼女はとても評判のいい女性だった」

平野の瞳《ひとみ》に何かがあったが、それがなんなのか、悲しみなのか、哀れみなのか、絶望なのか、恵平にはよくわからなかった。

「働いていた介護福祉施設で話を聞いたが、マルガイを悪く言う者は一人もいなかった。言葉には出さないが、他の仕事の話を聞いて傷ついている人もいたくらいだ。九十近いお婆ちゃんが言ってたよ。お金に困っていたのなら、言ってくれればよかったのにって。レイコちゃんになら遺産を残してあげたのに……本当に遺産があるのかどうか、知らないけどな」

二本目の酒を、平野は均等に注いでくれた。あまり酒が強くない恵平はグラグラしてきたが、今夜は平野に付き合いたかった。わさび茶漬けを食べながら、

「報道は嘘を書いてるわけじゃない。でも、彼女の人となりを正しく伝えているわけでもない」

と平野は言った。今回、平野は鑑取《かんど》り捜査を担当している。故人の周辺にいた人々の許《もと》をまわって、もちろん遺族からも話を聞くのだ。臨場したときはただの死体だった被害者が、捜査を進めるにつれ、一人の人間として立体的に感じられてくる。そして被害者が殺人によって奪われたものを慮《おもんぱか》るようになる。事件がなければ続いていたはずの人生も、大切な誰かを奪われた人たちのことも。

お茶漬けしか食べなかった平野の気持ちが恵平の胸に迫ってくる。平野は彼女の軌跡を懸命に追いかけて、失われた命の光を拾い集めて、そして心から傷ついている。被害者の人生を慮って、その人生がどれほど尊いものだったかを見せつけられて。

シメに瓶ビールを半分ずつ飲んでダミちゃんを出ると、二人とも酔いが回っていた。煙っていた店の外には冷たい風が吹いている。恵平はしばし足を止め、前髪を風になぶらせた。いま吹く風を、被害者はもう味わえない。不条理に命を奪われるとはそういうことだ。呉服橋から東京駅の前を通って、おもて交番のほうへと歩く。

駅舎が正面になる位置で、恵平は静かに足を止めた。平野が無言で振り返る。

この場所に百年以上も佇《たたず》む駅舎は、いつ、どんな時間に見ても美しい。それに比べて人間は、なんて短い人生だろう。駅舎を見上げて恵平は、

――どうか進藤玲子さんを殺した犯人を捕まえさせてください――

と、心に祈った。頑張りますから、音を上げたりしませんから、犯人を逮捕できますように。

「なにやってんだ。酔っ払って歩けないとか」

平野が聞いた。

「そうじゃなく、無事に事件を解決できるようにって、お願いしていたんです」

「お願い？　駅にか？　バッカじゃねえの」

「この前だって、事件を解決できました」

下唇を尖《とが》らせて言うと、平野は目を丸くした。

「東京駅のおかげだってか」

「もちろんそれだけじゃないですけど、なんか、力がもらえる気がして」

平野は「ふーん」と駅舎を見上げ、姿勢を正して隣に立った。深呼吸すると、恵平の頭をグッと摑《つか》んで、自分と一緒にお辞儀をさせた。くの字に体を曲げたまま、

「進藤玲子の無念、晴らさせてください」

真剣な声でそう言った。

「これでいいか？」

そう聞く口元に白い歯が覗《のぞ》いて、恵平は初めて、平野先輩はけっこういいヤツなんじゃないかと思った。

第四章　東京駅うら交番

「これからどうする？」

平野が聞くので、

「寮へ戻ります」

と、素直に答えた。

「俺も捜査本部へ戻るかな」

そしてまた一緒に歩き出す。

それきり平野は無言になって、恵平も黙ってついていく。

帰りを急ぐ人の姿はすっかり減って、酔客たちが、家へ帰るか、もう一軒行こうかと考える足取りで歩いている。ダミちゃんで温まった体の火照りが冷めてしまうと、今度は寒さを感じてきた。照明に浮かぶ街路樹が控えめに葉を舞い散らせているのを眺めながら、恵平は呟《つぶや》いた。

「これからの季節、メリーさんたちは寒くて大変ですよね」

東京駅の周囲には、終電と始発電車の間だけ、片隅で夜を過ごす人たちがいる。そういう人たちを、駅前交番では地下通路の振り当て番号で呼んでいた。例えば、Y口側の26番通路で夜を過ごすメリーさんは『Y26番さん』というわけである。

スーツのポケットに両手を入れて歩きながら、平野はふっと中空を仰いだ。

「そう言えば、一昨日《おととい》、京葉《けいよう》ストリートのあたりでメリーさんを見たな」

二人は東京駅おもて交番の前を通過した。交番には煌々《こうこう》と明かりが点《つ》いていて、カウンターにいる洞田巡査長の姿が見えた。俯《うつむ》いて、書類を書いているようだった。

「昼間に見かけたんですか？　珍しいですね」

メリーさんは早朝に駅を出て、雑誌を拾う仕事をしている。それからY口側26番通路に戻ってくるまで何をしているのか、恵平は知らない。

「昼間というか、夕方な？　誰かを追いかけているみたいだった」

洋服をすべて身につけて、大きな鞄《かばん》をひとつ提げ、あまり喋《しゃべ》らず、存在を恥じるかのように暮らしているメリーさんのことを考えてみる。彼女が誰かを追いかけるなんて、想像がつかない。恵平は「へえ」と相槌《あいづち》を打ったが、その後の言葉が続かなかった。歩くたびに酔いが回ってきて、なんだかふらふらしてきたようだ。平野はどうかと思ったけれど、酔っているのでわからなかった。

「先輩……本庁のベテラン刑事さんって、どうレすか？　厳しいですか？」

気になって訊《たず》ねてみたが、ろれつがうまく回らない。その途端、恵平は縁石を踏み外してよろめいた。平野が腕を取ってくれなかったら、転んでいたかもしれない。

「危ねえなあ。しゃんとしろよ」

「すみません。実はあれから食欲なくて……空《す》きっ腹に呑《の》んだから……ていうか、平野先輩？」

さらりと恵平の腕を放して、平野は地下道の入口を見ていた。

あの入口だ。一見公衆トイレのようであり、ゴミ集積所のようにも見える。全体にひどい寂れ方で、照明はチカチカと点いたり消えたりを繰り返している。

「ちょっと行ってみるか？」

低い声で聞きながら、平野はもう地下通路へ向かっていた。

どこへ『行ってみる』のか、恵平にはわかる。東京駅おもて交番で勤務に就いていた頃、駅の周辺を散策していた恵平は、この通路を通って古い交番へ行き着いた。

そこには柏村という老齢のお巡りさんがいて、管轄区内で起きた事件に助言をくれた。その件では平野も柏村に会っているのだが、事件解決のお礼に行こうとしたときには交番に辿《たど》り着くことができなくて、未《いま》だにそれがどこのなんという交番だったか、まったくわからずにいるのであった。

見上げたビルの隙間には、笑ったような月が出ている。

闇に浮かんだ地下道の入口は、鉄のアームがさび付いて、シミだらけのコンクリートがぼんやり浮かぶ。階段を下りていく平野の背中が異次元に吸い込まれて行くようで、恵平は慌てて後を追いかけた。

前回交番へ辿り着いたのは、夏の終わりのことだった。あの時は照明の周りを虫が飛び交っていたけれど、今は落ち葉が階段に吹きだまっている。階段を下りると、脇に排水溝の通る狭い通路で、床のタイルがひび割れて、随所に地下水がしみ出している。

よく見れば、前を行く平野の足取りも怪しいものだと思う。コンクリートの壁は寒々しくて、どこまで行っても蛍光灯がチカチカしている。

「思うんだけどさ……」

低い天井を見上げて平野が言った。

「今どき照明が蛍光灯って、あり得なくね？」

「そうでしょうか。浅草の地下街なんかは、まだ蛍光灯だった気が」

「あー……まあ……そうかー……」

東京は未来と過去と現在が共存している不思議な街だ。近未来的なビルの路地裏にタイムスリップしたような場所があり、そこに現代人が集まっている。狭い画角で切り取れば、過去と見まごう風景がいくらでもある。

今日こそは。

恵平は、どこをどう歩いたか記憶しながら平野を追った。そうしてやがて気がついた。カーブしたり合流したりしているものの、地下道自体はさほど複雑な構造になっていないのだ。それなのに、あの交番へ行けなかったのはなぜだろう。振り返って見たけれど、暗くて狭くて汚いほかに怪しげなところはない。

「ここじゃないか？」

前方に出口があって、平野はそこで立ち止まる。階段はまっすぐ地上へ延びていて、懐かしい匂いの風が吹き下りていた。

「私もここだと思います」

風景ではなく、風の匂いが記憶にあった。そうなのだ。柏村の交番へ行くときは、いつも空気の匂いが違う。

「ここまで一本道だったよな？」

眉根《まゆね》を寄せて平野が聞いた。

「はい。そうです」

複雑な歩き方をしていなかったことを確かめ合うと、二人は一緒に階段を上がり、そしてすぐに確信した。この階段だ、間違いはない。見上げた空が真っ黒で、星々が美しく輝いている。周囲に高いビル群はなくて、わびしい街灯が丸い明かりを落としている。街全体が随分暗く、道路が妙に間延びして見えた。

「あったぞ」

通りの向こうを見て平野が言う。軒下に丸くて赤い電球を灯《とも》して、高架下にめりこむように古い交番が立っている。地面から腰の高さまでが石造り、そこから上は煉瓦《れんが》タイルで、ドアや窓枠は木製だ。銅葺《どうぶ》き屋根にアーチ型の庇《ひさし》がついて、そこに文字が彫ってある。

「東京駅……うら交番……」

伸び上がって目をこらし、ついに恵平は、庇《ひさし》に彫られた交番の名前を読み取った。前に来たときは読めなかったのに、書かれた文字を予測してみれば、確かにそう彫られていると思われた。

「俺もそう読める。東京駅うら交番」

入口のドアは閉まっているが、窓に明かりが灯っている。交番の前には自転車が一台。通りには人影もなく、とても静かだ。どこかで犬の遠吠《とおぼ》えがして、平野は言った。

「でも、東京駅うら交番は、もうないんだよ」

「あるじゃないですか、目の前に」

「だからそこなんだって」

平野は自分の頬をパチンと張って、「わけわかんねえ」と呟いた。

星が瞬いて家々は眠り、高架を通る車の音はほとんど聞こえず、古い交番は、やはり目の前にある。平野はブルンと首を振り、恵平に「行くぞ」と言った。

「こんばんは」

白いペンキで塗られたドアを先に開けたのは平野であった。

「こんばんはー」

恵平も平野に続く。交番の中へ入ると、老眼鏡を掛けた柏村が机の奥から頭を上げた。小柄で細面。ごま塩頭に額が広く、くっきりとした顔立ちをしている。柏村は常に好々爺然《こうこうやぜん》とした笑みを見せるが、その眼光はなかなかに鋭い。このときも、一瞬の顔つきに緊迫感がみなぎっていた。

「おや……これは……」

手元を照らしていた電気スタンドを消して、分厚い書類をパタンと閉じる。柏村は、何かを懸命に読み込んでいたようだった。

「平野刑事と……警察官の卵の」

「堀北です」

恵平と平野は頭を下げた。

天井には昭和レトロな丸い照明が点《つ》いている。室内は狭く、棚類は造り付けで、机の他には不揃いな椅子が好き勝手な方向を向いて置かれている。最初にここへ来たときと同じ、廃校のような匂いがした。

「こんな時間に、どうしたね？」

柏村は立ち上がり、小首を傾げた。

「ん？ 事件解決の打ち上げか何かかな？ 二人とも飲んでるね」

まるで返事の代わりみたいに、平野が小さくゲップする。

「失礼しました。打ち上げどころか、捜査本部が立ったばかりなんですが」

「なんですが？」

先を促すような一瞥《いちべつ》をして、柏村は交番の奥へ立っていく。そこにはわずかな畳の部屋と、コンロと小さな流し台がある。

「きみたちが来ると、お茶を淹《い》れてばかりのような気がするなあ」

「恐縮です」

「それで？　また何か聞き込みかね？」

薬缶《やかん》にお湯を沸かしながら柏村が聞く。恵平と平野は視線を交わし、

「駅前でごはんを食べた帰りなんです」

と、恵平が言った。

「ちょっと柏村さんの顔が見たくなって」

柏村はお盆に湯飲みとブリキの急須《きゅうす》を載せて戻った。不揃いな椅子のひとつにお盆を置いて、ブリキの急須をゆっくり揺する。平野が椅子に掛けたので、恵平も一脚を引き寄せて座った。急須から湯飲みへと熱いお茶が注がれる。香り高いほうじ茶だ。

「頂きます」

平野が湯飲みを取るのを待って、恵平もお茶をもらった。どうして柏村が淹れるお茶はこんなにも香ばしくて甘みがあるのか。何度飲んでも、やっぱり美味《おい》しい。

「ああ、これこれ、このお茶……メチャクチャおいしいーっ」

思わずつぶやくと、

「なんだ、お茶を飲みに来たのか？」

と、柏村は笑った。

「いえ、そうじゃなく」

言いあぐねて恵平は平野を見つめる。

ここへ来ようと思っても、来られなかったことがある。それが不思議で納得できず、恵平と平野はこの交番について調べた。ネット検索しても見つからない。ベテラン職員に訊《たず》ねても、今どきそんな交番はなかろうと言う。

二人は日本警察の歴史的資料や警視庁の活動について紹介している警察博物館へ行ってみた。そしてわかったのは、東京駅うら交番が存在したのは昭和四十年までということだった。

ならばここはなんなのか。恵平も平野も答えを知りたいと思っている。早く聞いてくれればいいと、せっつくように平野を見たが、平野は両手で湯飲みを抱え、しみじみとお茶を飲んでいる。

「とんでもない事件が起きたじゃないですか」

ややあって、平野は柏村にそう言った。

「とんでもない事件って?」

「女性が殺されて、両胸が切り取られた事件です」

直接的に訊ねるのではなく、探っているのかもしれない。

水を向けながら、平野は普通の顔でいる。柏村は自分の湯飲みにもお茶を注ぐと、眉《まゆ》をひそめてため息をついた。

「……岩渕宗佑の事件のことかね？」

個人の名前をあっさり言うので、恵平は変な声が出そうになった。

「誰ですか、岩渕宗佑って？」

平野が訊ねると、柏村は怪訝《けげん》そうな顔で平野を見た。

「なんだ。違うのか」

「や。事件は起きたばっかりですって。ほら、八重洲口のラブホテルで、AV女優が殺された……」

柏村は首を傾げた。事件のことを知らないようだ。

「逆に岩渕宗佑の事件って？」

「それも猟奇事件なんですか？」

平野と恵平が交互に聞くと、柏村は複雑な表情をした。

「そうか……若い君たちが知らないのも無理はないか……二十五年も前の事件だし、あまりの凄惨《せいさん》さから、詳しい顚末《てんまつ》は報道されなかったんだから」

「私、まだ生まれていません」

と恵平は言い、

「俺もガチ赤ん坊でしたよ」

と、平野も言った。

「どんな事件だったんですか？　その事件も東京で？」

「いや……事件が起きたのは名古屋だが、犯人が東京出身だったということで、本官も捜査に協力してね」

柏村はチラリと机の上を見た。さっきまで彼が調べていたのは、何かの調書ではないかと恵平は思った。柏村は続ける。

「被害者は十九になる八百屋の娘で、両胸、下腹部、あと、出刃包丁で首を落として、頭部を持ち去られていた」

「とんでもねえ事件だな」

平野はあからさまに嫌な顔をした。恵平のほうは酔いが回って、目をしばたたいて正気を保つのに一生懸命だった。

「事件のことが報道されると、日本中がパニックになった。犯人の岩渕宗佑は被害者と面識があり、事件当日も被害者と会っていたことから指名手配されたものの、まったく行方がわからなかった。新聞は、野獣、陰獣と、連日岩渕のことを書き立てて、人々は彼を恐れ、一人で出歩く女性がいなくなるほどだった」

世間が恐怖した理由はもうひとつあり、事件発覚の数日後、持ち去られた被害女性の頭部が近くの川で見つかったのだと柏村は言った。

「本官が捜査協力の要請を受けたのはその頃で、担当刑事から、被害者の頭部はきれいに皮が剝《は》がされていたと知らされたんだ」

平野は目を白黒させた。

恵平は、頭皮が剝がされたとはどういうことか、想像すらできずにいた。あまりにも常軌を逸して、思考がまったく追いつかなかった。

「何の為にそんなことをしたんです？」

平野が聞くと、柏村は悲しげな顔を、なぜか恵平に向けてきた。

「事件から約一ヶ月後。犯行現場のすぐ近く、木曾川のかけ茶屋小屋で宗佑の首吊《くびつ》り死体が見つかった。遺体の状況から事件直後に自殺したものと思われた。宗佑は犯行直後に首を吊って死んでいたんだ」

ただ、その死に様もまた、尋常ではなかったと柏村は言った。

「発見時は女の縊死《いし》体と思われた。赤い着物で、長い黒髪をダラリと垂らして、梁《はり》からぶら下がっていたんだからね。下ろしてみると、それは被害者の肌襦袢《はだじゅばん》を体にまとい、被害者の皮を被《かぶ》った宗佑だったんだ」

突然、恵平の脳裏に異様な死に方をした犯人のビジョンが浮かんだ。そのおぞましさは猟奇事件の衝撃を上回るもので、恵平は茶碗《ちゃわん》を持ったまま、硬直したように柏村を見ていた。

交番の柱時計が静かに時を刻んでいる。どこかで犬がまた吠《ほ》えて、平野が息を吸う音が聞こえた。

「被害者から盗んだ部位は、茶屋の電気式冷蔵器に保管してあった。きれいに形を整えて、板に張り付けてあったという」

どんな偏執的思考の故に、犯人はそれをしでかしたのか。わずか十九の娘を殺し、遺体を損壊したあげく、戦利品のように板に張り、または自分の頭に被って……

「……刺激的すぎたかな。だいじょうぶかね？」

柏村は恵平に聞いた。

恵平は、アート作品として売られていた進藤玲子の模型のことを考えていた。彼女はビジネスでそれをした。それを欲しがる人物は、実際にいるということだ。

「宗佑とはどういう男だったんですか」

平野がした質問を、恵平も知りたいと思った。変態か、残虐趣味か、生まれながらの陰獣なのか。柏村は恵平が握った湯飲み茶碗に、新しいお茶を注いでくれた。それから椅子に座り直して、考えをまとめるように宙を見つめた。

「犯行時宗佑は四十三歳。実年齢より十は若く見える優男で、元は東京の菓子職人だ。当時は妻子があったようだが、年上の女と懇ろになって駆け落ちし、名古屋へ流れ着いていた。被害者は、宗佑の内縁の妻に裁縫を習っていたんだよ」

「不倫のあげく、またも奥さんの教え子に手をつけたってことですか」

平野が聞く。

「いいや、少し違う。内縁の妻は事件の半年前に他界している。病床の彼女の面倒をみながら、掃除、洗濯、炊事など、かいがいしく世話していたのが被害者だった」

「なんだかなあ……」

と平野は訝《いぶか》る。

「それで奥さんが死んだら被害者かよ。ひでえ野郎だ、人間じゃねえ」

「一方的に想いを募らせていたんでしょうか」

恵平はそう考える。そうでなければ死人の皮を被ったりできるはずがない。しかも犯人は性的な部位を持ち去った。被害者を性の対象としか見ていなかったように思われる。そんなおぞましい話があるだろうか。

「そちらの事件も似ているのかね？　犯人は被害者の性器を奪っていった？」

「こちらの場合、女性器と頭部はそのままでしたが」

「若い女性なのかね」

「二十九歳の、看護師の資格を持つAV女優です」

「女優？」

「ホテルで撮影後、独りになったところを襲われたようです。今のところストーカー被害の報告も、交際相手がいたという話もナシ。本人は至って真面目な性格で、本格的な女優になる夢も諦《あきら》めていなかったんじゃないかと思います。アルバイトで稼いだ金は、すべてレッスン代に充《あ》てていたようなんで」

平野はお茶を飲み干して、悔しそうに先を続けた。

「まあ……彼女なりにすごく頑張っていたってことです……がんばって……いたんだろうな、たぶん、きっと」

柏村は自分の湯飲みを覗《のぞ》き込み、それをお盆に戻して静かに言った。

「人間ってのは……どこまでも不思議な生き物だねえ……」

真意のほどがわからずに、恵平は首を傾げた。酔っ払っているために、頭がちっとも冴《さ》えてこない。

「知って欲しいことがあるんだが」

柏村は続けて言った。

「君たちが警察官を続けていくつもりなら、是非知っておいて欲しいんだ」

ボーンンンン……と澄み切った音を立て、柱時計が午前零時三十分の鐘を鳴らした。柏村は広げた膝《ひざ》に手を置くと、前のめりになって平野を見た。

「岩渕宗佑は何も語らずに死んだ。だから、ヤツがなぜあんな恐ろしい犯行を思い立ったのか、マツエはなぜおぞましい殺され方をしなければならなかったのか、真相は闇の中だ。本官はたまたま捜査に協力したこともあり、被疑者死亡で事件の幕引きをする気にはなれなかった。それで」

事件後も休みを使って名古屋へ飛んで、背景を調べたのだと柏村は言った。

「犯行発覚時、現場となった鶏糞《けいふん》小屋に宗佑は多くの遺留品を残していた。包丁二本、革靴一足、血を拭《ふ》き取ったシャツ一枚……遺体の上には数珠《じゅず》が置かれ、小屋の裏にあったドブ川には、風呂敷《ふろしき》に包んだ菓子の空き箱が捨てられていた。箱の中には手紙の束が詰め込んであった」

平野が眉《まゆ》を潜める。

「特定されそうなものばかりじゃないですか。妙ですね」

「え……つまり、どういうことですか？」

恵平は平野と柏村の顔を見る。柏村は平野に対して頷《うなず》いた。

「本官も先《ま》ずそれが不思議だった。もしも宗佑がマツエを襲う気でいたのなら、包丁はともかく、書簡の束が現場にあったはずがない」

「手紙は誰のものだったんです？」

「宗佑がマツエと交わした書簡の束だ。内縁の妻を亡くした宗佑は、名古屋から東京へ舞い戻っていたからね」

「え……じゃあ……二人は比較的親しい間柄で、その後も交流があったんですね」

今度は恵平が柏村に言う。

「そういうことだ」

柏村は静かに話を続けた。

「事件後、名古屋署で書簡を読ませてもらった。内容のほとんどが、日常の何気ないことだった。一応の職に就けたとか、いつから働き出したとか、宗佑は逐一マツエに書き送っていたようだ。給料が安くてやる気が出ないなどと言っていないで、しっかり励んで頂かないと、この身を預けることはできませんなどと書かれている……思うに宗佑の手紙は泣き言や愚痴が多かったのだろう。マツエは十九で宗佑は四十三、ところが二人のやりとりは、母親が息子に書き送る内容に思えた。妻を失った宗佑を励まし、もう一度東京の菓子職人としてやり直せるよう激励していた。仕事も生活もままならないとこぼす宗佑を、なだめたり、激励したりの内容だ。将来を誓い合ったかのような記述もあった。マツエは宗佑が身持ちを固めたら、母親に二人のことを認めてもらおうとしていたようだ」

「年の差二十四歳だったんですよね？　ほとんど親子じゃないですか」

「でも、宗佑は若作りだろ？　今どきミドルエイジのアイドルもいるじゃんか」

柏村は恵平に目を向けた。瞳《ひとみ》が澄んで鋭いために、悪いことをしていなくとも、不意に目が合うと心臓が縮む。

「宗佑は虫も殺さぬ顔の優男だった。最初の妻も内縁の妻も年上だったが、年若いマツエにも母親のような包容力があったことは確かだ。宗佑は母親との縁が薄く、常に母親を求めていたようなところがあったし、マツエもまた父親を知らずに育ったためか、年上の男に憧《あこが》れがあったようなんだ」

「一方的な恋愛感情じゃなく、相思相愛だったんですね」

恵平は驚き、ようやく脳みそが動き始めた。

「え……じゃあ……だから現場に、包丁が二本？」

「心中事件だったと言いたいのかよ？」

平野が訊《たず》ねる。柏村はゆっくり二人を見渡した。

「マツエの母親は、娘は清い体と言い張った。宗佑が娘に横恋慕して、思い通りにならずに殺したのだと。事件現場の様子を見れば、尤《もっと》もな言い草ではある。どうみても、変質者の仕業に思えるからね。だがこれは、八百屋で商売をしていた母親の、言えない都合の故ともとれる」

チッチッチッチッ……柱時計の振り子の音が、夜のしじまを刻んでいく。柏村は恵平から目を逸《そ》らさずに話を続けた。

「ここからは本官の勝手な推測だがね。証拠を検証した結果、別の可能性のほうが高いと考えた。きみの言う通り、二人は将来を約束していた。残された書簡から、それは確かだ。ただしこれは二人のことで、マツエの母親や、母親が営む八百屋の客に知られてはならないことだった。宗佑に内縁の妻がいたことも、マツエがその弟子だったことも、近所では知られていたのだからね。もちろん、親子ほど年が離れていることも。だからだと思うのだ。だから宗佑は二人の生活基盤を整えるために東京へ戻らなければならなかった」

「ほとぼりが冷めるのを待つってことか……世間の目を避けたのか」

「もしくはマツエを東京へ呼ぶつもりだったのか。いずれにしても、二人は相談の上、一緒になる計画を進めていた。そこで障害になるのがマツエの母親だ。母親は八百屋を切り盛りしながら女手ひとつでマツエを育てた。マツエには流行の着物を着せて、それなりの教養を身につけさせた。宗佑の家へ裁縫を習いに行かせたのも、花嫁修業の一環だった。しかるべきところへ嫁に出し、将来を支えてもらうためだった。事実、犯行の少し後、マツエは商家の息子と見合いすることが決まっていた」

　そうだったのか。恵平の脳裏に閃《ひらめ》きが降って来た。

「それで二人は死ぬことに？」

「そうではないかと本官は思う」

　でもおかしい。ならばなぜ、宗佑は遺体を損壊したのか。

「心中しようという気持ちはわからなくもないです。でも、大切な人の遺体を弄《もてあそ》ぶ必要はないでしょう」

　柏村は誰にともなく頷いた。

「本官もそこが疑問だった。あの惨状を知れば、誰でも同じことを思ったろう」

「遺体の上に数珠があったと言ってましたね？　それは宗佑が置いたんですか」

「先輩は数珠一つで許せるんですか？　冗談じゃないわ」

「んなこた、ひとっことも言ってねえだろ」

まあまあ、と柏村は顔を上げ、薄く唇を嚙《か》みしめた。

「マツエの遺体は両胸がなく、へそから下はえぐり取られて、内臓がはみ出していた。首は顎《あご》の下あたりで切断されて、死因の特定は困難だった。それほどむごい状態だった……だがね、宗佑の死体の首からも微《かす》かな傷が見つかっているんだ」

柏村は顎を上げ、人さし指で喉仏《のどぼとけ》の少し上をトントン叩《たた》いた。

「生前についた刺し傷だ。それでこう推理した。マツエには見合いが迫っている。対して宗佑は未《いま》だにうだつが上がらない。二人のうち主導権を握っていたのはマツエのほうだ。手紙を見ると、二人は相談の日取りを決めて、宗佑は事件の数日前に名古屋へ戻った。マツエは外出時に通る道筋や、独りになる場所と時間を宗佑に書き送っている。そして事件当日だ。互いに金の余裕はないから、もしかしたら、母親の店から幾ばくかの金を持ち出して、マツエは宗佑と会ったのだろう」

「駆け落ちするつもりだったんでしょうか」

「その可能性もあるだろう。犯行時、マツエは和服姿だったにも拘《かか》わらず、現場に靴が一足残されていたんだから」

「や、待てよ。宗佑の首にあったのは、心中のためらい傷なんじゃないですか？　互いの喉に包丁を押し当てた跡……ていうか、素直に駆け落ちすりゃいいじゃねえか」

柏村は平野のほうへ体を向けた。

「書簡は鶏糞《けいふん》小屋の裏手のドブに捨てられていた。持ち主は宗佑で、大切に菓子の空き箱にためられていた。このことからも、宗佑が如何《いか》にマツエに依存していたかがわかる。ところがそれをドブに放った。小屋の裏手で逢《あ》い引《びき》したあと、喧嘩《けんか》になったんじゃないかと思うんだ。宗佑は煮え切らない男だった。書簡からも、聞き込みでも、優柔不断な人物像が浮かんでくる。最初の女房と結婚したあと、宗佑は浅草で饅頭《まんじゆう》屋を開いていたんだが、震災で街がつぶれて焼け野原になってしまうと――」

「震災？」

平野は唇を動かしたが、柏村は話を続けていた。

「――二人の子供と女房を喰《く》わせていくのが辛《つら》くなり、別の女と遁走《とんそう》した。十も年上で、女のほうにも家庭があったが、主導したのは女のほうだ。マツエに裁縫を教えていた内縁の妻がこの女だよ。マツエもまたハッキリした性格の娘だった。一緒に逃げるのか逃げないのか、ダメなら自分は嫁に行く。それよりいっそ二人で死んでしまおうと、宗佑に言い寄ったのもマツエじゃないかと、本官は思っている」

「どうしてそう思うんですか」

「出刃包丁二本は、マツエが八百屋から持ち出したものだったからだ」

陰獣と揶揄《やゆ》された男の犯罪が、ぐるりと反転した瞬間だった。

恵平は言葉を失い、しきりに両目をしばたたいた。何をどう考えればいいのか、もう一度整理しなければ。頭を使いすぎたため、酔いはすっかり醒《さ》めていた。

「え……ちょっと待ってくださいよ？　んじゃ、なんで宗佑は彼女をバラバラに切り刻んだんです？　マツエが宗佑を裏切って見合いしようとしたからですか」

「裏切ってないじゃないですか。包丁を二本持ち出して、心中するか駆け落ちするか、宗佑に迫っていたんですから」

「だよな……ええーっ？」

平野は頭をガリガリ掻《か》いた。

「そうじゃないんだ」

柏村はハッキリ言った。

「死んだ宗佑はマツエの眼球を所持していた。守り袋に入れて大切に胸にしまっていたんだ。マツエの皮をカバーのように頭に被《かぶ》り、肌襦袢《はだじゅばん》を身につけていた。おぞましすぎる光景だが、その話を聞いたとき、なぜか別のことが脳裏を過《よ》ぎった……憎いから解体したのではなく、マツエに包まれてあの世へ行こうとしたのじゃないかと……

母親の胎内に戻るみたいにね」

柏村の顔に電球の影が落ちている。人生を皺《しわ》に刻んだというような力強い顔つきだ。

「や……無理だわ、俺には理解できねえ」

独り言のように平野が呟《つぶや》く。柏村はまた頷《うなず》いた。

「本官も、長いこと理解ができずにいたよ。だが、あるときふっと、今際《いまわ》の二人が見えるような気がしてきたのだ。別れる、いや、別れられない。宗佑とマツヱは喧嘩になって、マツヱが手紙をドブに捨て……今生の別れと身を翻《ひるがえ》すマツヱを、宗佑がまた引き戻す。話し合い、時間が経って、ひと目に触れる。二人は無人の小屋に場所を移して、そこで再び話し合う。けれど一向に埒《らち》があかない。マツヱにしてみれば、女手ひとつで育ててくれた母親を裏切ることは忍びない。だから宗佑がひとかどの男になって、母親を説得して欲しかった。けれど宗佑は煮え切らず、愚痴ってばかりで働かない。見合いの日取りが迫ってくる。破談のない見合いだ。宗佑を捨てることもできない。ついにマツヱは包丁を出して、心中を迫る……」

会ったこともない宗佑とマツヱ、ふたりの様子が、恵平にも見えるようだった。

宗佑の首には傷があったのだから、一度は二人向き合って、互いの喉に包丁を突きつけたのだろう。想像して恵平は疑問を抱いた。

男の宗佑のほうが長身として、互いに喉仏を刺そうとすれば相手の腕や包丁が邪魔になるのではなかろうか。宗佑には傷があったのだから、マツエはそこに刃を当てたとして……宗佑はどうしただろうか。マツエの喉に刃は当てにくい。恵平は想像で心中シーンを再現した。喉仏ではなく、頸動脈《けいどうみゃく》ならどうだろう。そこなら決して失敗しない。そうやって共に相手を刺すとして、頸動脈を切られたマツエのほうが、先に絶命するはずだ。

そこまで考えを巡らせたとき、柏村が窺《うかが》うように自分を見ていることに気がついた。

「マツエは最初から……自分だけ死ぬつもりだったってことはないですか？」

すると平野が横から言う。

「俺もそう考えていた。宗佑と一緒に死ぬ気なら、喉仏なんか狙うかなあ」

柏村は体を起こして微かに笑った。

「本官もだ、そう思って身辺捜査を進めるうちに、のっぴきならないマツエの事情がわかってきたんだ。マツエの遺体は下腹部が持ち去られていたので正確なことは不明だが、宗佑の子供を妊娠していた可能性もある。母親は、娘は清い体と言い張った。頭のいいマツエのことだ。母親に対して責任を感じたことだろう。宗佑と別れることも、駆け落ちも、どちらも地獄というわけだ」

「それで心中……ううむ……なるほど」

まったく『なるほど』と思っていない声で平野が唸《うな》る。

「いずれにしても宗佑は独りで小屋に残された。一緒にあの世へ行くはずが、殺人犯となって生き残ってしまった。気が弱く、女主導で生きてきた宗佑にとって、それは耐えがたい恐怖だったろう」

「そんな男に、あんな凶行ができますか？」

恵平が聞くと、柏村は目を伏せた。

「我々はそれを残忍な行為だと思う。けれど犯人の見方は違う場合が多い。死体をバラバラにする理由の一つは、非力な者にも運びやすくするためだ。それが証拠に、体が大きく力の強い人物は、死体をそのまま運んで捨てる。重くて運べないからバラバラにするんだよ。猟奇的な快楽でそれをする者は少ない」

言われてみればそうかもしれない。

「気の小さい加害者ほど遺体をひどく傷つけるという側面もある。殺した相手が生き返ることを恐れるためだ。推理は相手の立場に立ってするものだ」

恵平は、ホステスの部屋へ忍び込み、血の手形を残した男のことを思い出していた。あの手形も、恵平の想像とは全く違う理由で残されていた。人の心理は複雑怪奇だ。

それとも、一周回って単純なのかもしれない。

「宗佑なりの理由があったってことか。俺たちには想像もつかない」

眉根《まゆね》を寄せて平野は言った。顎《あご》に指を当てて理由を探ろうとしているが、やはり想像もつかないようだ。

「本官はこう思う。死んだマツエを置いて行くのは忍びない。そしてもしもマツエをそのままにしておいたなら、警察が来て、死体は隅々まで調べられてしまうだろう」

柏村は恵平を見て、「検視がどういうものか知っているね？」と聞いた。

もちろんだ。裸にされて、犯罪の痕跡《こんせき》の有無を調べられる。そして殺人の痕跡があれば、さらに何度も、何人もの警察関係者が調べるのだ。

「宗佑は他人の目に触れさせたくない部分を持ち去ったのではないかと思う。首はマツエ恋しさの故だろう。それが証拠に、それを被って死んでいた。河原で皮を剝《は》いだのは、頭蓋骨《とうがいこつ》が大きすぎて運ぶのに目立ったからではないか。余談だが、宗佑が奪った部位は、検案書と突き合わせたら一部が欠損していたらしく、本人が喰っちまったのだろうと、名古屋署は判断していたよ」

その凄《すさ》まじい執着心は、もはや狂気だと恵平は思った。犯罪者の立場で推理しろと柏村は言うが、犯罪者の心理なんて、わかりようがないではないか。

「頭蓋骨が捨てられていた河原近くに、休業中のかけ茶屋小屋があってね。宗佑はそこで首を吊《つ》っていた。あの世でマツエと再会できたかどうかは……わからん」

柏村は話を終えて、壁の時計を静かに見上げた。柏村の話は、恵平だけでなく平野にもダメージを与えたらしい。平野はポケットからハンカチを出して自分の口を拭《ぬぐ》っている。嫌悪感をどこかに封印してしまうと、平野は言った。

「異常に見える遺体損壊も、猟奇的趣味や怨恨《えんこん》による行動とは限らない……ってことですね」

「目を背けたくなる惨状も、多角的な視野を以《もっ》て見つめれば『理由』らしきものが見えてくる。その心理を理解できるかどうかは別にして、筋道を考察する糧にはなるさ」

「……確かにね……」

平野はハンカチをポケットにしまい、

「や。ありがとうございました」

と頭を下げた。それから恵平を促して立ち上がった。つられて柏村も席を立つ。

薄暗い交番に佇《たたず》む柏村を見て、恵平は、この人はなんなのだろうと考えていた。確かに彼は目の前にいる。おいしいお茶も淹《い》れてくれた。でも、この人はいったいなんなのだろう。

浅草に甚大な被害をもたらした関東大震災があったのは、遥《はる》か昔の大正時代だ。メリーさんも、ペイさんだって生まれていない。当時のことを知っているのは、赤煉瓦《あかれんが》の東京駅舎くらいのものだろう。

「しかしきみたちは……」

柏村は可笑《おか》しそうに表情を和らげた。

「相棒なのかね？　変わったコンビに見えるがねえ」

「いえ、私はまだ研修中で」

「そ。俺が今、いろいろ教えている最中です」

平野が白い歯を見せる。

「いや、大変勉強になりました」

腰を折って、頭を下げて、それからわざとらしく時計を見上げた。

「あー、ほら。日付が変わっちまったじゃねえか。ていうか今日は何日だっけ？」

その目がチラリと柏村に向く。

柏村もまた時計を見上げて、「二日になってしまったね」と言う。

「つか……あれ？　何年だっけ？」

再び平野が水を向けると、柏村は一瞬だけ間を置いて、
「昭和三十二年十一月二日だ」
と、ハッキリ答えた。
ボーンンンン……。
またも澄み切った音を立て、柱時計が時を告げる。
柏村の言葉によれば、昭和三十二年十一月二日、午前一時の鐘の音だった。

第五章　バストマニア

十一月の夜明けは随分とゆっくりだ。

恵平が東京駅に挨拶《あいさつ》する午前六時は薄暗く、東の空にようやく太陽の気配が昇る。

朝早い人たちに交じって地下街へ下り、八重洲口へ向かって歩いていると、偶然にもメリーさんの姿を見かけた。メリーさんは長いスカートを重ね穿《ば》きして、薄手のセーターにカーディガンを羽織り、大きな布の鞄《かばん》とビニールの手提げ鞄を持って歩いている。鍔広《つばびろ》の帽子に隠れて表情は見えないが、足取りは軽く、元気そうな様子であった。

声を掛けようかと思ったが、随分距離が離れていたので早足になって彼女を追った。

普段はホームレスをしているが、メリーさんは老舗餅屋《しにせもちや》の大奥さんである。亡くなったご主人との思い出を辿《たど》って東京駅界隈《かいわい》を歩き回るという第二の人生を選んだのだと、ペイさんが言っていた。

早朝の地下街はシャッターが閉まったままで、長くて広い通路が縦横につながる。

支柱に貼られた巨大ポスター、広場に無人のイベントブース、天井から下がるバナーや、モニュメントを囲った三角コーン。間延びしたような空間を、まばらに人の影が行く。

「メリーさ……」

声を掛けようとして気がついた。

メリーさんには連れがいる。分厚いスカートと大きな鞄のせいで見えなかったが、彼女が通路を曲がるとき、寄り添うように歩く若い男性の姿が見えた。白いワイシャツに灰色のスラックス、腰には黒いベルトをしめて、革靴を履いた男性だ。髪をオールバックになで付けて、よたよたと歩くメリーさんを守るかのようについて行く。曲がり角に姿が消えるとき、男性が楽しそうに笑っているのがチラリと見えた。

呼び止めようと振り上げた手を下ろし、恵平は、なんとなくニヤニヤしてしまった。メリーさんには餅屋を継いだ息子さんがいる。お嫁に来てから苦労続きだったメリーさんに、商売は自分に託して好きなことをすればいいと勧めた息子だ。

あれが息子さんかしら。

恵平はそう思ったのだった。

『八重洲口ラブホテルにおけるAV女優猟奇的殺人事件』の捜査は、なかなか進展しなかった。

進藤玲子がトラブルを抱えていたという証言はなく、ストーカー被害に遭っていたという情報もなかった。緒形らがアルバイトに雇った男の身元は依然判明していない。ホテル周辺の監視カメラ映像は画質が粗く、そもそも本人の人相風体もわからない。それらしき人物は映り込んでいるものの、本人と特定することが難しいのである。緒形が彼を誘ったのは居酒屋だったが、男は常連客でなく、たまたま居合わせてバイトに誘われたものだった。恵平ら鑑識班は現場で採取した捜査資料の精査を終えて、専門的な検査が必要な品を各専門部署に送り終えた。平野は今日も聞き込みに走り、鑑識から捜査会議に出席するのは係長とベテラン鑑識官という日が続く。

かといって恵平が暇になることはなく、交通事故、空き巣、違法薬物、印刷物に筆跡鑑定と、各種鑑定の作業が続いた。現場から現場へと引っ張り回され、覚えることに忙殺されて、うっかり寝坊した待機非番の午前。

恵平は官給の靴を履いて、東京駅丸の内北口へ向かうことにした。久しぶりにペイさんを訪ねてみようと思ったのだ。その場所で七十年近くも靴磨きを続けているペイさんは、駅前の路上で商売を許された唯一の職人だ。

東京駅おもて交番で研修していたときは、ほとんど毎日ペィさんの顔を見ていたけれど、鑑識に移ってからは、大分ご無沙汰《ぶさた》してしまった。

よく晴れて暖かい日で、すっかり紅葉した街路樹の色が見事だった。駅前広場へ来てみると、たくさんの人が行き交う通りの片隅で、ペイさんは恰幅《かっぷく》のいい紳士の靴を磨いていた。靴磨きの順番を待つ人はいなかったから、恵平はそっと近づいて、紳士の靴が仕上がるのを待った。

目にもとまらぬ早業で布を動かすペイさんの手際は、何度見ても魔法のようだ。もともと高級そうだった紳士の靴が、見る間に輝きを増していく。満足した紳士が（たぶん）多めにチップを払い、ペイさんが礼を言って、椅子が空くと、恵平は即座に近くへ移動して、ペイさんの顔を覗《のぞ》き込んだ。チェック模様のハンチング、皺《しわ》だらけの丸顔に人なつこい笑みを浮かべて、ペイさんは眩《まぶ》しそうに恵平を見る。

「おや、ケッペーちゃん。久しぶりだねぇ」

「うん。随分ご無沙汰しちゃったね。靴、磨いて欲しいんだけど」

ペイさんはお客用の椅子をペンペン叩《たた》いた。そこに座れと言うのである。

座面が色あせた客用の椅子に腰を掛けると、恵平は靴磨き台に片足を載せた。ペイさんは靴を摑《つか》んで向きを調整し、乾いた布で埃《ほこり》を払った。

「交番勤務が終わったんだってねえ。今はどこにいるんだい？」

「今は刑事課。鑑識のお手伝いをしているの」

「あー……」

ペイさんは間延びした声を出し、

「またぞろ、とんでもない事件が起きちゃったもんねえ」

と言った。現場で知り得た情報を民間人には話せないから、恵平は話題を変える。

「あのね、一昨日《おととい》地下街でメリーさんを見たよ」

「そりゃ見るだろう？　あの婆さん、駅に住んでるんだから」

埃を落とし終わったペイさんは靴のクリームを選んでいる。小さな道具箱にごちゃごちゃ並んだクリームはどれも年季が入っていて、魔法薬のようにも見える。

「そうじゃなく、息子さんと一緒だったよ。朝早くに地下街を……」

「息子ぉ？」

ペイさんは怪訝《けげん》そうな顔で恵平を見た。小さな目が瞼《まぶた》で三角形に囲われている。

「だと思う。若い男の人、三十くらいの」

「ああそりゃ違うよ、ケッペーちゃん。婆さんの息子が三十くらいのわけないよ。兎《うさぎ》屋《や》の大将はもう六十近いはずだから」

メリーさんは二十歳そこそこで兎屋へお嫁に来たという。当時は珍しかった恋愛結婚で、ご主人が早死にしたから弟さんと再婚したのだ。大将は弟さんとの間にできた子供だから、三十代ということはあり得ない。

「じゃ、あれは誰だったんだろう……」

首を傾げて呟《つぶや》くと、

「おいちゃんは、旦那《だんな》さんだと思うんだよね」

と、ペイさんは言った。

「旦那さん？　旦那さんは亡くなったんでしょ？　何年か前に」

靴にピッピッと水を掛け、ペイさんは驚くべき速さで布を動かす。シャカシャカ、シャカシャカ……さほど汚れていたわけでもないが、靴は見る間に輝いていく。

「だから最初の旦那さん」

わけのわからないことを言う。

返答に困っていると、ペイさんは布を替え、またもピッピッと水をかけた。

「そうか。わからないか。死んだ最初の旦那さんだよ」

恵平は眉根《まゆね》を寄せた。

「幽霊だって言いたいの？」

確かに今風の服装ではなかった気がする。髪をオールバックに整えて、裾《すそ》を絞ったズボンに黒革のベルト。その出で立ちは昔の映画の俳優みたいだ。

「そんなことは言っていないよ」

「えー。じゃ、どういうこと？　わからない」

降参したというように、恵平は首をすくめた。

「まあケッペーちゃんだから話すけどさ。あの婆さんが駅にいる本当の理由はね、死んだ旦那さんを探すためだね、そうなんだ、うん」

ますます意味がわからない。

ペイさんはちょいとだけ帽子を上げて、歯の抜けた口で「へへへ」と笑った。

「馬鹿な話と思うかい？　婆さんから最初に話を聞いたのは、そうさね、再婚した弟さんが死んだあとのことだったよね。靴を磨きに来てくれて、『こんな話、信じないかもしれないけれど』ってさ」

「うん」

「八重洲口のあの辺で、あの人の姿を見かけたのってね、メリーさんが言うんだよ。それが、死ぬ前の、若いまんまのあの人だって。人違いじゃないのかい？　東京駅は人が多いし、人が多けりゃ似た人だっているだろうからって、おいちゃんは言ったんだけどね」

話をしながらも、ペイさんの手は止まらない。水をかける仕草も布を動かす速さも変わらない。話を聞き終わる前に靴が磨き終わってしまわなければいいなと思う。

「でもさ、あの婆さんが、自分の旦那を見間違うわけないもんね。服装も、髪型も、昭和の頃そのままの旦那さんだったんだって。そん時からだよね、兎屋の時間が空いたとき、ここへ来て旦那さんを探すようになったんだ。一度は始発電車の頃に、中央口のあたりで見たと。すぐにあとを追いかけたけど、八重洲のほうへ消えちゃったって。人混みの中で後ろ姿だけ見たこともあるって言うんだよ」

恵平は平野の話を思い出していた。

メリーさんが誰かを追いかけていたという。それはご主人だったのだろうか。

「東京駅は古いだろ？　おいちゃんもさ、随分ここに長くいるから、婆さんの話を笑い飛ばすことはできなくってさ。それどころか、心当たりがあったりね」

「心当たりって？」

ペイさんは、磨き終えた片方の靴を丁寧に確認した。

「たまーにあることなんだけど、シトシトと雨が降る薄暗い日なんかに、古くて汚い革靴が靴置き台に載るんだよ。泥と埃で汚れてね、なんなら血がついていたりする」

「え？」

「うん。殺人事件じゃないんだよ？　いや、まあ、近いのかもしれないけどさ。おいちゃんはあまりお客の顔を見ないんだけど、そういう靴の時は余計にね、顔を上げない。靴はゲートルを巻いててね、だから黙って磨かせてもらう。お代もいくらと言わないんだよ。気持ちを込めて磨いてさ、手を出すと、贔屓《ひいき》分に小銭を載せていく」

「小銭って？　靴磨き代は九百円じゃ？」

ペイさんはニタリと笑った。

「それは今の値段だよぅ。昔は十円くらいで磨いてたことだってあったんだから」

それで恵平も、ペイさんの話がどういうことかわかってきた。ゲートルって、兵隊さんが脛《すね》に巻いていた脚絆《きゃはん》のことじゃないだろうか。

「え、なに？……その人、過去から来たって言いたいの？」

「うん……だからね、ごくたまにだけど、そういうことはあるんだよ。この駅はここにずっと立っているだろう？　だからさ、駅のどこかがどこかにつながっていても、不思議じゃない気がするもんね。一日中、通る人の足元ばっかり見てるとさ、やっぱり時々、昔の足の人が通るんだよ。だからメリーさんが旦那さんの姿を見ても、ちっとも不思議じゃないと思うよ。それであの婆さんはさあ、時間が自由になった今、もう一度旦那さんに会いたくて、ここで暮らしているんだよ。ケッペーちゃんは笑うかい？　こんな話をさ」

「ううん。笑わない。私だって……」

頭にあるのは柏村のことだ。

平野と一緒にうら交番を訪ねたあの日、柏村は、「昭和三十二年の十一月二日」と確かに言った。幽霊ではなく、目の前で、体温の通った人間として。

「ねえ、ペイさん。昔、駅の向こう側に」

恵平はときわ橋の方角を指さした。

「東京駅うら交番っていう派出所があったらしいのね。知ってる？」

「そりゃ知ってるよう。おいちゃんをかわいがってくれた刑事さんがね、お巡りさんをしていた交番なんだよ」

「うそ、知ってるんだ。その交番って、赤い電球が下がってた？」

「あー……昔の交番は、みんな赤い電球が下がっていたんじゃないのかな。そうだよ、赤くて丸い電球が、軒下にひとつ」

「庇《ひさし》がアーチで、煉瓦《れんが》タイルで、窓や扉が木でできてるんだけど、そうだった？」

「懐かしいねえ。あれは当時としちゃモダンなデザインだったんだよ。中は狭くて、机があってさ、椅子なんか、ちゃんとしたのがないから近所の人が持ち寄って……お巡りさんは、町の家族みたいなものだったからね」

全身に鳥肌が立った。

「それでねペイさん、そこに、柏村さんってお巡りさんが」

ペイさんは靴を磨く手を止めて、恵平を見上げた。

「働き者の靴を履いてた刑事さん。おいちゃんは、その人にかわいがってもらったんだよ。刑事をやめて、うら交番のお巡りさんになって、殉職しちゃったんだよね」

「……いつ？」

「さて、いつだったかなあ。おいちゃんがまだ若い頃だから。あの時も今みたいにひどい事件が続いていてね……ああそうだ。伊勢湾《いせわん》台風の翌年くらいじゃなかったかな……」

日本全土に甚大な被害を及ぼした伊勢湾台風は、昭和三十四年の秋に潮岬《しおのみさき》に上陸した。恵平はブルンと体を震わせた。武者震いというのだろうか、胃の裏側がサワサワとして、全身がカーッと熱くなる。

柏村の交番から帰るとき、恵平と平野は道筋の画像すべてをスマホに残した。次に訪れる時の参考にするためだ。その後は捜査が忙しすぎて、うら交番について調べる時間もなかったけれど、もしも画像を参考に地下道を通ったとして、再び柏村に会えるかどうかわからないとも考えていた。そんな考えは合理的ではないとわかっているけど、平野も同じ意見であった。柏村本人の口から、とんでもない年号と日付を聞いてしまったからだ。

東京駅からそう遠くない場所にある警察博物館。その一角には殉職者の功績を称《たた》えるブースがあって、殉職者の年齢氏名と顔写真、彼らが挑んだ事件の概要を公開している。なかに昭和三十五年の人質立てこもり事件に言及したものがあり、柏村敏夫（六十五歳）が殉職したことが記されている。遺影はうら交番の柏村にそっくりで、でも恵平は、それを柏村の血縁者だろうと思っていたのだ。

「東京駅うら交番は昔ときわ橋の近くにあって、柏村さんはそこにいたのね」

「そうだよ。あの人はねえ」

「うん、あの人は？」

ペイさんは恵平の靴を磨き終わり、右手を広げてペイを求めた。靴磨き台から足を下ろして、恵平はポケットの硬貨を探す。九百円を支払うと、

「はい、いらっしゃい」

と、ペイさんは言った。次のお客さんが来たのである。

仕方なく恵平は立ち上がり、ペイさんにお礼を言ってその場を去った。そしてすぐにでも今の話を平野に伝えなければと思った。

小走りになっておもて交番の前を通りかかると、内部に慌ただしい雰囲気が漂っていた。立番《りつばん》の警察官も交番内にいて、年配の伊倉《いくら》巡査部長が、緊張の面持ちで受話器を握っているのが見えた。恵平は気になって交番へ寄ってみた。

「お、堀北」

小太りの警察官山川《やまかわ》が振り返る。

「お疲れ様です。今日は待機非番で、ペイさんに靴を磨いてもらってきたんですけど」

緊迫の面持ちで通話を続ける伊倉のほうへ視線を振った。

「何かあったんですか?」

十一月だというのに、山川の額には汗がにじんでいた。

「中央《ちゆうおう》警察署から応援要請なんだ。それで今、巡査部長が本署に電話を」

「事故かしら」

「いや、事件みたいだよ。馬喰町《ばくろちよう》のマンションで若い女性の変死体が出たって」

もの凄《すご》く嫌な予感がした。と、次の瞬間、恵平のスマホも鳴り出した。

「はい。堀北です」

「ぼくだ、桃田だ。堀北は今どこにいる？」

「おもて交番です」

「よかった。すぐこっちへ来られるかい？」

わかりましたと伝えると、電話を終えた伊倉が言った。

「堀北、出番だ、署に戻れ。中央警察署管内で同様の事件。若い女が殺されて、両胸が持ち去られたそうだ」

恐ろしい事件の報《しらせ》を耳にすると、たった今まで目の前にあった日常がひっくり返ってしまう感じがする。駆け足で丸の内西署へ戻ると、表玄関に張り込んでいたメディアが大急ぎで撤収していくところだった。新たな事件が発生したので、そちらの現場へ向かうのだ。それをよそに裏口へ行くと、走って来た平野が足を止め、

「聞いたか？」

低い声で囁《ささや》いた。

「はい」

「ったく、世の中どうなってんだ」

平野ーっ！　と竹田刑事の怒号が響き、平野は捜査本部へ消えた。

ペイさんの話を伝える余裕なんかない。恵平もまた更衣室へ駆け込むと、制服に着替えて鑑識の部屋へ急いだ。

「遅くなりました！」

てっきり現場へ臨場するものと思っていたのに、鑑識の部屋には係長と桃田の二人がいるだけだった。他のメンバーは管内の現場へ出かけていると言い、室内は閑散としている。

「おう。悪いな」

鑑識係長がそう言った。

「たった今、中央警察署管内で猟奇的殺人事件発生の報が届いた。馬喰町で、こちらの事件と類似した女性の遺体が見つかったんだ。中央警察署から情報共有の依頼が来たので、手持ちの資料を早急《さっきゅう》にまとめなきゃならん」

隣で桃田が頷《うなず》いている。

捜査が進むにつれ新しい証拠や情報が出るので、総体としての整理はなかなか追いつかないのが実情だ。それを、新たに事件と遭遇した中央警察署にもわかりやすくまとめるのだと係長は言う。鑑識は常に現在進行形の案件を抱えているため、恵平が桃田の手伝いに呼ばれたのだった。

「馬喰町はどういう事件なんですか？　同一犯の犯行でしょうか」

聞くと桃田が大真面目な顔で答えた。

「鑑識官たる者、概要が同じというだけで、同一犯が起こした一連の事件と決めつけてはいけない。ぼくらの仕事は鑑定だ。安易な決めつけは弊害しか生まないよ」

確かにそうだ。恵平は性急すぎる自分を恥じた。

「詳しい話はまだわからないんだけどね……」

そうはいっても、桃田も事件に興味があるようだった。先を聞きたそうに係長を仰ぐ。いつものように鑑識係長がこれまでの経緯を説明した。

「マンションの一室で若い女性の他殺体が見つかった。通報は本日午前九時。管理人からの入電らしい。女性は三日前から会社を無断欠勤していて、心配した同僚がマンションを訪ねて」

「管理人と一緒に部屋へ入ったんですね？」

待ちきれずに聞いてしまった。係長は恵平を叱らずに、ただ頷いた。

「ドアの隙間から血のようなものが漏れ出していたのだそうだ。死体は玄関脇のキッチンで、仰向《あおむ》けの状態で発見された。四日前に会社を出たときと服装が同じだったこと、玄関に失禁の跡があったことなどから、部屋へ帰ってすぐに襲われたものらしい。索痕《さくこん》あり。衣服が裂かれ、両胸が切り取られていた」

恵平は気分が悪くなってきた。

「女性は独身。年齢は三十二歳。今わかっているのはそれだけだ」

「その人も、隠れAV女優だったりするのかな。もしくはパーツモデルとか」

桃田とまったく同じことが、恵平も気になっていた。監督の緒形か、アダルト・アートBOXの運営者に被害者の写真を見せれば、確認が取れると思う。それは鑑識の仕事ではないけれど。

「それはいずれわかるだろう。互いに手持ちの情報を突き合わせれば」

係長は作業を急げと命令した。

「はい！」

係長は緊急捜査会議に呼ばれて行き、恵平は桃田の指示に従った。こちらで起きた事件現場の見取り図や、遺体の状況や、部屋の様子を写した写真、血痕やその他の状況などをまとめていく。作業しながらもう一度資料を見ていくと、柏村に聞かされた話が頭に浮かんだ。

臨場したとき、犯人は異常者に違いないと思った。そうでなければ、これほど残忍なことをしでかすはずはないと。けれど柏村の話を念頭に置いて資料を見れば、今まで見えなかったものが見えて来るかもしれない。絞殺に使われたブラジャーや、床に流れる血の跡や、目を背けたくなる傷口からも……。

「ダメだ」

恵平は、自分の額をげんこつで叩《たた》いた。

今やるべきは、正確な情報を中央警察署と共有することだ。

桃田の指示でデータをファイル分けしてタイトルをつけ、必要な情報を容易に取り出せるようにした。新しい事件も同一犯の仕業なら、犯人はまだ犯行を重ねるかもしれない。どこかに次の被害者がいて、その人に危機が迫っているのかも。

そうであるなら、岩渕宗佑事件とは根本的に違っている。似ているのは性的部位に損傷を加えたということだけで、動機はまったく違っている。やはりこちらの犯人は、ただの異常者なのかもしれない。

グルグルと思考を巡らせながらも、懸命に作業すること数時間。一段落した休憩時間に、恵平は岩渕宗佑事件について調べてみた。古い事件らしく、警察庁の捜査ファイルにはなかったが、猟奇事件ばかりを集めたネットサイトで見つかった。

事件が起きたのは昭和七年。やはりとんでもなく昔の事件だ。

柏村はこの事件の捜査に協力したと語ったが、あの夜が昭和三十二年だったとするなら齟齬《そご》はない。

「いや、だって……」

恵平は自分を嗤《わら》った。そんなの、あり得ない。馬鹿げている。けれど、でも……

記載された事件の概要は、ほぼ柏村の証言通りだ。ただし加害者宗佑も、被害者マツエも別の名前で（仮名）とされていた。さらに違うのは犯行動機だ。

ネットでは、犯人を陰獣または異常性欲者と断じ、その異常性故に被害者の遺体を損壊、一部を持ち去って食用にしたなどと書かれていた。なるべくグロく、扇情的に、猟奇的思考を持つ読者のために脚色したとも思われた。

——目を背けたくなる惨状も、多角的な視野を以《もっ》て見つめれば『理由』らしきものが見えてくる。その心理を理解できるかどうかは別にして、筋道を考察する糧にはなるさ——

柏村はそう言った。幽霊でも幻でもなく、自分たちの目の前で、体温を持って語ってくれた。もしも今ここに柏村がいて、八重洲口と馬喰町で起きたふたつの事件を目にしたら、犯人とその動機を、どのように推理するのだろうか。

恵平は両手でゴシゴシ目をこすり、臨場したときには吐いてしまって直視できなかった遺体写真を見つめ直した。えぐり取られた胸。クリーム色の脂肪が覗《のぞ》く切り口も。

怖いと思って目を逸《そ》らすとき、恐怖はさらに増幅して耐え難い。けれど覚悟を決めてしまえば、そこにあるのは『現象』であり、『痕跡』であり、『証拠』なのだ。見られたくない。見て欲しい。被害者は何を望むのか。自分は何を望むのか。

私は……恵平は心の中で己に聞いた。

私は警察官だから、こんなことは二度とさせないし、犯した罪は償わせたい。

祈りの形に指を組み、食い入るように写真を見つめた。そして写真にこう言った。

進藤玲子さん。何もかも私に見せてください。お願いします。

休憩を終えて、桃田が部屋に戻ってきた。遺体写真を正面に置いて懸命に作業を続けている恵平を見ると、桃田も無言で席に着き、再び資料を作り始めた。

夕方五時には中央警察署に帳場が立ったと連絡が来た。まとめた資料を係長に渡し、係長がそれを管理官へ届けに行く。二つの事件に関連性が認められれば、所轄同士が協力し合うことになる。

「ひとまずは、ご苦労さま」

まだ鑑定資料とにらめっこしている恵平に、桃田がコーヒーを差し入れてくれた。ごちそうさまですと礼を言い、恵平はまだ資料を見ている。

「何か気になることでもあった？」

脇から桃田が覗き込んでくる。

「はい。これなんですけど」

恵平は現場で採取された微物の鑑定結果を見ているのであった。

「シャワー室から採取した汚水の成分表だよね」

桃田が言う。

「いろいろな成分が出ていますけど、これって人の体から出るものですか？」

「ヘナという植物の成分みたいだね」

桃田は成分表の下に書かれた小さな文字を指さした。

「あ、本当だ。ここにまとめがあったんですね」

大きく全面に表示されている分析表ばかりを読んでいた。資料一つ取っても、恵平は基本的なことをまだ知らない。

「パラフェニレンジアミンとか、メタアミノフェノールとか……私、鑑識官はこれを見ただけで何の成分かわからなくっちゃいけないのかなと思ってました」

「そんなわけないよ。科学者じゃあるまいし」

桃田は缶コーヒーのプルトップを開け、改めて恵平に手渡した。

「頂きます」

甘いコーヒーを飲みながら、恵平はまだ資料を見ている。

「ヘナって天然素材の染髪料ですよね？　犯人が髪染めに使っていたんでしょうか？」

「そうだと思うね。ごく微量だけど、シャワーで溶けて排水溝に残っていたんだ」

「でも、被害者以外の毛髪は見つからなかったんですよね。被害者がヘナを使ってた？」

「いや。被害者は髪を染めていなかった」

「じゃ、犯人ってことになるのかな、髪を染めていたのは。白髪《しらが》だったのかしら」

「そこはちょっと不思議だよね。シャワー室で採取された毛髪は被害者のものだけで、白髪は採取されてない。室内からは複数人の毛髪や体毛や陰毛などが出てるけど。関係者からサンプルをもらって確かめたら、それ以外の人物のものも多かった」

「ああいう場所だからですね。部屋を利用した人の痕跡が残されていたってことか……難しいですね」

「証拠ってさ、主に容疑者が浮かんでから役に立つんだよ。証拠側から犯人に近づくのは難しいけど、容疑者が浮かべば検証できる。鑑識と刑事は両輪で、どっちが欠けても検挙はできない」

「被害者の血液型はA型で、でも、シャワー室からはAB型とO型の体毛が発見されている。これは犯人のものという可能性がありますよね？　あそこで体を洗ったんだから」

「可能性はね。今のところはまだ可能性にすぎない」

そうかー、と恵平は呟《つぶや》いて、椅子の背もたれに体を預けた。

「でも、少なくとも犯人は髪を染めていたってことですね。そうなると、けっこう年配者なのかなあ……科学捜査ってすごいんだなあ」

「被疑者が浮かべば髪をもらって、ヘナの成分が一致するかを調べられるよ。ひと口にヘナと言っても、色素とか、クリームとか、製品によって配合はまちまちだからね。成分が一致すればそれも証拠の一つにはなる」

こんなふうにひとつずつ、例えば排水溝に詰まった陰毛まで調べ上げるなどということは、警察官を志すまで考えたことすらなかった。交番勤務のお巡りさん、カッコいい白バイ隊員や、ドラマで観る刑事たち。恵平が抱いていた警察官の印象は、せいぜいそんなものだった。化学記号や成分分析表や、損傷だの創口の形状だのに囲まれて捜査するとは思いもよらず、だから毎日、毎日、自分が選んだ職業の真実を思い知らされているようだった。証拠を集めて、鑑定して……そんなことを考えていたら、ふいに、今回の事件で辻褄《つじつま》が合わないことに気がついた。

「あれ？　そう言えば……なにか変じゃありません？」

「何が変？」

桃田が椅子を転がしてそばへ来る。恵平は捜査資料を引き寄せて、ページを繰った。

「支配人の証言です。殺人事件発生の入電があったのは午前三時十六分。ホテル・アモーレの支配人。真島謙吉六十八歳からでした」

「うん」

「ところがその後、支配人は被害者の進藤玲子に対して、撮影後はいつも一人で部屋に宿泊し、翌日ホテルから出勤していたと証言しています」

「そうだね」

桃田はニヤニヤしながら頷《うなず》いた。

「それならどうして、午前三時過ぎに被害者の死体を見つけることができたんでしょう。翌朝、チェックアウトしないから部屋を見に行ったというならわかります。でも、支配人は夜中に死体を見つけた。これって……」

桃田は笑い、

「よく気がつきました」

と、恵平に言った。

「与えられた仕事をただこなすだけでは気づけないことだよね。堀北は今、ようやく自発的に捜査に関わったんだ」

「え。もしかして私、試されていましたか？」

「そういうわけじゃないけどさ」

と前置きしてから、桃田は自前の手帳を出した。恵平と同じ大学ノートで、表紙に『桃田ファイル』と太書きし、貼り付けた資料や付箋《ふせん》のせいで倍くらいに膨らんでいる。ファイルはすでにVolume 12で、捜査本部の戒名と同じ『八重洲口ラブホテルにおけるAV女優猟奇的殺人事件』が副題だった。

「進藤玲子と支配人の間には、ヒミツの契約があったみたいだ」

「秘密の契約？」

「バイシュンだよ」

と、桃田は唇を動かした。

「売……春」

「うん。撮影後、彼女が部屋に残るのは真島を迎え入れるため。だから部屋はロックが外されていて、犯人が侵入できた。事件当日も真島は撮影クルーがホテルを出るのを待って、夜中に部屋へ忍んでいった」

恵平はショックを受けた。

「それ……支配人が白状したんですか？　だってあの人、お爺《じい》さんじゃ……」

「年齢は関係ないんじゃないかなあ。男女のことって、生物的本能のなせる業だし」

桃田はあくまでも淡々としている。

「白状というか、捜査本部は把握していると思うよ。ただし、今回は殺人の捜査だからね、協力者としてそっちの方は突っ込まないことにしているんだよ。とにかく、進藤玲子は金が欲しかったみたいだね。平野刑事の話だと、海外留学したがっていたみたいだし……それとも、性に奔放な質《たち》だったのか……わからないけど」

飲みかけの缶コーヒーを、恵平はギュッと握った。

被害者の印象は二転三転を繰り返す。どれが本当の彼女なのか、それともすべてが彼女だったのか。被害者ですらこれほど印象が変わるというのに、犯人はいったいどんなヤツなんだろう。

時刻はすでに十九時を回り、ブラインドの隙間に街の明かりが光っている。そろそろ帰ろうかと思っていたら、足でドアを蹴《け》る音がした。

桃田が立っていってドアを開けると、大きな荷物を抱えた平野が入って来た。

「証拠品だ。押収してきた」

平野は一抱えもある包みをテーブルに載せた。

「なんですか?」

包みは紙袋をひっくり返したもので、発泡スチロールの台が下から少し見えている。軽そうだけれど大きな物だ。

「アダルト・アートBOXの提供品。ていうか、竹田さんが脅し上げて供出させたんだけどな。倉庫にあるのは全部押さえて、それで、これが……」

平野は紙袋を取り去って、グルグル巻きにされている梱包《こんぽう》材を剥《は》がしていく。

出てきたのは女性のバストのレプリカだった。シリコンのようなものでできていて、白濁したアラバスターの色をしている。その造形がリアル過ぎて、恵平は目を丸くした。目の前に裸の胸があるようだ。男ならずとも思わず触れてみたくなる。

「ちょっと……きれい……と、思っちゃいました」

左の乳房に小さな蝶《ちょう》のシールがあるから、これは『レイコ嬢』なのだろう。いやらしい感じはないが、本物から型を取っているだけあって再現力が生々しい。色つきだったら直視できないかもしれない。恵平の脳裏には、嫌と言うほど見続けたAVのシーンが浮かんでいた。

「証拠品として押収してきた被害者の模型だ。型だけ取って、あとは受注生産なんだとさ。これがサンプルで、性急な客のため常に一体分を保存しているんだと」

本人はもういないのに、レプリカを見ていると、被害者がまだどこかに生きているような気がする。女優を目指した彼女が遺《のこ》していったものが、AVと体のパーツだけなんて、どう理解したらいいのだろう。入れ墨は型に残らないから、蝶はただのシールだが、本物と近い大きさで、翅《はね》の色もブルーであった。レプリカ自体に色がないから、余計に蝶がセクシーだ。

「本物はシジミチョウの入れ墨でしたよね……」

呟いたその瞬間、恵平はまたも微《かす》かな閃《ひらめ》きを得た。さっきからずっとAV映像の記憶が頭の中を旋回している。バストと、そこに止まった青い蝶が。

「え……あれ？」

「どうした」

平野が聞いた。

一瞬感じた違和感の正体を探るため、恵平は桃田のパソコンへ移動した。

「桃田さん、ちょっとあれを見せてください。ネット通販のレプリカと被害者のバストを照合したときのデータです。あの時桃田さんは、同じ角度を探すために何枚かの画像を抜き出しましたよね？　ビデオから」

桃田は黙ってデスクに戻り、椅子に座ってマウスを握った。

平野も脇へ寄ってきて、起動したパソコンのモニターを覗《のぞ》く。

「なんだ。何か気がついたのか？」

「ええ。今さらなんですけど、被害者の胸の入れ墨が、羽ばたいていたような気が」

「はあっ？」

平野は呆《あき》れて大声を出した。

「バッカじゃね？　入れ墨の蝶が飛ぶわけねえだろ」

「ですよね。でも……」

「出たよ」

桃田のモニターに、ズラズラズラズラリと画像が並ぶ。まるでバストの品評会だが、どれも被害者の胸である。いくつかのビデオ映像から桃田が抜き出したものだ。

恵平は桃田の肩に手を置いて、デスクトップモニターをじっと睨《にら》んだ。

「やっぱり……嘘じゃありません。シジミチョウは少しだけ翅を動かしています。あれ？　それに……」

ひとつの画像と別の画像を交互に指で示してから、恵平はレプリカのバストを振り向いた。ふたつの蝶は翅の角度が少しだけズレているようにも見えるのだが、シールを貼ったレプリカは……。

恵平は、今度は映像のバストとレプリカを交互に見つめた。

「む」

と平野は小さく唸《うな》る。

「これって大きくできるか、ピーチ」

「できるよ」

桃田は恵平が指した画像を器用に抜き出し、専用ソフトに入れて重ねた。触覚、脚、翅の角度がわずかに違う。

「ほんとうだ」

と桃田が言い、

「なぜだ？」

と、平野は前のめりになった。

「揉《も》まれ方でそう見えるだけじゃねえの」

「やらしい、平野先輩」

恵平に睨まれて、平野は少し赤面する。ポーカーフェイスは桃田だけだ。

「いや。そのせいでもないと思うよ。翅はともかく、触覚や脚は違うみたいだ」

桃田が言う通り、よく見ると触覚の長さも微妙に違う。青い鱗粉《りんぷん》の形状もだ。

「あの、それと」

恵平はレプリカの脇に立つ。事件が起きてからずっと、恵平は失われたバストを追いかけて来た。ビデオを注視し、魂に祈り、進藤玲子というひとりの女性と、犯人が彼女から奪ったものを見つめ続けた。だからこそわかることがある。

「このバスト、進藤玲子さんのものじゃないと思います」

「え？」

平野が振り向く。

「んなわけねえだろ。ちゃんとここにシールが……ん？」

平野もモニターとレプリカを見比べ、次には桃田が寄って来た。

「たしかに、よく見れば被害者の胸じゃないかも」

そうなのだ。蝶のシールから意識を逸《そ》らせば、バストそのものの形が違う。

「ネットに載っていたのは進藤玲子の型なんだよな」

平野は桃田の顔を見る。桃田は澄ましてこう答えた。

「間違いないね。画像がきれいに重なったんだから」

「じゃ、このレプリカはネットに載ってたヤツとは違うってことなのか？」

「そういうことになると思う」

「あ？　なんでだよ。わからねえ」

平野が首を傾げたときだった。ノックの音もなくドアが開き、本庁のベテラン刑事竹田が部屋に入ってきた。

「いつまで油売ってんだよ平野っ」

お疲れ様ですと桃田が言って、恵平はただ頭を下げる。

「なんだ、まだ観たりないのか、女の胸を」

モニターに大写しされているものを見て竹田が言う。恵平は少しムッとした。

「や、妙なんですよ。被害者の入れ墨と、このレプリカが」

タトゥーの蝶は動いて見えるし、他にもレプリカそのものが、被害者のものと違っているようですと平野が言うと、竹田はそれを一笑に付した。

「んなわけあるか。目の錯覚だろうが」

「いえ、でも」

思わず口を挟もうとした恵平を、竹田は怖い目で睨んだ。まだ卵のくせに、オレ様に口を利くのは十年早いと、心の声が恵平には聞こえた。

「馬喰町の司法解剖が終わったぞ」

それ以上話をする気はないと言わんばかりに、竹田は持っていたファイルをデスクに投げた。

何枚かの写真がザッと広がり、生々しい遺体の様子が目に飛び込んで来る。発見時の遺体。解剖台に載せられた遺体。あとは部位の拡大写真だ。

発見時、生活感溢《あふ》れる狭いキッチンスペースに、女性の死体が仰臥《ぎょうが》していた。女性はコートを着たままで、コートはシートのように床に広がり、内側に血溜《ちだ》まりができていた。スカートはめくれ上がり、ブラウスは乱暴に切り裂かれ、胸のあたりが血だらけだった。首には手ぬぐいのようなものが巻き付いていて、宙を摑《つか》むように両方の手が握られていた。もう一枚は全裸写真で、ステンレスの解剖台に載せられて、えぐられた部位が照明に照らされていた。

竹田に怒りを感じたからか、それとも犯人を憎んだからか、恵平は目を逸らすことなく写真を見つめた。またも微妙な違和感を覚えたのだ。

「なんだ。こういう写真がおまえは好きか」

卵ならば怖がれと言わんばかりだ。

「好きな人なんているんですか」

恵平は竹田を押しのけて、写真の一枚を手に持った。犯行現場に仰臥する生々しい遺体写真だ。進藤玲子は殺害時、ほぼ全裸に近い状態だった。撮影を終えたばかりだったからか、それとも支配人のために準備していたからかもしれないが、とにかく彼女が身につけていたのはショーツだけだった。ところがこちらの被害者は、通勤時の服を身につけている。帰宅直後に襲われて、その場で殺害されたからだ。犯人は初めからバストを奪うつもりで室内に潜んでいたのだろうか。

柏村は言った。多角的な視点を持つようにと。でも、それならば……。

「これ、ちょっとおかしくないですか？」

恵平が見つめているのは、むごたらしく切り裂かれた被害者の胸だ。

「ああ？」

と竹田は身を乗り出して恵平の写真を取り上げた。脇から平野が、

「言ってみろ、ケッペー、何に気がついたんだ？」

と、後押しする。

「進藤玲子さんの切られ方と違うように思うんです」

「何を根拠に言っていやがる。成傷器《せいしょうき》の切創《せっそう》はどっちも柳葉状《りゅうようじょう》だぞ、違っちゃいねえ」

「そうじゃなく……」

心に浮かんだモヤモヤを、どう説明すればいいのだろう。刃物のことを成傷器などと、竹田は専門知識をひけらかす。警察学校では初級鑑定術を教わるが、もちろん経験は皆無に近い。せっかく平野がフォローしてくれたのに、キャリアの無さに怖《お》じ気《け》づいて口をつぐみそうになったとき、頭の中でペイさんが、歯の抜けた口でニカリと笑った。——そりゃケッペーちゃん、なんだって最初は卵だよ——

恵平は写真を取り返し、衣服ごと切り裂かれた患部を指した。

「ここです。ここが変だと思います」

「んあぁっ？」

竹田は威嚇するような声で恵平の上司である桃田を睨《にら》んだが、桃田は知らん顔だ。

恵平は続けた。

「犯人はなぜ、被害者を裸にしないで、服の上から切ったんでしょう」

脱がせようとした形跡すらない。衣服は脇のあたりから裂かれ、乳房はブラジャーごとなくなっている。性的興奮であれ残虐趣味であれ、そこに犯人の意図を感じ得ないのだ。

「それがなにかおかしいか」

竹田が再び写真を取り上げると、

「うん。おかしい」

と、平野が頷《うなず》き、

「確かにね」

と、桃田も言った。

竹田は「ちっ」と舌を鳴らした。

恵平は首を傾げる。無意識のまま、脇の下に手を入れて自分のバストを引き寄せながら、犯人の行動をトレースした。

「仰向《あおむ》けに倒れた被害者から胸を切り取ろうとするならば、先《ま》ずはブラウスを脱がせて刃物を入れる位置を確認しませんか？」

「急いでたんだろうが」

「死体が発見されたのは三日後ですよ？」

「コロシだぞ？　その場では急いでいたんだよ」

「進藤玲子さんの時も、犯人は、支配人が部屋を訪れるまでのわずかな時間に犯行を終えています。この人……いえ、犯人ですけど、行動にまったく迷いが感じられない気がします。けど、じゃあ、どうして今回はずさんなんですか？　急がなければならない事情があったってことですか」

「いや……うん。ケッペーの言う通りだと、俺も思うわ」

平野は竹田から写真を奪い、解剖台に載せられた写真と並べて置いた。

桃田もすかさず、進藤玲子の遺体写真を脇に置く。

進藤玲子は背中側に近い位置から乳房の下をなぞるように切られていた。両腕の付け根をカーブ状、鎖骨と首の間はまっすぐに切り、レプリカとほぼ同じ形状で外されていた。対して新たな被害者は、ブラジャーの脇から刃物を入れて、乳房の下を直線で、鎖骨の下もほぼ直線に切られている。

竹田もじっと写真を見比べ、さっきよりはトーンの下がった声で言った。

「犯行状況ってのは、その時々で違うもんだぞ。それともなにか？　こんなことをしやがる犯人が二人もいると思ってんのか？　模倣犯とか？　テレビの見過ぎだ」

「そう言っているわけじゃ、ありません」

「じゃあなんだ。ケツの青い小娘が」

「ケツは青くありませんっ」

恵平は顔をしかめた。見たこともないくせに、なに言ってんだこの人は。

「まあそこは……どうどう」

と、平野がなだめる。

恵平の興奮は収まらなかった。体の奥のどこかで、言い知れぬ熱さが滾《たぎ》っている。それは自分の閃《ひらめ》きが何かに届きそうだという、確信に近い予感であった。ベテラン刑事は『勘』を大切にするという。もしかしてそれがこれなのだろうかと、頭の隅で考えている。

「同一犯の犯行として、犯人の側ではなくて、被害者に差異があったんじゃないかと思っただけです。こちらの現場でも犯人は、部位を洗ってから持ち去っていましたか？」

「んあっ？　ったくもう……」

竹田は文句を言いつつも、新たな現場の写真を確認した。キッチン内を撮影した写真には散乱したコンビニ袋が写っている。

「おそらく、そのままポリ袋に入れて持ち去っている」

「マンションにはお風呂《ふろ》がなかったんでしょうか？」

「あるさ。俺を馬鹿にしてんのか？」

「浴室を使うまでもなく、キッチンにはシンクだってあるよね。だから洗えなかったわけじゃないと思うよ」

相変わらずのポーカーフェイスで桃田が言う。

「平野。こいつらが何を喋《しゃべ》ってんのか、俺に説明してくれや」

竹田は恵平が飲みかけていた缶コーヒーを勝手に奪って飲み干した。

「クッソ甘《あめ》えな、なんだこりゃ」

悪態をつきつつ、空になった缶をゴミ箱に放る。

平野は恵平と桃田の推理を自分の言葉に置き換えた。

「創傷《そうしょう》が似通っているってことなんで、竹田さんの推測通りに同一犯の犯行として、ならば手口の差はなんなんすかね？　理由があると思うんですよ」

「最初の事件で、犯行に要した時間は……」

平野に重ねて桃田が資料を確認する。

「撮影クルーがホテルを去ってから支配人が部屋へ行くまでの、わずか四十分足らずの犯行でした。遺体発見時に不審人物がいなかったこと、逃亡前にシャワーを使っていることなどを考えると、正味の犯行はもっと短い。おおよそ二十分程度というところでしょうか。遺体を前にシャワーを使い、部位を洗っていることなどからしても、犯人は落ち着いているし、取り乱してもいない。偶発的突発的な犯行ではなく、計画的な犯行だったと思われます。対して今回の事件も、被害者を待ち伏せるなど犯行の手際はスマートです。でも、損壊の様子は違う」

竹田はようやく口をつぐんで、若い警察官たちの顔を見た。

「ふうむ……どちらの現場も、計画的な犯行と容赦のなさは共通してる……ただし、損壊の仕方は違う……ねえ……」

自分の考えを整理しながら、竹田は頭をガリガリ掻《か》いた。白髪交じりのおかっぱ頭は皮脂のせいでベタ付いていて、刑事特有の臭いがする。恵平は、竹田もまた懸命に犯人を追い求めているのだと知った。

「これは俺の勝手な推理ですけど——」

平野は二本指をこめかみに当てて、足元を見た。

「——何かが犯人を刺激して、起こさせたってことはないですか？」

「どういう意味だ」

「いや……ちょっと思っただけなんですが」

何かが犯人を刺激した？　恵平は平野の言葉を考えてみた。

一体何が犯人を刺激しうるだろうか。報道か、それとも犯人だけが知るミスだろうか。報道を見た誰かが犯行に疑いを持って、犯人に『おまえじゃないの』と訊《き》いたとか？　いやいや。捜査陣は慎重に調べているはずだ。でも……。

「ちょっと気になったんですけど、今回の被害者も胸に入れ墨を入れていたってことはないんでしょうか」

「入れ墨マニアの犯行だってか？　そりゃ面白い着眼点だな」

竹田は下卑《げび》た表情をして嗤《わら》う。

「なんたってその部分は持ち去られているわけだしな。可能性がないこともないが、明日《あした》になれば中央警察署から情報がきてわかるだろう。こっちも手持ちのカードを渡してるんだし、もらうばっかりってこともあるまいよ」

そのカードを準備したのは桃田と恵平だ。

竹田は写真をまとめると、平野に向かって「行くぞ」と言った。

「おまえらの言う通り、もう一度進藤玲子の周辺を当たってみるか。この時間でないと聞き込めないこともあるからな」

竹田が先に廊下へ出て行き、閉まる寸前のドアを平野が押さえた。恵平を素早く振り返る。

「レプリカが被害者のものでなかった理由も聞いてくる。サンキューな」

誰かのスマホが鳴る音がしてドアが閉じ、竹田の話し声がする。

「竹田です。先日はどうも……えっ？」

入口ドアの磨《す》りガラスには、平野の影が映っている。竹田は立ち止まって通話を続けているようだ。

「……わかりました。いえ、郵送すると言って、送り先を確認して下さい。え？……そんなことはあなた……はい……はい……とにかく今すぐそちらへ向かいますから」

恵平と桃田は顔を見合わせた。その直後、

「予定変更だ」

と、竹田の声が聞こえてきた。

「スケベボディショップへ行くぞ。進藤玲子のレプリカを買いたい客が現れた」

平野の影はすぐさま消えた。

第六章　第三の殺人

　その日の勤務を無事終えて、恵平が署を出たのは午後十時すぎ。飛び出して行った平野からは、ついに連絡が入らなかった。本署前に張り込んでいたテレビクルーの姿も減って、今は二度目の殺人事件を追いかけるのに必死のようだ。

　二度目の事件をスマホニュースで確認しながら、恵平は、鑑識の講義に来てくれた月岡のことを考えていた。彼女も現場を幾つも踏んで、一人前の鑑識官になったのだろうか。月岡がおかっぱ頭の三木鑑識官の背中を追いかけたのに対し、自分は、桃田や、伊藤や、係長や平野、誰の背中を追いかけて行けばいいのだろうか。

　考えながら、足は自然と東京駅へ向かっている。この時間だとダミちゃんは閉店間際で、もうご飯にありつけない。かといって、他に行きつけの店もない。それでも、きちんとした食事をとって、体調管理するのは使命である。

「あ。そうか」

一件だけ思い当たったのは、東京駅八重洲口の地下にある定食屋さんで、この時間は居酒屋になっているものの、たぶんご飯も提供している。マグロ定食、あじフライ定食、とろろご飯にハンバーグ定食など、早朝から深夜まで手ごろな価格で手作り料理を食べさせてくれるありがたい店だ。

行く先が決まったら、胃袋がもう鳴り出した。

「マグロ定食！　それに目玉焼きもつけちゃおう」

恵平は急いで八重洲中央口へ向かった。

酔っ払いの喧騒《けんそう》に紛れつつ、カウンターの片隅でご飯を食べる。店はまだまだ混んでいて、集団の客が入って来ては、座る場所を見つけられずに店を出ていく。恵平は一人だったのでカウンターに座れたが、黙々とごはんを食べている客など他にはいない。マグロの刺身に小鉢に漬物、目玉焼きにご飯と味噌汁《みそしる》、さらに豚汁まで追加注文したために、酒飲み客のつまみよりカウンターを占拠していた。

また人の波が来て、何人かが入店を断られ、何人かが席を譲って出ていった。ふとした気配に振り向くと、恵平のすぐ後ろに男性客が立っている。連れはなく、独りのようだ。恵平はカウンターを占拠していた小鉢や皿を寄せ、彼が座れるよう配慮した。

男は軽く頭を下げて、恵平の隣に腰を下ろした。

「すみませんね」

と、店員が恵平に礼を言う。混んでいるときはお互い様だ。男は店員からおしぼりを受け取ると、小鉢二品付きの生ビールセット千円也《なり》を注文した。

ともすれば肩が触れあうほど密接しても、隙間好きの恵平は苦にならない。順調におかずを平らげながら、デジャブを感じた。そうだ、ダミちゃんだ。いつだったか、恵平が席を譲ろうとしたのに、ダミさんが満席だと言って客を返してしまったことがある。いつも愛想のいいダミさんなのに、どうしてあの客を受け入れなかったのだろう。酒癖が悪いと知っていたのか、でも、一見《いちげん》さんみたいだったけど。

恵平はチラリと隣の客を見た。

恵平自身がここの常連ではないし、見たからといってなにも感じることはない。恵平にやや背中を向けて、客はビールを受け取った。トレーナーを着て、ニットのロールキャップを目深にかぶり、中年で、太ってもいないし、痩《や》せてもいない。それだけだ。ビールを飲んで、小鉢の中身をつまんでいる。偶然隣に居合わせた者同士、会話もなければ視線も合わない。せいぜいが、恵平の前に並んだ皿の多さに、よく喰《く》う女と思われた程度のことだろう。

恵平は目玉焼きに視線を戻すと、卵に塩を振って箸《はし》で割り、とろけ出てきた黄身をお茶碗《ちゃわん》に取った。順繰りに器を空にして、一粒残らずご飯を食べて、大満足で席を立つ。これでお会計は一六七四円。サッと入って、サッと出て、地下道の階段を上っているときに、突然、スマホのバイブが震えた。

最近は緊急連絡の電話がわかるようになってきた。もちろんスマホは同じように震えるだけだが、ビビッと心に緊張が走るのだ。案の定、画面には『平野腎臓《じんぞう》』という文字が浮かんでいる。男の子のような名前の恵平と、心臓、腎臓、肝臓と、妙な名前三兄弟の次男に生まれた平野とは、『変わった名前コンビ』の縁で、個人的に連絡先を交換している。

「はい、堀北です」

足を止めて電話に出ると、

「俺だ、平野だ。エロ模型屋が燃えていた」

と、声がした。後ろで消防車のサイレンの音や怒号がしている。

「え」

「現場に着いたらこの有様だ」

恵平は階段を駆け上がって空を見た。ビルに切り取られた空に煙はなく、サイレンや怒号はスマホの中でだけ聞こえる。平野が向かったエロ模型屋の場所はどこだったろう。八重洲界隈《かいわい》はいつもと同じ平日の夜だ。

「アダルト・アートBOXが火事だってことですか？」

「だから、工場と運営のアパートが……つか、なんでそれを知ってるんだよ」

「本庁の竹田刑事が廊下で話すのを聞いたから」

「それな」

平野はわずかに声を潜めた。

「竹田さんは今、本庁に電話している……ていうか、ヤバい……これはヤバいぞ、マジでヤバい。火災現場の鑑識に、うちのチームも混ぜたいくらいだ」

「うちのチームって、私たちのことですか」

「決まってるだろ」

と言ってから、平野は、

「おまえのことじゃないからな」

と、付け足した。

自分はただの見習いだとわかっているけど、あからさまに否定されると凹《へこ》む。

「アダルト・アートBOXの運営者から、進藤玲子のレプリカを買いたいヤツが現れたって電話があった。聞き込みした時、もしもそういう話がきたら、必ず連絡くれと頼んだからだ。商品を郵送すると言って、相手の住所を聞いておくよう指示したんだが」

そこまでは聞いていた。平野は続ける。

「ところが俺たちが署を出た直後、運営者がまた電話をよこして」

「はい」

署へ戻るべきか、寮へ戻るか、わからないので恵平は地下道出口に立ったまま、平野と通話を続けていた。

「やっぱりキャンセルされたと言ってきた。欲しがっていたのも『レイコ嬢』じゃなくて『アッキー』だったと」

「間違いだったと言うんですか？」

「んなわけねえだろ」

平野が吠《ほ》える。

「倍額出すとか、もっと出すとか、旨《うま》いこと言いくるめられたのかもしれない。それで、俺たちが来てみたら……」

カンカンカンと消防車の音、さらに、ウ～ウ～ウ～とサイレンが鳴る。

「火事、大変なんですか？」

「そうだ。運営者のマンションてか、アパートは、工場の裏にあるんだよ。二階建てのショボいヤツ。それがどっちも燃えるなんて、ありえねえだろ？　消火作業は……はい！　わかりました」

平野は誰かに返事して、

「今から俺と竹田さんで、周辺の防犯カメラを当たってみるわ」

スマホの音声はブツリと切れた。

恵平の耳にはけたたましいサイレンの音が、残響のように貼り付いている。

どうしよう。どうしたらいいのだろう。

少しだけ考えて、とりあえず署に電話した。夜間は当番勤務の警察官がいて、急な案件に備えている。ところが電話がつながらない。情報はすでに丸の内西署に届いていて、各班の招集をかけているのかもしれない。恵平は電話を切ると、SNSを使って桃田を呼んだ。通勤に総武線《そうぶ》を使っている桃田は、

――電車の中から煙が見えた――

と返して来た。市ケ谷《いちがや》のあたりだったという。平野が向かった現場と齟齬《そご》はない、とも言った。

―それで　運営者とは会えたみたい？―

バカだ。それを聞くのを忘れていた。恵平は桃田に打ち込んだ。

―わかりません　でも　慌てていたので　会えてないと思います　火災現場の鑑識に　うちのチームも入れたいって―

―ふーん　不審火なのかな　放火とか―

―そうですよ　タイミングよすぎだし―

立ち止まって会話していると、次第に体が冷えてきた。恵平は、「クシュン！」と小さくクシャミをした。

―桃田先輩　私　署に戻った方がいいですか？―

なにか役に立てることがあるかもしれないと思って聞くと、桃田は、

―なんで？―

と返して来た。

―出動命令が出てない場合は戻って待機　体調を万全に整えておくのも大切な仕事　じゃあね　また明日《あした》―

あっさりと会話を切られてしまった。

顔を上げれば、人通りはさらに少なくなって、吹く風に冬の匂いを感じた。

恵平は今上がってきた階段を見下ろしたが、踊り場で夜を過ごすメリーさんの姿もない。鑑識係長から出動要請の電話も来ない。

「そっか……」

何が『そっか』か、わからないまま、恵平はスマホをポケットに落とした。

背伸びしてから屈伸をして、タタタッと軽くステップを踏み、全力ダッシュで寮へ向かった。今夜はとにかくしっかり眠って体力温存。明日は平野のフォローをしよう。そう自分自身に言い聞かせながら。

翌早朝。

黎明《れいめい》の空に黒々と東京駅のシルエットが浮かび上がる様を眺めていると、ピロリンと着信音がした。こんな早くに誰だろうと思ったら、東京駅おもて交番の山川からのメールであった。

――おはよう――

交番のほうへ目をやると、外で山川が手を振っている。

恵平はメールを返さずに、直接交番へ走って行った。

「おはようございます」

「まだ続いてるんだね、駅舎の早朝礼拝は」

山川は愛嬌《あいきょう》のある顔に笑みを浮かべて言った。

「早朝礼拝って……」

交番へ入っていく山川についていくと、急に真面目な顔で振り向いた。交番内に人影はなく、本日の相方である伊倉巡査部長は仮眠中のようである。

「ゆうべ市谷で火事があってさ。聞いてる？」

山川はそう聞いた。

「はい。刑事課の平野先輩が聞き込みに行って、火事に遭遇したって」

うん。と山川は頷《うなず》いて、

「その現場から死体が出たよ」

と、静かに言った。

「え……誰ですか？　まさか」

「ハッキリとはわからないけど、マンションの住人らしいって。放火の疑いが濃厚で、二箇所から同時に出火したって。どっちも持ち主一緒でしょ？　むかし金型《かながた》を作っていた工場と、その持ち主の部屋ね、出火元は」

「亡くなったのは工場の持ち主ですか？」

「マンションの他の住人は安否が確認できたって。といっても、マンションは四部屋で、二つが空き部屋、ひとつの住人は高齢で、ケアハウスにいたみたいだから」

「……死んだ……アダルト・アートＢＯＸの運営者が……」

「あ。やっぱそう？」

と、眉間《みけん》に縦皺《たてじわ》を刻んで山川は言った。

「これって、あの案件だよね？　バストマニアの」

「バストマニア」

「週刊誌ではそう書いている。若い女性の胸を狙った犯罪だって。すでに二人も殺されているし、今度は関係者が不審死だろ？　えらい事件に関わっちゃったね」

突然スマホのバイブが震え、恵平は驚いて飛び上がった。

「すみません、桃田先輩から電話です」

山川に断ってスマホに出ると、眠そうな桃田の声がした。

——寮へ戻ってよく寝たかい？——

と、いきなり聞く。

「寝ました」

――よし。じゃ、すぐに出勤してくれ。ぼくもそっちへ向かっているけど、平野が火災現場周辺の防犯ビデオを持ってくるから、確認するよ。それと、捜査会議に出るように。司法解剖の結果、二人目の被害者吉田優衣子《よしだゆいこ》の創口《そうこう》と、現場に残された指紋の一部、あと体毛のDNAが、進藤玲子の現場で採取されたものと一致したそうだ。合同捜査になるってさ――

背骨に電流が走った気がした。

「はいっ!」

恵平はスマホに叫び、通話を切って山川を見た。

「二つの事件の創口と、犯人が残したと思《おぼ》しき遺留品の一部が一致したそうです。本署に戻って防犯カメラ映像の解析を……」

山川は微笑みを含んだ目を恵平に向けた。

「そうか、がんばれ。先輩たちの足手まといになるなよ」

「はいっ」

深く頭を下げて、恵平はおもて交番を出た。ペイさんに磨いてもらった官給の靴が柔らかく足にフィットして、いつもよりもずっと速く走れる気がした。

恵平にとって二度目の捜査会議も、午前八時ちょうどに始まった。中央警察署との合同捜査になったため、出席者の数も、講堂に準備された新しい島も増えていた。見学する立場の恵平の席はなくなって、桃田と並んで最後列の壁際に立つ。合同捜査になると空気も変わり、熱量は数倍に上がった気がした。数多《あまた》いる捜査員の中に平野の姿はなくて、ペッタリと髪をなで付けた竹田が、ふたつ分の席を占領して座っている。

逮捕前に次の事件を起こされて、またも新たな被害者が出る。これは警察官にとって最大の屈辱だ。ひな壇には二人の被害者の遺影が並んで置かれ、捜査陣が向き合うかたちで座っている。その光景に、恵平は身が引き締まる思いだった。

二人目の被害者は吉田優衣子三十二歳。

通販会社のオペレーターをしている独身のOLだ。女優歴はなく、AVに出演したこともなく、友人や家族の話では胸にタトゥーを入れてもおらず、交際相手に心当たりもないという。趣味は山歩きと韓流《ハンりゅう》スターの追っかけで、近隣住民や同僚とのトラブルも抱えていない。ひな壇の写真は通販会社の身分証を拡大したもので、丸顔にメガネをかけた地味な女性が写っていた。

事件当日は定時で退社しているが、変わった様子もなかったという。死亡推定時刻はその日の午後七時前後。会社から直接帰宅したとして時間的な齟齬《そご》はない。マンションには防犯カメラが設置してあるが、エントランスを映したビデオに不審者の姿は見られなかった。犯人は敷地背面から外部配管を伝って屋根に上り、ベランダに下りて室内に侵入したと見られている。中央警察署の鑑識が、配管から手袋の跡、屋根とベランダから二十六センチ強のゲソ痕《こん》を発見しているからだ。吉田優衣子の部屋は最上階にあたる四階だったことから、ベランダ側のサッシは施錠されていなかった可能性もあるという。

床に靴跡がなかったことから、犯人はベランダで靴を脱いで室内に侵入、被害者を殺害後、近隣住民が寝静まるのを待って、再びベランダから逃亡したものと思われた。下の階に住む学生が、午前三時頃にベランダで物音を聞き、下着泥棒かと思って見たが誰もいなかったと証言しているからだ。ちなみに、建物裏の地面からわずかな血痕が見つかっている。これは犯人が被害者の部位を入れた袋を投げ落とした痕跡ではないかという。

「進藤玲子と吉田優衣子。二人に交友関係はなく、今のところは接点もナシだ」

進行役の課長が大声で言う。捜査会議の本質は、知り得た情報を共有することと、それぞれの捜査区分を明確にすることらしい。淡々と情報が明かされて、短時間で会議は終了した。

「吉田優衣子さんの現場から、犯人の毛髪は出なかったんでしょうか」

恵平は気になっていたことを桃田に尋ねた。

「鑑識の資料が共有されているはずだから、調べてみよう。ヘナだよね？」

その通り。恵平はそれが気になっていたのだ。会議でも、指紋の一部や体毛のDNAに共通するものがあったと発表された。しかし、毛髪については触れられていない。

鑑識の部屋へ戻って、桃田はデータを調べてくれた。先日こちらが資料をまとめたように、中央警察署の鑑識からも共有データが送られて来ている。主に刑事が共有するべき資料だが、鑑識も刑事課の一部であり、資料の閲覧ができるのだ。

「やっぱり毛髪は出てないね。こっちの被害者は独り暮らしだし、他人を部屋に入れる機会もなかったのかも。生活指紋も本人のものばっかりだ」

「じゃ、前の事件と共通する指紋はどこで見つかったんですか？　侵入時、犯人は手袋をしていたんですよね」

「たしかにそうだな」

桃田は資料を見返した。遺留指紋はコンビニの袋や玄関ドアから発見されたが、それらは第一の事件と共通していない。やがて、

「これか？」

と桃田は言った。

指紋が採取されたのは、リビングに落ちていた短冊状の紙だった。

「これって、新しい本を買うと挟んであるやつですよね？」

画像を見て恵平が言う。二つ折りにした短冊には、書籍タイトルやバーコードなどが印刷されている。

「書籍スリップだね。書店が発注や在庫管理に使うヤツ」

書籍タイトルは、『今でも逢《あ》える・八王子の自然図鑑』となっている。著作者の名前は茂里《もり》一郎《いちろう》で、出版元は竜胆舎《りんどうしゃ》。著者も出版社も恵平は知らなかった。

「どうしてこんなところから共通指紋が出たんでしょうか」

「さあ……」

桃田はさらに資料を調べ、共通指紋が出た理由については何も書かれていないと話した。

「争った形跡はないわけだから、犯人が落として行ったのかなあ。ちょっとよくわか

らないな」

「どんな本なのか、調べられないんですか？」

「ちょっと待って」

桃田は別のパソコンを立ち上げた。ネットにつなぎ、恵平に言う。

「タイトルと著作者で検索してごらん。大まかな内容はヒットしてくるはずだから。一番は、本を購入するのが早いけど」

「わかりました」

恵平は検索エンジンをスタートさせた。

「ケッペー！　おーい！」

ちょうどタイトルを打ち込んだとき、恵平の名を呼びながら平野が部屋へ入ってきた。防犯カメラのデータを持って来たのだ。平野はそれをテーブルに載せると、

「火災現場周辺の防犯カメラ映像だ。手分けして確認頼む」

と言った。検索をスタートさせながら、恵平は平野の顔を仰ぎ見た。ネクタイはヨレヨレで、髪はボサボサ。目の下に隈《くま》ができ、うっすらと髭《ひげ》が伸びている。

「ずっと火災現場にいたんですか？」

聞くと平野は鑑識の冷蔵庫を開けて、入っていた飲み物を勝手に飲んだ。たぶん伊

藤が自分用に買ってあった『飲めばサラサラフラバン茶』だ。

「消防の現場検証に立ち会って、それから映像を集めていた。時間が時間だったから、コンビニ以外は今朝回ったんだよ。やっぱ火災現場から死体が出た。第四頸椎《けいつい》に刃物による切り傷が見つかったから、何者かに殺されたんだ。黒焦げだったが、骨は残っていたんだよ、まったくもう……」

恵平は火災現場で死人が出たという、山川の言葉を思い出していた。

「進藤玲子のレプリカを買いたいと言った人物の仕業でしょうか」

「だからヤバいって言ったんだ……ふわ……ぁ」

平野はお茶を飲み干すと、

「シャワー浴びてくるわ」

と言って姿を消した。テーブルには大量のデータと、空っぽになったフラバン茶のペットボトルが残された。

「早急《さっきゅう》に確認するとして、ちょっとぼくらだけじゃ無理かもね」

桃田が腕組みをしたとき、またも鑑識のドアが開き、二十四時間勤務を終えた山川がひょっこりと顔を覗《のぞ》かせた。

「ちーっす」

と、笑顔を見せたあと、「映像確認、手伝いますよ」と入ってくる。

「マジですか？　山川さんって夜勤明けなんじゃ」

桃田が聞くと、山川は椅子を引いてきて勝手にテーブルの脇に座った。平野が集めたデータをより分けながら、映像確認の準備を始めている。

「いいの、いいの。うちの堀北がお世話になっているんだしね」

「おう。おはようさん」

その後ろからもう一人、伊倉巡査部長もやって来た。山川と一緒にテーブルに座り、「やるか」と桃田の顔を見る。

桃田は二人の前にパソコンを移動して、「お願いします」と頭を下げた。

「山川先輩、伊倉巡査部長。お疲れのところ申し訳ありません」

恵平も席を立って礼を言うと、伊倉は笑った。

「バカを言うな。別に堀北のためじゃない。うちの管轄で猟奇事件なんか起こされたんだぞ……放っておけるわけがない。堀北はきちんと自分の仕事をしなさい」

「はい。ありがとうございます！」

恵平は席に戻って検索を続けた。

件《くだん》の書籍は大手通販サイトでも扱っていたが、初版が発行されたのは十年以上も昔であった。竜胆舎は主に自費出版を手がける会社のようで、この本もそうした書籍のひとつらしい。竜胆舎のホームページにアクセスすると、地方・小出版流通センター取扱品の項目一覧に『今でも逢える・八王子の自然図鑑』が載せられていた。残念ながら、どんな内容の本かといった記載はない。

「もしかして」

恵平は著作者の名前をサーチした。自費出版の場合、著作者自身がブログやSNSなどで自書の宣伝をしていることが多いからだ。

予想は的中し、著作者が立ち上げたサイトが見つかった。ページタイトルも、『今でも逢える・八王子周辺の自然観察写真館』で、著作の宣伝がトップにある。出版された書籍はこのホームページをまとめたものだということもわかった。

「桃田先輩。図鑑のもとになったホームページが見つかりました。アマチュア写真家が自分の写真をまとめて本にしたようです」

「そうか」

と桃田は言ったまま、山川たちと映像確認を進めている。

恵平はホームページを閲覧したが、更新記録は何年も前に途絶えていた。プロフィールによると、定年退職後に趣味の写真を整理するため立ち上げたサイトのようである。サイトの立ち上げ当時で七十二歳。メッセージを送れる仕様だが、トップページに広告が貼り付いているので、返信はおろか、本人がサイトを閲覧する可能性も低い。

載せられている写真は主に、八王子周辺で見られる植物や昆虫、珍しい風景や季節の移ろいを写したものだ。東京都内というだけで、恵平にはとんでもない都会なのに、八王子界隈《かいわい》には驚くほど自然が残っている。高尾山《たかおさん》の清流やブナ林、そして、

「あっ」

恵平は奇声を上げた。

「桃田さん、桃田先輩、見てください!」

振り返って桃田を呼ぶ。

狭い部屋なのだから大声を出す必要はないのに、恵平は席を立っていた。

アマチュア写真家のホームページには、光彩を閉じ込めたような蝶《ちょう》の写真が載せられていた。進藤玲子の乳房に止まっていた蝶だ。恵平が知るシジミチョウより艶《あで》やかで、オパールのように妖《あや》しく碧《あお》く光っている。

「フジミドリシジミですって。被害者のタトゥーはこの蝶ですよ! こんなのが本当にいるなんて、ちっとも知りませんでした」

桃田は無言で寄って来て、無言のままモニターを見つめた。それから自分のデスクへ戻り、進藤玲子の胸の写真を持ってきた。画角によって羽ばたいて見えた蝶。青い宝石のようなシジミチョウだ。

「本当だ……この蝶だ……」

桃田はそう呟《つぶや》いて、

「スリップの図鑑には、この写真も載っていたのかな」

誰にともなくそう訊《き》いた。

「可能性はあると思います。同じ写真家が出した本だから」

「図鑑を手に入れて確かめないと」

「ネットだと、中古品は在庫ありですよ。買いますか」

「うん。買って」

と、桃田が言うので、恵平はネットに取り付いた。

「ていうか、カード決済なんですけれど。丸の内西署で注文できるんですか？」

「できるわけないだろ」

後ろから立ってきたのは山川で、自分のカードを出すと、山川弘樹《ひろき》名義で書籍を買った。

「銀座《ぎんざ》郵便局なら二十四時間営業しているよ。配送は局留めにしてもらうから、明日《あした》の朝取りに行ってよね。領収証は平野に渡して、ぼくは現金だけもらえばいいから」

あ、代金はしっかり取るのね、と恵平は思ったが、口に出しては言わなかった。

「で？　チョウチョの図鑑がどうしたの？」

また映像のチェックに戻りながら山川が聞く。

「被疑者の指紋、この図鑑のスリップから採取されたんです。リビングに落ちていたみたいで」

「ふうむ……それはいったいどういうわけかね」

伊倉も訊《たず》ねる。

「さっぱりわかりません」

桃田はあっさり降参し、恵平はそのわけを懸命に考えていた。タトゥーの蝶と、その写真。ふたつにはもちろん関係がある。でも、スリップに指紋が残されていたわけがわからない。スリップが落ちていたわけも。

犯人は手袋をして犯行に及んだ。被害者を殺害し、遺体を損壊し、キッチンにあったスーパーの袋に部位を入れ、袋を何重かにして口を閉じ、真夜中になるのを待った。再びベランダから外に出るとき、邪魔な袋を地面に落とした。この間、手袋はしたままだ。だからスリップに指紋が残るはずはない。

「スリップは、犯人のポケットか何かに入っていたってことなんでしょうか」

「それはない。折れてないからね」

「それとも図鑑を持ち歩いていた？」

「普通は持っていかないだろ。犯行現場に、図鑑なんか」

複数台のパソコンで平野が集めてきた防犯映像をコピーしながら桃田が言う。

「そうですよねえ」

恵平はさらに首をひねった。いったいどういうシチュエーションならスリップに指紋が残るのだろう。

「まさか、図鑑の作者が犯人ってことはないですよねえ？」

「なんでそう思うの」

「いえ……指紋があったからなんですけど」

すると山川が鼻で嗤《わら》った。

「あれって書店に納品される前に挟み込まれてるんじゃないの？　だから指紋が残るとしたら、作者よりもむしろ書店員とか、購入者とか」

「そうか……じゃ、犯人が書店に勤めているってことは？」

「捜査は連想ゲームじゃない。思いつきで推理して、人の一生を変えてしまうこともある。頭より先に体を使う。そう覚えておきなさい」

老眼鏡の奥から伊倉がチラリと恵平を睨《にら》む。

恵平は、性急に犯人に迫ろうとしていた自分を知った。

「そういえば……白髪は……？」

恵平はまた別のことを考える。茂里一郎は高齢だ。ヘナで髪を染めている可能性はないのだろうか。

「ホームページ立ち上げ時に七十二歳だから、今は八十を過ぎている……」

その年齢でもバストに執着する性欲はあるのか。男性のことはよくわからない。

「ふあぁ、サッパリしたわ」

ドアが開き、シャワーを浴びた平野が戻る。ずらりとパソコンを並べて映像チェックしている一同に驚き、

「山川巡査、伊倉巡査部長まで、すみません。竹田さんは仮眠中なんで、俺も一緒にやりますから」

平野はペコリと頭を下げて、言い訳するように恵平を見た。

「あの人、五十近いだろ？　そのわりにタフだけど、やっぱ少しは寝てもらわないと。

ゆうべも俺と手分けして、カメラのある場所あたっていたし、倒れられても困るから」

前回の捜査本部では、平野のバディは腰痛で入院してしまったのだった。

「平野も仮眠してきたらどう？　ところで」

桃田は平野を手招いて、恵平が見つけた蝶の画像を確認させた。

「進藤玲子のタトゥーはこの蝶だよね？　さっき堀北が見つけたんだけど、この蝶が載っているかもしれない図鑑のスリップが二度目の現場に落ちていたんだ」

「なんすか、スリップって」

「本に挟まれている伝票だよ。在庫管理するためのヤツ」

ははーん、と平野は呟いて、

「被害者の自宅にその本は？」

と桃田に聞いた。桃田は資料を確認し、

「本棚や、見える範囲にその本はない。引き出しの中やクローゼットの中はわからないけど」

と答えた。見える場所に本がないのに、スリップだけが落ちていたのは不自然だというのが平野の意見だ。室内の写真を見ると、本棚は整理整頓《せいとん》が行き届いている。ほとんどが韓流《ハンりゅう》スターの写真集。ほかは恋愛小説、そして山ガールの本。棚はすでに一杯で、空きスペースに本が横置きされているのを見ると、件《くだん》の本がなくなっているのか、最初からなかったのかはわからない。

「そう言えばさ」

平野はポケットをまさぐって、捜査手帳を出した。

「被害者のタトゥーについて、妙な証言が得られた」

ページをめくり、眉《まゆ》をひそめる。

「聞き込み先は進藤玲子が勤めていた介護福祉施設の介護士だ。六十くらいのオバハンで、ひと月前に進藤玲子と、他の介護士と一緒に温泉へ行ったって。けど、進藤玲子のタトゥーには気づかなかったと言うんだよ」

「恥ずかしいから隠していたんじゃないですか」

「どうやって？　タオルでか？　一緒に風呂《ふろ》入って、気づかないなんてあるのかよ」

恵平は想像してみた。湯船にタオルは入れられない。洗い場ではともかく、脱衣所や湯船で胸を隠し続けることは難しいかもしれない。が、できなくはない。

「隠そうと思えば隠せるようにも思います」

「オバハンは、隠していて見えなかったとは言わなかったぞ。玲子ちゃんは、胸にタトゥーなんか入れていませんでしたよと、そう言ったんだ。ハッキリな」

「でも、殺害直前に撮ったビデオはタトゥーが入っていましたよ」

桃田がコクンと頷《うなず》いた。

「間違いない。俺も観ている」

自信ありげに平野も言う。

「それ以前に撮ったビデオにもタトゥーはありました。っていうか、あれを入れたから仕事が増えたってことでしたよね」

「それは緒形から証言を取っている」

「翅《はね》が動いて見えたりで……あの蝶《ちょう》、飛んだりできるとか」

「ばーか」

疑問は平野に一蹴《いっしゅう》された。

平野は結局仮眠を取らず、その場に残って防犯カメラ映像の確認を始めた。

当然ながら火災現場を管轄する警察署や消防署は別にあり、所轄署の刑事らもこれらの記録を調べるはずだ。平野と竹田はそれより早く周囲を回り、ある場所ではデータのコピーを取らせてもらい、それができない場合は任意でビデオテープの提出を求めてきたのだ。だからオリジナルのビデオテープは直《ただ》ちに提供者へ戻さなければならない。

桃田がコピーをする脇で、平野らは効率よく確認作業を続けていた。

各所に設置されたカメラには、火災が起きる前や発生時、野次馬が集まってくる様子、消火作業などが生々しく記録されていた。現場に駆けつけて茫然自失《ぼうぜんじしつ》状態の平野や竹田も映っている。二人が聴取に訪れる前に、すでに火柱は上がっていたのだ。

人垣は多く、折り重なって、後ろ姿ばかりが映っている。恵平らが欲しいのは火災直前に現場を走り去る人物や、火災以前にアダルト・アートBOXへ向かった人物の映像だったが、工場にもマンションにもカメラはなく、不審人物の絞り込みは難航した。吉田優衣子を殺害したときと同様、犯人はそれ以前に運営者のアパートか工場に潜んでいたというのだろうか。その場合、レプリカが欲しいと電話をしたのは、運営者のすぐ近くからということになる。恵平はゾッとした。

何倍速かで桃田がビデオテープからデータをコピーし終えたのが正午過ぎ。平野は映像を提供者に返すために出ていった。

「管轄署の刑事が映像収集に行く前に、テープを返せるといいけどね」

モニターから目を離さずに山川が言う。

「それはどうかな」

老眼鏡を持ち上げながら、伊倉はそっと鼻を鳴らした。

「始末書覚悟でやってることさ。お互いに、刑事だからな」


恵平は図鑑のほうを追いかけていた。

竜胆舎に電話で確認すると、図鑑はやはり自費出版で、発行部数は三百冊。当初は竜胆舎が百冊預かり、うち三十冊程度が書店に委託販売されていたそうだ。本は八王子市内の書店を中心に並び、残りが著作者に渡された。現場に残されたスリップは三百冊のうちの一枚だ。本を置いている書店のリストをもらって片っ端から電話をかける。そしてわかったのは、未《ま》だ十冊程度しか売れていないということだった。

そのうちの一冊が中古品として、明日、山川の許《もと》へ送られてくる。では、九人の購買者を調べれば犯人に行き当たるのかといえば、そう単純な話ではない。書店は購買者の個人情報を持ち得ないからだ。

恵平は平野を手伝って聞き込み捜査をしたことがある。あの時は足が棒になるほど歩いたが、平野は涼しい顔をしていた。諦《あきら》めるな、投げ出すな。恵平は自分を叱咤《しった》して、次には茂里一郎の連絡先を調べ始めた。

竜胆舎には自費出版当時のリストしかなかったが、その頃の連絡先へ電話してみると、年配の女性が出てくれた。

「初めまして。私は堀北と言いまして……」

勢いだけで電話したので、どう自己紹介するか考えてもいなかった。丸の内西署で研修中の警察官の卵と言えばいいのか、そもそもそれで通じるものか。チラリと先輩諸氏を見たが、食い入るようにモニターを見ていて目も上げない。恵平は頭を巡らせ、

「ええと……ホームページを拝見してお電話をしています。茂里先生の、八王子周辺の自然観察写真館のご著書について教えて頂きたいのですが――」

自己紹介をすっ飛ばして聞いてみた。

「――そちら、茂里先生の連絡先で間違いないでしょうか」

「はい、そうですが」

年配の女性は訝《いぶか》しげに答えた。

「あの。茂里先生は」

「父は昨年亡くなりました」

そうだったのか。

それはご愁傷様でしたと恵平は言い、ホームページでフジミドリシジミの写真を見

つけて著書を知り、本について訊《たず》ねたいのだと女性に話した。

「本ですか？」

女性は少し間を開けて、

「それなら母の方が詳しいと思いますから」

そう言って、電話口に別の人を呼んでくれた。

「もしもし？　お電話替わりました。茂里節子《せっこ》でございます」

高齢そうな声の主は、上品な話し方をする人だった。

恵平はフジミドリシジミの話をし、ホームページが更新されていないので、竜胆舎に図鑑のことを問い合わせたのだと話した。

「三百冊刷ったと聞きました。私も一冊ネットで注文したんですが……」

咄嗟《とっさ》にその先が続かなくなり、やっぱり警察官の卵と名乗ろうか、このまま話を聞くのは難しそうだと考えていると、老婦人は朗らかにこう言った。

「ええ。ええ。主人は趣味の写真を本にするのが夢だったものですからね」

「ホームページのお写真見ました。自然の切り取り方がすごかったです。特にシジミチョウ。あんなブルーの蝶は初めて見ました」

「フジミドリシジミのことでしょうかね？　あれはブナ林なんかのね、下草のところを探していくと、何頭か集まっていることがあるらしいです。たしか……五月頃と言ってましたかしら。朝早く出掛けて行って、夜になって帰って来るのよ。朝早くと夕方が、なんでも活動時間だそうで」

「珍しい蝶なんですか？」

「よくわかりませんけれど、シジミチョウの写真はよく撮っていましたよ。主人は山登りが趣味でして、写真もね、それで始めたようなわけで。私も誘われたんだけど、あの人と一緒に行くのでは、いつ帰ってこられるかわからないから」

老婦人は「うふふ」と笑い、

「二度ほど一緒に行っただけで、あとはやめてしまいました。ずっと写真を撮っていて、ちっとも歩き出さないもので」

恵平には、その様子が見えるようだった。

「ご著書には山の写真も多いんでしょうね」

「山もありますが、鳥とか、花とか、虫とかね……やっぱり蝶が多いかしらね」

「三百冊は希少な本ってことですね」

「そうねえ……所詮《しょせん》は自己満足ですけれど、お配りしたみなさんは喜んでくださって、宅にはもう五冊ほどしか残っていません」

「売れ行きがよかったんですね」

老婦人は「おほほ」と笑った。

「でしたらよかったんですけれど。退職金の一部をお支払いして、本にして、全部売れれば儲《もう》かるというお話でしたけど、実際にはあなた、ほとんど知人に配って終わったんです」

「あら……」

思わず本音がこぼれると、老婦人は気にするでもなく、また笑う。

「素人が作る本なんて、そういうものなのでしょう。最初は意気揚々としていましたけど、ホームページに注文がきたのも、五冊程度だったと思います。送料も取らずに送ったり、本を送っても料金が振り込まれなかったり。ダメですね。なので結局、ご近所と、親戚《しんせき》と、あとは登山会の方々に三十冊ほどお配りしてね、同級会でお友達に持っていったり……そのうち竜胆舎さんのほうからも、在庫管理のお金を請求させて欲しいなんて言われてしまって、それで結局、在庫を全部、宅のほうへ引き取りました。最後は主人のお葬式でね、お斎《とき》についてくださった方々にお配りして終わりです」

「そうだったんですか」

「でも、嬉《うれ》しいですよ？　こんなふうにお電話を下さる方がいて」

恵平は後ろめたい気持ちになった。

「ご主人が本を配った登山の会って、まだありますか？」

「ありますよ。ええと……なんて言ったかしら、面白い名前の会なのよ。高尾山へね、あとは陣馬山《じんばさん》とか、よく登ったりしておりますの」

婦人は何かを調べるように言葉を切って、

「ああ、そう。天狗《てんぐ》の会って言うんです」

と、教えてくれた。

「ありがとうございます。私もあの蝶《ちょう》に逢《あ》ってみたいです」

お世辞ではなくそう言って、恵平は電話を切った。

「巧《うま》く聞いたな、大したもんだ。で？　相手はなんだって？」

モニターに目をこらしたままで伊倉が聞く。

「本は五冊しか手元に残っていないそうです。あ。あと、山川先輩が注文してくれた分ですけれど、私が買います」

「いいけど、なんで？」

モニターの陰から恵平をチラ見し、山川はすぐさま確認作業に戻った。

「そうじゃないと、ご家族を騙《だま》しているみたいな気になっちゃって。しっかり見せてもらって、できたら感想を送ろうかなって」

「ぼくはどっちでもかまわないよ」

今度は顔も上げずにそう言った。恵平は伊倉に伝える。

「著作者の茂里一郎さんですが、一年前に亡くなって、残っていた本はお葬式で配ったらしいです」

「何冊くらい？」

「ほぼ全部。ていうか、出版社の在庫も引き上げたそうなので……書店に行ったのが三十冊、天狗の会に三十冊、手元に五冊で、ネットで売れた分が五冊。残り二百三十冊が、知人、親戚、お葬式の関係者に配られたってことですね」

「なんだね？　天狗の会というのは」

「茂里さんが入っていた登山の会みたいです。高尾山に登ったりする」

なぜか桃田が動きを止める。パソコンをスリープさせて席を立ち、ツカツカと自分のデスクにやって来て『桃田ファイル』を引っ張り出した。

「登山の会って、そう言った？　高尾山へ登っている？」

「はい。もともと登山がきっかけで写真を撮るようになったって」

桃田は最後のページを指先でなぞり、

「堀北。すぐ平野に電話して」

と言った。わけもわからないままスマホを出して、恵平は、監視カメラ映像の提供者を回っている平野を呼び出す。

平野が出ると、桃田は恵平のスマホを取った。メガネを押し上げ、鼻の頭をこする。

「こちら桃田。気になることがわかってさ」

桃田は恵平に目をやって、

「早く天狗の会を調べて」

と言う。そこで恵平はネットにつなぎ、再びサーチを開始した。桃田は続ける。

「堀北が今、スリップの図鑑の著者に電話したんだ。いや、本人は昨年亡くなっていて、本もそれほど売れたわけじゃないとわかった。うん、うん。蝶の写真は載ってるみたいだ。うん。それはともかく、気になったのが……その本、作者が入っていた登山の会で配ったそうだ。三十冊。二人目の被害者吉田優衣子の趣味は韓流《ハンりゅう》スターの追っかけと、山歩きだったよね」

「あっそうか」

恵平は桃田の考えに気づいて声を上げた。自分も捜査会議に出たというのに、被害者の趣味については失念していた。本棚の写真だって見たのに……ちょっと悔しい。

「吉田優衣子さんと図鑑、天狗の会が接点だったかもしれないんですね」

「いいから早く検索を」

急《せ》かされて恵平はキーを叩《たた》いた。

『東京の山を歩こう・天狗の会』

幸いにも、目的の会はホームページを持っていた。清々《すがすが》しい新緑と青空の写真を冠したタイトルがモニターに浮かび上がってくる。天狗の会の前身は高尾山周辺の環境整備に取り組んでいたグループで、趣旨に賛同する人々を募り、年に数回の登山やハイキング、周辺のゴミ拾いなどの活動をしているとある。

「桃田先輩、出ました。ホームページです」

「連絡先は？　載ってる？」

「アドレスと、事務局の住所と電話番号があります」

「それを平野にメールして」

桃田は恵平に指示を出し、平野にも伝えた。

「今から会の連絡先をメールする。会員名簿があれば、図鑑を持っている人物がわかる……うん……うん……わかった、オッケー」

通話を切って、恵平を振り返る。

「平野が当たってみるってさ。メール送れた?」

「送りました」

そうしたら、といいながら、桃田は再び映像確認の席へ戻る。彼の動きにはまったく無駄がない。

「今の連絡先をメモして、本庁の竹田刑事に伝えてきてよ。平野がそっちへ行ったことも」

「え……私がですか?」

正直なところ竹田は苦手だ。けれども桃田はすでに作業に没頭しているし、伊倉も山川も顔を上げない。眉《まゆ》をへの字に下げながら、恵平はメモを取り、捜査本部が置かれている講堂へ向かった。


捜査本部が立ち上がると、講堂にテーブルが運び込まれる。

いくつかのテーブルを合わせた島にパソコンや電話が置かれ、各班が待機する。壁際には飲食コーナーができ、ポットや湯飲み、刑事の家族が差し入れた食べ物や、小腹を満たすための菓子が置かれる。床の一部に畳が敷かれ、毛布と枕が積み上げられて、昼夜を分かたず捜査に追われる刑事たちの仮眠所となる。

恵平が竹田を訪ねていくと、島のひとつで鑑識係長が吉田優衣子のマンションで見つかったゲソ痕《こん》写真を検証していた。ゲソ痕写真の脇にスニーカーの写真が置かれ、ほかには作業用手袋の写真が何枚か並んでいた。これら新規に判明した証拠は捜査本部のホワイトボードに掲示され、情報として共有される。

係長が取り込み中だったので、恵平は無言で脇を通り過ぎたが、特徴的なゲソ痕から判明したスニーカーはどんな品だろうと好奇心が勝った。見れば近頃流行のソックと呼ばれる紐《ひも》なしタイプ。シンプルなデザインでスウェード製。ミッドソールが特徴的で、つま先には丸く、土踏まずには食い込む形でアールを描いている品だ。トップラインが高くて履きやすそうだし、色も三色あるらしい。

そしてまたもや閃《ひらめ》いた。火災現場の防犯カメラだ。不審な動きではなく、スニーカーに着目するのはどうだろう？　そう思ったらいたたまれなくなり、畳の隅で蓑虫《みのむし》みたいになって寝ている竹田を揺り動かした。

「……交代時間か？」

皮脂と整髪料が入り交じった臭いをさせて、竹田は眩《まぶ》しげに目を開けた。そして、

「ん。なんだ？」

と上体を起こした。平野が起こしに来ると思っていたのだ。

「平野刑事は、防犯カメラのデータを提供者に返しに行きました」

「ん。あ?」

竹田は時間を確認し、「返しに行った?」と、恵平に聞いた。

「交代で仮眠を取るはずだったが」

「若いから大丈夫なんだと思います。それで、これ」

メモを渡して説明する。

「吉田優衣子さんの部屋にあった書籍スリップから、進藤玲子さんの殺害現場と同様の指紋が見つかったので、調べたら、書籍は八王子界隈《かいわい》で撮った写真をまとめた自費出版物で、十年ほど前に高尾山などのハイキンググループ『天狗の会』のメンバーに三十冊配布されていたことがわかりました。吉田優衣子さんの趣味は山歩きで、進藤玲子さんのタトゥーは、その本に載っているシジミチョウを描いたものです」

竹田は上体を起こしたままで、まじまじと恵平の顔を見た。

「おまえ……そうバカでもないんだな」

「はい?」

「いや。よくもそうスラスラと説明できるもんだと思ってさ」

褒められたのかもしれないが、竹田が言うと嫌みに聞こえる。恵平は、

「これが天狗の会の事務局です。平野刑事はそちらへ聞き込みに行きました」

と、メモを渡して立ち上がった。

「監視カメラの映像は、今、手分けして確認しています」

「おうよ」

と、竹田は毛布をはぐり、首の後ろをガリガリ掻《か》いた。それから申し訳程度の声で、

「頼んだぞ」

と恵平に言った。

「わかりました」

返事をして踵《きびす》を返す。

恵平は鑑識の部屋へ駆け戻り、映像の確認作業に参加した。

スニーカーを確認するアイデアはよい閃きだと思ったのに、映像を見始めてすぐ、恵平は自分の考えが甘かったと知った。そもそも防犯用の映像は画質が粗く、大きな特徴がない靴は別の履き物と区別がつきにくかった。

被疑者の特定が為《な》されていない段階では、犯人が映り込んでいるかを確認する術《すべ》も

なく、不審な動きの人物をザックリ見るのが信条であると、あとで桃田に説明された。進んで、戻って、また進む。捜査は障害物競走みたいだ。

夕方になってから、火災現場で発見された遺体の身元が判明したと連絡があった。工場の持ち主で、オノザワマンションという名前のアパートに住む小野沢秀志《おのざわひでし》・四十八歳。やはりアダルト・アートBOXの運営者だった。

平野が言っていた通り、小野沢の死体には刃物で刺された傷があり、火災時にはすでに死亡していたこともわかった。アパートではガスの元栓が開けられていて、工場では機械油が床に撒《ま》かれていたという。

平野も竹田も戻ってこないまま、恵平は午後十時過ぎに仕事を終えた。

平野が苦労して集めたビデオに怪しい人物は映り込んでいなかった。小野沢秀志が電話をよこし、平野たちが現場へ飛ぶまでの時間はわずか一時間足らず。その間に犯人が小野沢と接触し、彼を殺して放火したとすれば、平野の集めたビデオのどこかに姿が映っていたはずである。それなのに、不審人物の影がないのはなぜだろう。

工場とアパートはどちらも住宅密集地帯にある。人通りも多いし、事実、映像には多数の人や野次馬の姿が映っていて、でも不審な動きをした人はいない。透明人間でもない限り、犯人も映っているはずなのだ。

それとも犯人は、犯行後もまったく動じることなく、普通の人に交じってしまえたというのだろうか。こうなれば、映像に映った人物をしらみつぶしに当たってみるか。

更衣室で制服を脱ぎながら、恵平はまだ防犯カメラ映像について考えていた。コンビニの前をゆく学生やサラリーマン。ＯＬや近所のおばさん、おじさんたち。工場の裏へ通じる道の角を自転車で通って行った人、あとは車。吉田優衣子の部屋へ忍び込んだときのように、犯人はどこかの家の屋根に上って、カメラのないベランダ側へ下りたのだろうか。だとしたら、もっと広範囲からデータを集める必要がある。

「……そうじゃない……」

恵平は自分に呟《つぶや》いた。

「火をつけて逃げたんだから、侵入時はともかく、火災後は、やっぱり犯人が映っているはず」

そのはずだ。なのに、それらしき人物は見当たらない。

「あーっ！」

恵平は髪をかき回し、私服のトレーナーを頭から被《かぶ》った。無理矢理《むりやり》引っ張って顔を出すと、ロッカーの小さい鏡にクシャクシャの髪をした自分が映った。彼女はベーっと舌を出し、見えない犯人を牽制《けんせい》した。

わからないことばっかりだ。こんなとき柏村さんがいてくれれば……。

ロッカーを締め、上着を抱えて更衣室を出た。

当番の警察官に「お疲れ様です」と頭を下げて、裏口から署を飛び出した。

柏村の交番へ行ってみるつもりであった。

第七章　名探偵メリーさん

平成生まれの恵平は昭和を知らない。

知らないけれどもイメージはあって、畳と障子の部屋に住み、居間にはテレビと卓《ちゃ》袱《ぶ》台《だい》があって、家族はいつも一緒にご飯を食べる。洗濯物は庭に干し、生け垣越しに隣の奥さんと会話して、電柱が立ち並ぶ狭い小路《こみち》で子供たちが遊んでいるのだ。

そのイメージはどこから来たかと考えてみると、たぶんアニメのちびまる子ちゃんや、ドラえもんの影響なのだと思う。

丸の内西署に赴任が決まってすぐ、東京駅から地下鉄に乗って浅草まで行ってみたことがある。そこで偶然見つけた地下街で、リアルな昭和に遭遇した。

低い天井に剝《む》き出したままの配管や、配電線。所々で雨水が漏れ、樋《とい》代わりに縦割りにしたペットボトルが、配管にワイヤーで結ばれていた。狭い店が両側に並び、色あせた食品サンプルを飾ったケースの前に、段ボール箱や座布団や、袋入りの食材が置かれていた。暖簾《のれん》は出ているのに客や店主の姿はなくて、店も地下道も閑散としていた。

妙に目を惹《ひ》く人体図を置いたマッサージ店があり、古くて雑多な小物を売る店があり、赤白青の看板がクルクル回る理髪店もあった。所々で床が剝《は》げ、地下水の成分が結晶して盛り上がっていた。複雑だけれど染み入るようなコンクリートと埃《ほこり》の匂い。滅びた昭和の空間にタイムスリップしたかと思った。

驚きながらも進んで行くと、行き止まりの道にテーブルを置いてたむろしているおじさんたちがいた。その空間で見た初めての人間だった。

彼らは低い声で会話しながら、背中越しに恵平を振り向いた。自分は部外者なのだと思い知らされる不穏な眼差《まなざ》し。

恵平は踵を返して地下道を戻り、石の階段を上って、また別の地下道へ出た。

そこも昭和をとどめた場所で、次第に不安になってきた。もしかしたら本当に、時空を超えてしまったのではないか。異邦人の気分で先へ進むと、壁の一部が壊されていて、奥に突然、『現代』が見えた。向こう側は地下鉄の改札で、コンクリートの断面を境に、電車へと急ぐ人々が移動していた。

あれは一体何だったのか。

東京という場所の不可解さを、目の当たりにした瞬間だった。

古くて狭くて汚らしい件《くだん》の地下道入口で、恵平はあの感覚を思い出す。柏村の交番へ行き着けたのはわずか数回。どの時もこの入口から入っている。平野と撮った写真を確認しながら階段を下り、地下道を歩いた。複雑なルートではない。歩いていけば階段があり、上ればそこが東京駅うら交番だ。

ペイさんは、赤い電球が下がる交番のことも、そこにいる柏村のことも知っていた。そして、その交番がときわ橋の近くにあったのは何十年も昔のことだと言った。

暗くて狭くてジメジメとした地下道は、切れかけの照明のせいで余計に現実離れして見える。スマホの写真を確認するまでもなく、階段はやがて眼前に現れた。

足を止めて見上げたとき、やっぱり違うと恵平は感じた。同じ階段でも違うのだ。何が違うと言って、空気が違う。吹き下りてくるのは排気と生ゴミが入り交じった都会の風だ。柏村の交番に吹く夜の風とは匂いが違う。

念の為階段を上がってみたが、そこには車が行き交って、摩天楼がそびえていた。

恵平は階段を戻り、その先へ進んだ。また階段を見つけて上がり、ビル群に行き当たって、また戻る。その先も、さらに先も確認し、次には地下道を戻って来ながら、繰り返し階段を上がってみたが、ついに柏村の交番は見つからなかった。

さまよい歩いて諦《あきら》めて、トボトボと地下道入口へ戻ったとき、日付は疾《と》うに変わっていた。振り返れば東京駅の側面が見える。夜間照明に照らされて浮かび上がったその姿は、過去と近代が融合した、美しくも奇っ怪な建物オバケのようでもある。百年前の姿になった表の顔と、近代建築そのもののような裏の顔が違和感なくくっついているのだ。

現代の風を吸い込むと、恵平はその場で駅舎に頭を下げた。

お休みの挨拶《あいさつ》をしたつもりだった。

再び丸の内西署の前を通ると、いくつかの部屋に明かりがあった。平野は帰ってきたろうか。今夜も彼は講堂で眠り、明日《あした》も足が棒になるまで歩き続けるのだろうか。

寮へ向かう途中、ふと思いついてY口26番通路に寄ってみることにした。駅の営業が終わって始発までの間、ホームレスのメリーさんが眠る通路である。

Y口26番通路は東京駅地下街のどん詰まりにある。地下街から道路へ至る短い階段の、死角のような踊り場が、メリーさんの夜の住まいだ。地下道入口の階段を下りて覗《のぞ》いてみると、床にスカートを重ねて敷いてチョコンと腰を下ろしたおばあさんの姿が見えた。指なし手袋に、肩から掛けた分厚いショール。靴下を何枚も重ねて履いて、背中に鞄《かばん》を置いている。

メリーさんを驚かせないよう、恵平は、上からそっと声をかけてみた。

「こんばんは……メリーさん……？」

眠っているならそのまま行こうと思ったが、メリーさんは頭を上げ、帽子の下から恵平を見た。手袋をはめた手をちょっと振る。それで恵平は、メリーさんのそばまで下りて行った。

「こんばんは、お姉ちゃんお巡りさん」

メリーさんは驚くほどハッキリ返事をした。出会って何ヶ月も経つけれど、彼女がこれほどハッキリと、しかも恵平の目を見て言葉を返してくれたのは初めてだった。

「お加減はいかがです？」

「いいですよ。おかげさま」

メリーさんはニッコリ笑った。

驚いた。会話が成立したのも初めてならば、笑顔を見たのも初めてだったからだ。いつもは帽子に隠れて見えない顔をマジマジ見たのも初めてだ。

メリーさんは色白でふくよかだった。目は切れ長で鼻は丸く、口が小さく、かわいらしいおばあさんの顔をしていた。恵平はメリーさんの隣に腰を下ろした。すると、

「お尻《しり》が冷えるわ。敷きなさい」

メリーさんは腰を上げ、恵平のほうへスカートをずらしてくれた。座ると、お尻にメリーさんのぬくもりを感じた。

「お姉ちゃんお巡りさん。今はおもて交番にいないんですって？」

「はい。っていうか、どうして……」

ああ、そうか。と恵平は思う。

「ペイさんに聞いたんですね？　二ヶ月間の地域課研修が終わって、今は刑事課の研修中なんです。刑事課を二ヶ月やって、そのあと生活安全課に行くのかな」

「お巡りさんって、大変な仕事よね」

メリーさんは俯《うつむ》くと、右手で左手の甲をさすった。彼女の左手の薬指には、古い指輪がはめられている。

「結婚指輪ですね」

その指輪をはめたくて、メリーさんはホームレスになったのだと、前にペイさんが教えてくれた。指輪は最初のご主人が買ってくれたもので、次のご主人に気兼ねして、

ずっとしまっておいたのだと。

「柏木敬造《かしわぎけいぞう》って言うんです。私の最初の主人はね」

メリーさんは二本の指で、慈しむように指輪を回した。

「餅屋《もちや》の収入では心許《こころもと》なくて、お義父《とう》さんたちに内緒で、夜に工事のアルバイトをしてね、それで買ってくれたんですよ。ここの――」

と、メリーさんは頭上を見上げた。

「――昔はこの上に立派なデパートがあって、そこの時計屋さんへ一緒に来てね。あの人はすごく誇らしげに、一生身につけてもらうものだからって、サイズを計って、注文をして……」

「いいなあ。素敵だなあ」

古びて色あせた結婚指輪が、恵平には輝いて見える。

「あなた、私が若い男の人と歩いているのを見たそうね？」

メリーさんは静かに聞いた。それもまた、ペイさんが話してしまったのだろう。

「はい。私、メリーさんの息子さんかと思っちゃって」

「息子はもう六十よ」

メリーさんは微《かす》かに笑った。

「どんな人だったか、覚えている？　聞かせてちょうだい」

それで恵平は、あの日メリーさんに寄り添っていた男性のことを語った。白いシャツ、グレーのズボン、黒い革のベルトをしていたことや、髪をオールバックにしていたことも。メリーさんは俯いて、帽子の陰から唇だけが、わなないているのがわずかに見えた。そのまま黙ってしまったので、心配になる。

少ししてからメリーさんは、また左手を右手で覆った。

「それは、指輪を買ってくれたときのあの人ね」

「え？」

メリーさんは恵平を見た。

「前にも一度だけ見かけたの。二度目の主人が亡くなって、息子夫婦が兎屋を継いで、お母さんは自由に生きていいんだよって、そう言ってくれたとき。私の為を思って言ってくれたとわかっているのに……張り詰めて、張り詰めて生きてきたからかしら……お母さんはもういらないよと、言われたようでショックだったの。自分の居場所がなくなってしまったようで、意固地になって、いっそどこかへ行ってしまおうって考えて、東京駅に来たんです。そうしたら、改札を抜けた人混みに、あの人の姿を見たの。白いシャツ、夏物のズボン。まだ若い姿のまま、私のほうをじっと見て、それから地下街へ下りていったの。それでね」

　このあたりで見失ったのよ、とメリーさんは静かに言った。

「今も時々、人混みの中であの人らしき姿を見ることがあって、そうすると、追いかけてしまう。立ち止まらせて、確かめて……バカみたいでしょ」

「いえ。そうは思いません。ていうか、本気で私、そう思えないんです」

「柏村さんに会ったんですって？」

　メリーさんはいきなり聞いた。

「はい」

　と、恵平は返事をする。

　メリーさんは決意を告白するような顔をした。

「あなた、『けっぺい』っていうお名前なのね」

「そうです。堀北恵平と言います」

「私、お嫁に来てすぐ、銭湯の帰りにひったくりに遭って、結婚指輪を入れた石鹸《せっけん》箱を盗《と》られてしまったことがあるのよ。もうもう、それはそれは心乱れて、でもね、それを拾って交番へ届けてくれた人がいて」

　どこかで聞いた話だと思った。

恵平が柏村と会ったのは、拾得物を届け出たのが始まりだ。恵平の大好きな隙間に風呂敷《ふろしき》包みが落ちていたので、拾って、届けたのだ。うら交番へ。

「拾ってくれた方は存じ上げないのですけれど、名前で男の人だと思ったの」

「はい……え？」

それはどういう意味だろう。拾得物を届けたのはつい最近で、メリーさんがお嫁に来たばかりの頃では決してない。落とし物を取りに来た人とも行き違ったが、相手は二十歳そこそこの、和服姿の女性であった。

「え、でも。風呂敷を拾ったのって今年ですよ。落とし主はお餅屋さんの若奥さんで、豆餅がおいしい兎屋っていう……兎屋？　ん。あれ？」

「私、柏木芽衣子《めいこ》です。お嫁に来た先が兎屋なのよ」

メリーさんが頭を下げたので、恵平は慌てた。

何がどうなっているのやら。すべて辻褄《つじつま》を合わせようとすれば、仮説を肯定することになる。つまり、東京駅うら交番と柏村は、時空を超えた存在であると。

恵平は首もとに手を突っ込んで、いつも掛けているお守りを探した。兎屋の若奥さんが拾得物のお礼にくれたものである。金糸を織り込んだ袋には『皆中改鋳稲荷《みななかかいちゅういなり》』と書かれている。

「このお守り、その人から頂いたものなんですけど」

「ああ、それよ」

メリーさんは恵平のお守りを手に取ると、熱の籠《こ》もった眼差《まなざ》しで見つめた。

「まさにこれ。柏村さんから電話が来たとき、ちょうど郷里に帰っていたの。だからお礼に頂いてきたのよ……まだ新しい。不思議ね」

それからメリーさんは恵平を見て、

「あれはお姉ちゃんお巡りさんだったのね」と言った。

待って、待って。頭の整理がつかなくて、恵平は目を白黒させた。

いっそ柏村が幽霊ならば、そういうこともあるかもしれない。けれど絶対にそうじゃない。自分だけじゃなく、平野も彼に会っているのだ。毎回ほうじ茶も飲んでいる。あれは絶対夢じゃない。さらに、あの場所にメリーさんまでいたというのなら、それはもうSFの世界じゃないか。どこかで時空が歪《ゆが》んでいて、うら交番とつながっている？　どっちにしても、理解ができない。

「ふぇえ……」

金色のお守りを握りしめ、恵平は情けない声を出す。

「信じられないものは存在しないと、そんなふうに考えるなら混乱するわね。でも、私はここであの人を見たし……あなたもでしょう？　嬉《うれ》しかったわ」

メリーさんは腕を伸ばして、恵平の手を抱き寄せた。

「あなたはホームレスを蔑《さげす》まない。普通の人と同じように接してくれる。そんなあなただから、柏村さんに会えたのね」

「メリーさんも、柏村さんとお付き合いがあったんですか？」

「むかし、町のお巡りさんは家族みたいなものだった。柏村さんは飄々《ひょうひょう》とした人だったけど、本当はやり手の刑事さんだったのですって。殉職なさったのよ、人質をかばって、犠牲になったの」

「私が会ったのは、どの柏村さん？　殉職前の柏村さん？　それとも幽霊？」

メリーさんは首を傾げた。

「柏村さんには救いたい人がいる。詳しいことは知らないけれど、そんな噂を聞いたことがある。今もその人を探しているのかもしれないわ」

「救いたい人。被害者ですか？」

わからないのと、メリーさんは頭《かぶり》を振った。

「この駅は、どこかにつながっていてもおかしくないって、私はずっと思っているの。つながっているのではなくて、駅の記憶なのかもしれないし、本当のことはわからないけど、でも、この駅でなら、そういうことも起こりうるんじゃないかって」

「そういうことって？　死んだ人にまた会えるとか、例えば――」

恵平は、ビルの隙間で死んだ老人が改札を通って行ったことを思い出した。

「――酷《ひど》い事件が起きるから、柏村さんが出てきたりとか？」

メリーさんは悲しそうに微笑んで、

「酷い事件はニュースで見たわ。あなたみたいに若い子が捜査をしているなんて」

と言った。

「捜査じゃなく、まだお手伝いをしているだけです。何の役にも立てないで、何もかも、全然わからないことばっかりで」

「昔と違って、今は防犯カメラがあるでしょう？」

「それも万能だとは言えません。早く犯人を捕まえないと、昨日も火事があって、人が死んで……」

それ以上は捜査機密だ。恵平は唇を噛《か》んだ。

「市谷の火事のこと？　アパートと工場が燃えた」

コクンと頷《うなず》く。

「ニュースで放火と言ってたわ」

「正確には殺人放火事件です。工場の持ち主が亡くなって」

メリーさんは恵平の顔をじっと見て、それからおもむろに立ち上がった。

「けっぺいさん。行きましょう」

え、どこに？　と聞く暇もなく、メリーさんは床に敷いていたスカートを片付け始めた。帽子を脱ぐと頭の上からスカートを被《かぶ》り、あっという間に、穿《は》いているスカートに重ねてしまった。わずか数十秒の早業だ。ようやく恵平は、

「行くって、どこへ行くんですか」

と、メリーさんに聞いた。

メリーさんは、また帽子を被って鞄《かばん》を持つと、ニコリと笑った。

「市谷の工場あたりは徳兵衛《とくべえ》さんの縄張りなんです。徳兵衛さんは優秀な板金工《ばんきんこう》。保証人になって工場を取られて、今はホームレスをやってるの」

大きな鞄を手に持って、メリーさんは地階へ下りた。

真夜中の地下街は、失われた帝国の地底墓のようだ。無機質な壁と無機質な床が、薄暗い照明の光を照り返している。もしも悪いヤツがいて、こんな場所で襲われたらと思うと、決して独りでは歩きたくない。日中の喧噪《けんそう》を知っているから余計に、複雑な広さが恐ろしかった。

「鞄、持ちます」

「結構ですよ、まだそんな年寄りじゃないわ」

たぶん八十歳を過ぎているメリーさんは、そう言って先へ行く。

ヨロヨロ歩く昼の姿が嘘のようだ。ボリュームのあるスカートをワッサワッサと揺らしながら、危なげもなく大手町《おおてまち》側へ抜け出した。

大好きな『ダミちゃん』がある呉服橋ガード下よりわずか先、高架下の壁の凹《くぼ》みに段ボールの囲いを作り、中で男の人が眠っていた。メリーさんはそばへ行き、

「徳兵衛さん」

と呼ばわった。

高架下には照明がない。ほとんど闇に溶け込むように、小さな影がムクリと動いた。

「なんだ、婆さんか」

メリーさんより年寄りのような声がした。

「どうした。なんかあったのかい？」

暗さに目が慣れてくると、上着を何枚か重ねた下で、髭面《ひげづら》の男の人が喋《しゃべ》っていた。

黒々としたふたつの目が、高架下を行く車のライトを反射する。

「火事のことを聞きたいの」

「あ？」

彼は昨日のことを思い出すように目をしばたたき、恵平に気づいて体を起こした。

「こんばんは」

恵平は礼儀正しく頭を下げた。

「この子が噂のお巡りさん。ほら、ペイさんの……」

「ああ、そう。へぇ」

ペイさんはどんな噂を振りまいたのか、徳兵衛は段ボールの覆いを自ら畳んで、恵平とメリーさんを自分の座敷に招いてくれた。真夜中の高架下、歩道の片隅の暗がりに大人が三人、ママゴトをしているように向き合って座る。

「あんたかい？　東京駅を拝むお巡りさんの卵って」

やっぱりそれかと思いながら、

「堀北恵平です」

と、自己紹介をした。

「けっぺいさんは今、丸の内西署でね、市谷の火事を調べているのよ」

「婆さんも物好きな」

「私は耳がいいからね。徳兵衛さんが工場の話をするの、聞いていたのよ。この子に話してあげてちょうだい、最初から」

徳兵衛はまんざらでもなさそうに、あぐらをかいて咳払《せきばら》いした。

「火事んなった町工場のことだろ？　市谷のさ」

「はい」

恵平は正座した。両手を膝《ひざ》の上に置き、相手の顔をじっと見る。

「あのすぐ先に、旋盤やってる会社があってさ、俺《おれ》ぁ時々使ってもらってんだよ」

「はい」

「機械の台数がないからさ、俺ぁ工場が閉まってから、つまり夜に仕事をするわけだ」

「はい」

恵平がいちいち返事をするので、徳兵衛は「ふっ」と笑った。

「あー……二週間くらい前だったかなあ。明け方に、火事を出した工場の前を通ったんだよ。そしたら明かりが漏れててさ。中で誰かが話してんだよ。ボソボソと小さい、ゾッとするみたいな声で。あの工場はさ、俺の勤め先でも噂があって、ほら、なんてえの？　大人のさ、玩具《おもちゃ》って言うの？」

ボディのレプリカを作っていたのだ。それが近所で噂になっていたのか。

「女性の体から型を取って、商売していたことはわかっています」

「ああ、知ってんのかい？　そうなんだ。たまに若い子がね、来てるって話は聞いてたけどさ、あすこも親の代までは腕のいい職人だったみたいだけども、まあ、このご時世だからね、腕があっても喰《く》っていくのは難しいよ。そういうヤクザな商売のほうが儲《もう》かる世の中になっちまったねえ」

徳兵衛はため息を吐いた。

「誰と誰が話していたんでしょうか」

「んなことぁわかるわけないよ。声を聞いただけなんだから」

「どんな声ですか？　男？　女？　歳は？」

恵平は少し考えて、

「その晩も型取りをしてたとか」

と結論を出す。徳兵衛は頭を振った。

「うんにゃ、あれは違うね。型取りすんなら昼間にやるよ。なんたってあそこにはちゃんとした照明がないんだし、女の子が来ているときは車も駐まっているんだからさ」

なんだかんだ言って、そのあたりの事情は筒抜けだったということか。ご近所の目は侮れない。

「なんというか、すごく抑えた声だったんだ。ボソボソ、ボソボソ、でも、カミソリみたいに……なんつーかなあ……怖い感じで、それが余計に不気味でね」

「話の内容は聞き取れなかったんですか？」

「うん。それがさ」

徳兵衛はバツが悪そうに肩をすくめた。

「捨てろとか捨てないとか？」

「何を捨てるんですか」

「わからないよ、そんなこと。んー……サクジョしろとか、うるさいとか……男同士の声だったよね。一人は工場の倅《せがれ》だよ。もう一人はさ、なんというか、妙に冷たい声なんだよね。落ち着きましょうとか、外に聞こえますよとか、なだめているようでもあり、脅しているようでもあったんだなあ」

まったく要領を得ない話だが、真夜中に何かの交渉が行われていたことはわかった。

「それだけじゃないわよね？　あっちの話もしてあげて」

メリーさんが先を促す。徳兵衛はまた咳払いして、恵平のほうへ身を乗り出した。

「そのまた次の仕事の日だったか……俺の行ってる旋盤屋の社長がさ、徳さんは夜、帰るときに、変なものを見なかったかって聞くんだよ。何のことだねって聞いたらさ、例の町工場へ、夜中に誰かが入ったってさ。それで、ちょっと前なら、もめているのを聞きましたがねって言ったんだ。でも、泥棒みたいのは見なかったって」

「はい。それで？」

「うん。何か盗まれたんですかって聞いたら、旋盤屋の社長はさ、町工場の倅が珍しく、工場の戸を開けっぱらって、渋い顔していたんだと。それで、どうかしたかいって訊《たず》ねたら、夜中に誰かが入り込みやがったと怒ってたって」

「誰かが勝手に中へ入って……それだけですか？」

「いや。たぶん違うね」

「じゃあ……」

徳兵衛はニタリと笑った。

「社長は倅に、警察に届けたらどうかと言ったんだってさ、そうしたら倅は、でも何か盗まれたわけじゃないからって、結局そのままになっちゃった。まあ、届けられるわけがない。中には、ほら、大人のさ……いろいろマズいものが置いてあるから」

「それが盗まれたと思うんですね？」

「思う。火事になったって聞いたときも、ピンときたねえ。また泥棒が入ってさ、倅と鉢合わせしたかなんかして、喧嘩《けんか》になってさ、火をつけられたんじゃないかって」

残念ながらそれはない。あの晩、平野たちは火災現場にいて、聞き込みもした。けれどトラブルがあったという報告はなかった。小野沢秀志の他殺体はアパートから見つかった。彼は進藤玲子のレプリカを買いたい客と、たぶんアパートで会ったのだ。

工場で泥棒と鉢合わせした可能性は低い。

背後を一台の車が通る。徳兵衛にライトが当たって、皺《しわ》んだ顔が暗がりに浮かぶ。六十代後半くらいだろうか、両方の目に力があって、まだまだ現役で働けそうな顔つきだった。

「工場に侵入されたのは、その時が初めてだったんでしょうか」

「そうだと思うね。なんたって、シャッターが閉まったままの工場だからさ」

「その後、変わったことはありませんでしたか？」

「その後はないねえ」

徳兵衛は話を終えて、

「何か役に立つかしら？」

と、メリーさんは恵平に聞いた。

この証言が役に立つかどうかは、わからない。でも、少なくとも一連の事件が起きる少し前、誰かがレプリカ工場へ行って小野沢秀志と口論になり、直後に工場へ侵入されたことはわかった。捨てろとか、削除しろとか、それはどういう意味だろう。相手が決して声を荒らげなかったことも気になった。

犯行直後に防犯カメラ映像に映り込んでも、冷静を装える犯人という、勝手な推理が脳裏を巡る。それはどんな人物か。血の通った人間なのか。

そんなことを想像して、恵平は震えた。

いや、震えたのは寒いからだった。厚着のメリーさんや徳兵衛と違い、上着にトレーナーの軽装で十一月の屋外にいるうちに、体が芯《しん》から冷えてきたのだ。

徳兵衛とメリーさんに礼を言い、寮に帰って布団に潜り込んではみたが、寒くてなかなか寝付けなかった。恵平は、今までに知り得たことを考えた。

柏村が関わった事件では、犯人が被害者の部位を持ち去った理由は恋しさだった。一緒に死ねればよかったものを、たった一人で残された。その場でもう一度死のうとは、犯人は思えなかった。その心理は想像するしかないけれど、人を殺してしまったら、人は冷静な判断力を失うのだろう。混乱した頭の中で、相手の大切な部分を切り取る。そういえば……恋人の局部を切り取った阿部定《あべさだ》事件というのがあった。あの時も、犯人はそれを懐に抱いて逃走したと聞いている。

進藤玲子には恋人がいなかった。吉田優衣子も同様だ。

ならば今回の犯人は、なんの目的で彼女たちを襲ったのだろう。レプリカを販売していた小野沢秀志は、なぜ殺されなければならなかったのだろう。

思いを巡らせているうちに、体が温まってきて睡魔に襲われた。それでも思考は止まらずに、一晩中、事件のことを考えていた。

フジミドリシジミが飛んでいく。

タトゥーの蝶《ちょう》が羽ばたいて、飛び去っていくのを恵平は見た。

本物そっくりの蝶だから、あんなふうに飛べるのね。そう言ったのはメリーさんだ。きちんとお喋《しゃべ》りができるどころか、聡明《そうめい》なおばあちゃんだと初めて知った。

靴を磨きながらペイさんが、そりゃケッペーちゃん。誰だって見かけによらないんだよと、歯のない口で笑っていた。

第八章　COVER

――それが証拠に、体が大きく力の強い人物は、死体をそのまま運んで捨てる。重くて運べないからバラバラにするんだよ。猟奇的な快楽でそれをする者は少ない――

目覚める直前、恵平はうら交番の別珍《べっちん》張りの椅子に座って、柏村の声を聞いていた。ブブーッ、ブブーッ、ブブーッ、ブブーッ……遠くノイズが響いていて、枕ごと頭が振動し、恵平はようやくスマホを取った。平野からの電話であった。

「はい、堀北」

――起きたか、俺だ。吉田優衣子のものと思われる肉片が出たぞ――

「えっ、痛っ！」

飛び起きて、天袋に頭をぶつけた。

――またかよ。ぶぁーか――

平野の冷たい声がする。恵平は頭をさすりながらベッドを下りた。正確には、ベッド代わりの押し入れを出た。

「見つかったって、どこからですか？　え？　なんで？」

――秋祭り会場のゴミ箱からだ。コンビニの袋に入ったまま、遺棄してあった。他のゴミより重かったんで気がついたんだ。今どきは、ゴミの分別が厳しいからな。でなきゃ、燃えるゴミとして処理されるところだった。あぶねえあぶねえ――

「え……本当に捨ててあったんですか？」

平野は端的に、「そうだ」と言った。

――遺体の写真を見て言ったよな？　進藤玲子の切り取り方とは違うって。俺もそう思ってた――

「進藤玲子さんのバストも、どこかに捨ててあるんでしょうか」

違うと思う、と平野は言った。

――前におまえが言ってたように、吉田優衣子と進藤玲子の事件とは、本質が違うのかもしれない。部位が捨てられていたのが証拠だ――

「……模倣犯とか？　同一犯の犯行じゃないってことですか」

『うんにゃ、同一犯だ』と竹田の声がした。

――科捜研が凶器を特定したが、使われたのは、ハンターが獲物をさばくのに使う特殊ナイフだったとさ。軽くて携帯しやすく、刃先を容易に交換できるハバロンってヤツ。死体検案書によると、進藤玲子には三種類のハバロンが使われていたが、吉田優衣子に使われたのは汎用《はんよう》性のハバロンが一種類だけだった。その一種類は同じもの。同一犯の犯行であっても、同列の殺人じゃないのかもしれない――

『捜査を攪乱《かくらん》するために起こしやがったに違《ちげ》えねえ。姑息《こそく》な真似しやがって』

またも竹田の声がする。どうやら自分と平野の会話は筒抜けになっているらしい。

「平野先輩は今どこに?」

――署だ。天狗の会の名簿を手に入れた。吉田優衣子はハイキングイベントの常連だったが、天狗の会のメンバーではなかった。図鑑は会の誰かが吉田優衣子に貸していたものかもしれない――

「もしかして」

――俺もそう思ってる。吉田優衣子が本を持っているとマズいのか、部屋から持ち出すときにスリップを落としたのかも――

「どうしてマズいと思ったんでしょう。吉田優衣子さんは捜査対象でもなんでもなかったんですよね?」

『俺たちが、犯人のどこかをつっついたんだよ!』

また も竹田の声がした。平野のスマホを奪ったか、耳元で大声を出したか、だ。

「つっついたって?」

電話はまた平野に戻った。

——聞き込み先のどこかで俺たちが犯人と遭遇していた可能性がある。身元が割れそうになって別の事件を起こしたか、やがて吉田優衣子に聞き込みされると思ったのか。これから天狗の会の名簿と、聞き込み先を照合する——

「手伝います」

——なら、山川さんが注文したという図鑑を取って、持ってきてくれ。やっぱ本物を見ないとな——

「わかりました」

恵平は電話を切った。徳兵衛から聞いた話も伝えなければならないと思う。着替えて部屋を出ようと洗面所に立ったとき、視界が揺れて頭が痛んだ。寒空で長話をしたために、風邪をひいたようだった。

朝六時三十分過ぎ。署の自転車を借りて銀座へ走り、郵便局で本を受け取って、丸の内西署へ戻って来ると、急に鼻水が垂れてきた。鼻をグズグズ言わせながら、恵平は捜査本部へ赴いた。桃田や伊藤はまだ来ておらず、鑑取り捜査の島で平野と竹田が、菓子パンを齧《かじ》りながら名簿を見ていた。

「おはようござびます」

手の甲で鼻を押さえながら言うと、平野が顔を上げて恵平を見た。

「なんだって？」

「だから、おはようござびばず」

クシャクシャになったポケットティッシュを、竹田が無言で放ってよこす。

「ありがどうござびます」

「風邪引いたのか？　顔が赤いな」

竹田のクシャクシャティッシュで、恵平はチーンと洟《はな》をかんだ。頭はまだ痛かった。

「総務へ行って薬もらって飲んでこい、ひよっこ。この忙しいのに感染《うつ》されちゃかなわねえや」

竹田に言われて総務へ走る。感冒薬を飲むと、急に鼻が通った気がした。恵平はマスクをしてから島へ戻った。

「飲んできたか」

「飲んできました」

ほら、と平野はジャムパンをくれた。そう言えば、感冒薬は食後三十分以内に飲むようにと書かれていた気がする。

「いただきます」

ビニール袋を破っているとき、テーブルにプリントが裏返しで置かれているのに気がついた。パンを齧りながら手に取ると、祭り会場で見つかったという肉片がスケール入りで写されていて、ジャムの赤さにゾッとした。

「だから裏返しておいたのに。バーカ」

平野は写真を取り上げて、「早く喰《く》っちまえ」と恵平に行った。

「はい……でも……酷《ひど》いですね」

切り取られ、袋に詰められ、捨てられた部位が胸に迫った。犯人に言いたいことは山ほどあるけど、それではなにも解決しない。恵平はパンを口に入れ、怒りを込めて咀嚼《そしやく》した。おいしいと思ってもらえないパンも可哀想だった。

「酷《ひで》え野郎さ、まったくな。本はどうした？　見せてみろ」

竹田が言うので、慌ててパンを呑《の》み込んで、包みを破って図鑑を出した。

中古品とはいえ本は随分新しく、スリップまで挟んであった。引き抜いてみると吉田優衣子の殺害現場に遺《のこ》されていたものと同じであった。

図鑑の冒頭には、著者が八王子の山々と関わるようになった経緯が書かれていて、そこから先はすべて写真で構成されている。販売価格は三四八〇円。思ったよりも高価な本だ。ページを繰ると、すぐにフジミドリシジミの写真が見つかった。茂里一郎は様々な角度からこの蝶《ちょう》を撮っている。翅《はね》の裏側、表側、飛び立つ様も、ペアの蝶も、野の花に止まって蜜《みつ》を吸う姿も。

「あっ」

恵平は平野を見た。平野もまた目を見開いて写真を見つめる。

彼は席を立ってきて、蜜を吸う蝶を指先でなぞった。

「この蝶です。進藤玲子のタトゥーです。そうですよね？　平野先輩」

なんだあ？　と、竹田が言うので、恵平は鑑識の部屋へ走って行って、被害者の胸の写真を持って来た。彼女の胸に止まった蝶は、図鑑の写真そのままの構図、そのままの色で再現されたものだった。

「どういうことだ」

竹田が首をひねっている。

「この写真を参考に彫られたってことなんじゃ」

平野は言って、再び名簿に目を落とす。現在、天狗の会のメンバーは百名以上に増えているが、茂里一郎が自費出版をした十年前には二十八名が登録されているだけだった。三十冊の本は当時の会員に一冊ずつ渡り、一冊が会の事務局に、一冊がシジミチョウの保護団体へ資料として贈られたということだった。

「当時の会員を一人ずつ当たって、図鑑を見せてもらったらどうですか？」

「犯人は図鑑を持ち去ったんだぞ？　持っているから犯人じゃないとは言えない」

「あ、そうか……」

「全員に指紋を提出してもらやぁ話は早《はえ》ぇが、すでに故人もいるからな」

さて、どうするかと竹田は唸《うな》る。

「亡くなった人は省くとして、吉田優衣子さんと接触があった人を探すというのはどうですか？　吉田さんはハイキングの常連だったんだから、犯人とそこで接点があったとは考えられないでしょうか。接点があって、だから図鑑を貸したとか」

「貸したとしたらな」

「ハイキング参加者の名簿も取り寄せますか」

平野が言った。事務局が開くのを待って、連絡してみるという。

会話が中断されたので、恵平は、昨夜メリーさんと一緒に別のホームレスを訪ねたことを平野に伝えた。もちろん竹田もその場にいて、無言で話を聞いている。

随分時間をかけて聞き込んで来た話だが、報告にまとめると、最初の事件が起きる少し前、アダルト・アートBOXの小野沢秀志が口論し、その後何者かが工場へ入って、小野沢が憮然《ぶぜん》としていたというだけのことだ。実際に盗難が起きたかは、今となっては確認できず、誰と口論していたか、何が原因でもめていたのかもわからない。

勇んで報告したものの、恵平は、一人で空回りしているような気持ちになった。

「メリーさんって喋《しゃべ》れるのかよ」

平野の関心は、むしろそっちにあるようだった。竹田は黙って聞いていたが、

「ひよっこは、ホームレスと一緒に刑事ごっこか。ったく、変な野郎だな」

と、感想を漏らしただけだった。

本当は柏村とうら交番のことも伝えたかったが、竹田の前では黙っていた。

やがて桃田や係長が出勤してきて、恵平は鑑識へ戻った。感冒薬が効いているので、なんとか勤務できそうだ。

鑑識の部屋へ戻ったら、アダルト・アートBOXから平野が持ち帰って来たレプリカがテーブルの上に鎮座していた。蝶のシールは貼ってあるけれど、進藤玲子のバストではない。これがネットに掲載された『レイコ嬢』ではないことは、桃田が画像で

確認していた。同じバストは『優華《ゆうか》』というタイトルで販売されていて、それにシールを貼っただけのものだったのだ。

フジミドリシジミのタトゥーより数段稚拙なシールを眺めて、恵平は、おそらく『レイコ嬢』は売れ筋商品だったのだろうと考えていた。AV女優としての彼女は人気があって、商品が手薄になったから、シールで誤魔化《ごまか》して販売したのだ。

微熱でボーッとした頭の中を、何かがチラリと過《よ》ぎった気がした。

ファンならば、本物と間違えることはないのではないか。にわか視聴者の自分でさえ、これが彼女の胸ではないとわかったのだ。小野沢秀志はその道のプロだ。なぜ、型からレプリカを作らずに、こんな偽物を作ったのだろう。

バラバラのピースがカチッとはまる音がした。恵平は鑑識の部屋を飛び出して、再び平野の許《もと》へ向かった。平野と竹田は席を立ち、聞き込みに出る準備をしていた。

「なんだ、どうした？　今日は帰ったほうがいいんじゃねえの？」

赤い顔の恵平を見て平野が言う。

「先輩。こうは考えられないでしょうか」

恵平は訴えた。

「徳兵衛さんの話です。『レイコ嬢』が入れ違っていたわけですけれど」

平野と竹田は顔を見合わせた。

小野沢秀志の工場へ誰かが侵入したとき、進藤玲子のレプリカと型が盗まれたのではないかと恵平は言った。全部が盗まれたのではなくて、『レイコ嬢』だけが盗まれていたのではないかと。

「なんでそう思うんだ」

竹田が聞いた。馬鹿にしたような口調ではなく、真面目な声で。

「型やレプリカがあったと、平野先輩が言ったから」

恵平は、工場へ聞き込みに行った時の平野の言葉を覚えていた。工場に何があったか、どんな様子だったかを、ダミちゃんで平野は教えてくれた。

「証拠品として回収してきたのはその中のひとつです。小野沢の手元に『レイコ嬢』がなかったから、シールを貼って誤魔化して、提出したのではないでしょうか。型もなかった。型があったら作っていたはずだから」

「侵入者は、被害者の型とレプリカだけを盗んで行ったといいたいのか?」

「そうです。その可能性はないですか?」

「じゃあ、なぜ火事の日にレイコ嬢を買いたいと言ってきたんだ?」

「桃田先輩の話では、アダルト・アート・BOXは複数の名前でネット上に店を持っていたそうですから」

「……小野沢は犯人を知ってたってか。犯人のほうはネットだけ見て、すべての店から『レイコ嬢』を買い占めようとした。ところが、それも小野沢が運営していたと知って逆上した？」

「口論していたのは誰でしょう。捨てろとか、削除しろって、彼女の商品を、もう売るなってことだったりして」

眉《まゆ》をひそめて恵平の話を聞いていた竹田が、首をひねりながらこう言った。

「小野沢秀志の二度目の電話……」

購入者がキャンセルしたと言ってきた電話のことだ。

「もしかしたらあの時は、犯人と一緒だったのかもしれねえな」

「脅されて電話してきたってことっすか？」

「思ってみれば、そうかもしれねえ。そんなような声だった……てことは、なにか？犯人は、進藤玲子の身近にいる人物ってことになるか」

「どうしてそう思うんですか？」

素朴な疑問だったが、聞かずにはいられなかった。また叱られるかと思ったが、竹田はジロリと恵平を見て、こう言った。

「AV女優も芸能人だ。芸能人に憧《あこが》れるヤツの犯行ってのは、相手と距離を縮めてしまうから起きるんだ。雲の上の存在と思って見上げてるだけでは起きようがねえ。神様を殺そうなんて思わないのと一緒でな」

「被害者と接触したことがある人物だと言いたいんですね？」

「そうだ。進藤玲子の追っかけか、素のままの彼女を知っているのか、もしかして」

「タトゥーを彫った人物では？」

平野が言った。

「行くぞ、平野。名簿持って来い。天狗の会とつながりがある彫り師を探すぞ」

竹田は恵平の肩に手を置いて、捜査本部を飛び出して行った。

正午過ぎ、交代で昼食をとるよう言われたものの、恵平は体のだるさで食欲がなかった。なんだか熱も上がった感じで、目の前がフワフワとしていた。

「大丈夫か堀北？」

声をかけてきたのは伊藤で、そばに来るなり、おでこに触った。

「熱があるじゃねえか」

そう思ってはいたけれど、捜査で大変なときに風邪をひいたなんて言えない。

「大丈夫です」

すると伊藤は頭上から、

「今日は帰れ」

と命令してきた。

「え、でも」

「でもじゃねえ。おまえの風邪が仲間に感染《うつ》ったらどうすんだ。みんなギリギリの状態で踏ん張ってんだ。足手まといなんだよ。早いとこ治してこい」

こんな時に薄着でふらふら出歩いた自分の甘さが許せなかった。恵平は立ち上がり、

「もうしわけありませんでした」

と頭を下げた。頭が痛い。顔を上げると、伊藤は眉尻《まゆじり》を下げて苦笑していた。

「いいか堀北。現場で吐いて、しばらくメシが食えなくなって、それでも暴走しているとなあ、体が悲鳴を上げるんだ。食えないときも何かを食って、眠れないときも眠ろうとして、それでも辛《つら》いときは我慢するな。俺たちも人間だから、機械のようには仕事ができん。お互い様だよ」

ヤバい。俯《うつむ》いていたら涙がこぼれた。

伊藤はごつくて大きな手で、鼻水をすする恵平の頭をポンポンと叩《たた》いた。

「こりゃダメだ。重症だ。いいか？　無理してもメシは食え」

「はい。明日《あした》は元気で出勤します」

本当にダメだと思ったから、恵平は素直に早退した。同僚たちに頭を下げて、俯いたまま部屋を出る。年配の伊藤も、竹田でさえも頑張っているのに、一番若い自分がこんなで、恥ずかしくて仕方がない。ついに捜査班の足を引っ張ってしまった。

廊下の隅を歩いて更衣室へ向かい、そこで初めて涙を拭《ふ》いた。

情けない。このメンタルの弱さ、不甲斐《ふがい》なさ。竹田のティッシュで洟《はな》をかみ、私服に着替えて恵平は、とにかくご飯を食べなきゃいけないと自分に言った。


ドラッグストアで薬を買って、その足でまっすぐダミちゃんへ向かった。

焼き鳥屋としての営業は夕方からだが、ランチ時間は営業していることを知っていたからだ。昼間のダミちゃんは暖簾《のれん》を出さない。ビールケースのテーブルや椅子も並んでいなくて、入口のガラリ戸も閉じている。夜の常連さんがコッソリ扉を開けて食べにくる、隠れ家のような定食屋になる。この時間に営業するのは奥さんだが、この日はなぜかダミさんがいた。

「鬼の霍乱《かくらん》かい？　いつも元気なケッペーちゃんがさ」

　ダミさんは熱いお茶を出してくれた。お昼時間を過ぎたので、店を閉めるところだったという。

「どうして今日はダミさんがいるの？　昼なのに」

「土曜だからね」

　と、ダミさんは言った。土曜の夜のダミちゃんは奥さんが中心になって営業する。その日のダミさんは女装をして、伯父《おじ》さんのスナックを手伝いに行くのだ。

「土曜は母ちゃんが店をやるだろ？　なもんで昼は俺っちが仕込みをね。今夜、アテクシはスナックのママさんだから」

　ダミさんは冗談交じりにしなを作った。彼はひどいダミ声だけれど、けっこう整った顔をしている。若い頃、伯父さんに頼まれて女の姿で呼び込みをして、スナックを繁盛させたらしい。今でもそれが癖になり、週に一度は女装でスナックのカウンターに立つ。いつかそのお店へ行ってみたいと、恵平は密《ひそ》かに思っている。

「そっかー……今日はもう土曜日だったんだ……」

　お茶を啜《すす》りながら呟《つぶや》いた。忙しすぎて曜日の感覚がない。昼と夜の感覚すら麻痺《まひ》してきたようにも思う。足を棒にして働いている平野には遠く及ばないけれど。

「何が食べたい？　何なら食べれる？」

ダミさんは聞いてくれたけど、食欲は全くなかった。

「消化のいい、温かいもの」

あいよ、とダミさんは軽快に答え、冷蔵庫の中をかき回し始めた。手早く材料を出して、まな板の上で調理を始める。今日はもう、食べて寝ればいいだけだと思ったら、急激に疲れが出てきた。

「あのね、ダミさん、覚えてるかな」

事件のことが少しだけ薄れ、恵平は、いつかの晩のことを思い出していた。

「いつだったか、私が帰ろうとしたときに、男の人が入ってきたでしょ？」

「んー。そうだったかな」

香りの強いニラをざく切りにすると、ダミさんはまた冷蔵庫を開けて、卵を出した。

「お店が一杯で、私が席を譲ろうとしたら、ダミさんがあっさり断っちゃったの」

「あー」

ダミさんは土鍋《どなべ》に残りご飯を入れて、鶏出汁《とりだし》のスープを注いだ。ひと混ぜしてから味見して、少しだけ塩を足す。

「どうしてあの人を追い返したの？」

くるりと恵平を振り返り、舌先で前歯を舐《な》めるような顔をした。

「よくないお客だったから」

「前にも来た人？」

「いいや。初めてだったよ」

訊《たず》ねる代わりに恵平は、眉《まゆ》をひそめて首を傾げた。

「長く客商売をしてるとさ、ひと目見ればわかるんだよ。あの客はヤバい気配を背負ってたからね」

「ヤバい気配って？」

「なんていうかなあ……ヤバそうな客だったってことだ。人には運気をあげる相と、この人に関わっちゃいけないって相がある。例えばさ、その人が来ると必ず店が繁盛するって客がいるんだよ。閑古鳥が鳴いていても、その客が来ると急に混むんだ。不思議だけど、そういうのはある。で、あの客は後者だったってこと」

恵平はその客の容姿を思い出そうとしてみたが、何の印象も浮かばなかった。

「ここに立ったら暖簾の下から通りが見える。あの客は外をウロウロしてた」

「そうなの？」

ダミさんは頷《うなず》いて、クックッと煮えた土鍋にニラを入れた。

「そう。俺っちはさ、ただここに立ってるわけじゃなく、店の様子をまんべんなく見てるんだ。ケッペーちゃんが来た後に、あの客の足が見えたんだよ。満席だから諦《あきら》めるかなと思っていたら、ヤツはしばらく外にいた。何度かね、行ったり来たりしてたんだ。それで、店に入ってきたと思ったら、席を探さず他を見ていた」

「他って？」

ダミさんは恵平の顔をじっと見た。

「え、私？」

わずかに頷き、溶いた卵を土鍋に入れる。火を消して蓋《ふた》をすると、今度は梅干しを小皿に載せて、お新香を切り始めた。

「だからケッペーちゃんを引き留めただろ？　もう少しゆっくりしていきなって」

「あれはそういう意味だったの？　その人、なに？」

「さあね。でも、ケッペーちゃんは女の子だしさ、変なヤツが目をつけることだってあるだろう？　ケッペーちゃんが帰るとき、うちの若いのを外に出してさ、ちょっと見送りさせていたんだよ。知らなかったろ」

「全然知らなかった……痴漢？」

「どうかな。へい、お待ち」

ダミさんはカウンターに鍋敷《なべし》きを置くと、土鍋を載せた。わずかお茶碗《ちゃわん》半分ほどのごはんが鶏のスープで煮えている。湯気にニラの香りが立って、半熟の卵が鮮やかに表面を覆っていた。

「うわあ……」

初めてお腹がぐうぅと鳴った。付け合わせのお新香はスプーンですくえるように小さく切って、小鉢に盛られている。恵平はマスクを外し、頂きますと両手を合わせた。

「お椀《わん》いるかい？　直《じか》に食べると熱いから」

スプーンを握ったタイミングでお椀が出てくる。いつもは気にも留めないけれど、ダミさんはやっぱりプロなのだ。仕事に誇りを持つこと、誇りを持って仕事をすること。月岡が言った二つの言葉の違いが、ダミさんを見ているとわかる気がした。少しずつお椀にとって、雑炊を味わう。ニラの風味がいいアクセントになっていて、優しい塩気と雑炊の熱さが風邪のウイルスを追い出してくれそうだった。

「わー、おいしい。メッチャおいしい。泣けるほどおいしい」

「そうかい？　ていうか、大げさすぎだろ」

「嘘じゃないもん、ほんっとうに、おいしいもん」

食べながら、故郷の母を思い出していた。

いつもはそんなこともないけれど、こんな時には家族が恋しい。ダミさんの雑炊を食べながら、恵平は、東京にも家族ができたと思った。

ダミさんはカウンターの中に腰掛けて、中断していた仕込みを始めた。腕まくりして、鶏肉に串《くし》を打っていく。その時だった。肘《ひじ》の内側に美しい唐草模様が描かれているのがチラリと見えた。

「あれ？　ダミさんって入れ墨してたっけ」

恵平が聞くと、

「気がついたかい」

と、ダミさんはさらに袖《そで》をめくり上げて、入れ墨を見せる。

それは西洋唐草に赤いバラが咲く、どちらかというと女性的なデザインだった。褒めようもないので黙っていると、ニヤリと笑った。

「本物じゃない。フェイクだよ。今夜は赤いドレスを着るからさ、それに合わせて描いたんだ」

「描いたって？　自分で？」

「まさか。母ちゃんに描いてもらった」

母ちゃんとは奥さんのことだ。

「え、マジックで？　よく描けてるね」

するとダミさんは「よしてくれよ」と頭を振った。

「いくらなんでもマジックはないよ。子供の落書きになっちまう。ヘナだよ、ヘナ。ヘナで描いたの」

恵平はギュッとスプーンを握った。

「……ヘナって、髪の毛を染めるヤツ？」

「そうそう。知らないかい？　ヘナタトゥーっていってさ、二週間くらいで消えるんだ。サロンもあるけど、高いだろ？　だから母ちゃんがタトゥーセットを買ってくれてさ、描いてくれるんだよね。この前は――」

とダミさんは首を傾げて、鎖骨のあたりを串で指す。

「――ここにバラのつぼみをね。青いバラ。お洒落《しゃれ》だろ？」

「青色もあるの？　いろんな色がある？」

「十色以上はあるかなあ。チューブで売ってんだよ。先っぽがペンになっていて、慣れれば上手に描けるんだ。まさか本物を入れるわけにはいかないからさ」

恵平はスマホを出した。大急ぎで平野に電話する。ところが平野は取り込み中で、メッセージをお願いしますと言われてしまった。

「堀北です。すぐ電話ください。待っています」

「ん。どうした？　ごはんは」

「ダミさん。ヘナタトゥーのサロンって、都内にどれくらいお店があるの？」

「どうかなあ。サロン自体はそんなに多くないと思うけど、何十軒かはあるんじゃないかな。ボディペインティングを謳《うた》っている店なら、やってると思うけどなあ……あとはネイルサロンと併設したり」

「材料を売るお店もあるの？」

「各色揃えるとなると、多くはないね。バラを描いた青色も、なかなかいいのがなくってさ。都内に一箇所だけ、調色の相談にのってくれる店が……なに？　興味があるのかい」

「はい」

ダミさんは手を洗うと、レジのあたりをかき回し、チラシの切れっ端のような紙をくれた。画材屋の名前が書かれてあった。

「インドやアメリカからの輸入品なんだってさ。でも、そこが一番種類を持ってるらしいよ。買いに行くのは母ちゃんだけど」

「ありがとう」

恵平は言って、今度は土鍋《どなべ》から直接ご飯を食べた。

「でもケッペーちゃんはまだ卵だし、そういうお遊びってどうなんだい。見えないところなら……いいか。まあ、二週間程度で消えるんだけどな」

心配そうなダミさんの言葉は、思考の隅をスライドしていった。きれいにご飯を食べ終えて、風邪薬もその場で飲んだ。

「ごちそうさまでした。風邪、治っちゃったみたい」

「そんなわけないだろ。ちゃんと休めよ」

六百五十円也《なり》を支払って、恵平は店を飛び出した。頭痛も、微熱も、だるささえ、銀河の彼方《かなた》に行ってしまったほど興奮していた。


ダミさんが教えてくれた画材屋は、高円寺《こうえんじ》に店を構えていた。卸専門の店らしく、色つきフィルムや筆を並べたケースの上に『画想庵《がそうあん》』と書かれた店舗用テントがせり出していた。平野からの電話はまだ来ないので、恵平は店の前から桃田に掛けた。

――あれ？　どうしたの？　寝てたんじゃないの――

桃田が聞く。恵平は興奮した声で桃田に言った。

「進藤玲子さんの殺害現場でヘナが見つかった理由がわかりました。犯人の髪を染めたものじゃなく、タトゥーの成分だったんです。切り取った部位を洗ったから、排水に成分が残ったんです」

――ヘナでタトゥーを？――

聞きながら、桃田はネットでサーチしたらしい。間の空き方とキーを叩《たた》く音でそれがわかった。

――本当だ。知らなかった――

「介護福祉施設の同僚が彼女のタトゥーに気づかなかったのもそのためです。ヘナで描いた絵は二週間程度で消えてしまうそうなので」

――つまり彼女は、緒形の仕事があったときだけ、タトゥーを入れていたってことだね。その都度どこかで描いていた。だから蝶《ちょう》が羽ばたいて見えた――

「そう思います。作図の参考になったのが茂里一郎さんの図鑑で……」

ふと思いついて、恵平は聞いた。

「平野先輩たちからは、何か連絡ありましたか？」

――いや。ないけどさ――

それならやっぱり、自分が調べるしかないと思った。

「高円寺にある画想庵という画材屋さんで、タトゥー用のヘナを扱っているそうです。桃田先輩、進藤玲子さんの蝶の画像を私に送ってもらえませんか？　蝶の部分だけを拡大して」

――は？　堀北は今どこにいるの――

「高円寺の画想庵です。ダミさんの話では、このお店だと調色のアドバイスをしてくれるって、あの独特な青色は、既製品では簡単に出せないと思うんです」

――なんでそういうことをしているの。堀北は風邪で早退したんでしょ――

「すみません。平野刑事に電話したけど、留守電になっていたもので。お願いします。確認するだけだから」

ペコリと頭を下げて待つと、スマホが震え、桃田は言った。

――風邪がもっとひどくなったり……それはもう、自己管理の甘さでしかないんだよ――

「はい。大丈夫です。すぐ帰ります」

恵平のスマホには、蝶の写真が届いていた。

ごめんくださいとドアを開け、店に入ると、奥へ細長い店の壁一面が、とりどりの画材で埋め尽くされていた。人影はなく、閑散としている。

「ごめんくださーい」

もう一度大きな声で呼んでみると、どこかで「はーい」と返事がして、エプロン姿で三十前後の女性が奥から出てきた。恵平は深々と頭を下げると、教えて欲しいことがあるのだと彼女に言った。

ヘナタトゥーの画材を仕入れるようになったのは、ここ数年のことだという。

「主にはサロンや、美術学校なんかに卸しています。個人で買いに来られる方も増えてはいるけど、そんなに多くはないですね。うちを知っているのは店舗の人か、あとは美大生くらいなものですし」

お願いすると、女性は奥の方から段ボール箱に入った商品を出してきてくれた。なるほどダミさんの言う通り、絵の具のチューブに絞り出し袋の口がくっついたような形をしている。

「色は何色もあるんですか？」

「ヘナそのものは肌に染まることで赤茶色とか、焦げ茶とか、茶色系に発色します。天然素材と思われていますけど、海外製なので塗料や色素を混ぜた粗悪品もあって、すべてが安全というわけではありませんし、自在に色が出せるわけでもありません。

例えば黒は出にくいし、他には、もともとの肌の色や部位によっても染まり方は変わります。白人よりは黄色人種、褐色の肌ならもっときれいに発色します」

チューブの外から見ただけでは、うまくイメージがつかめない。店の女性は着ている長袖《ながそで》を少しめくって、手首に描かれた美しい模様を見せてくれた。ダミさんと同じ唐草模様だが、使われているのは一色だ。

「うわあ。きれいですね。これが二週間ほどで消えちゃうんですか」

「そうですね。人にもよりますが、腕なんかはもつほうです。肌のターンオーバーで少しずつ薄くなります」

「描く場所によっても違うんですか？」

女性は頷《うなず》いた。

「ヘナはケラチンと結びつくことで発色するんです。だから角質が多い場所の方がよく染まります。胸とかは染まりにくいし、比較的すぐに落ちますね」

だから蝶は飛んでいったんだ。

「ちょっと見て頂きたいんですけれど」

恵平はスマホを出して、蝶の写真を彼女に見せた。すると彼女は物知り顔で、

「ああ」と言った。

「とてもきれいに描けていますね。すごいな、発色もきれい。すごいです」

「もしかして、この蝶のことを知ってるんですか？」

聞くと彼女はニッコリ笑った。

「蝶というか、図鑑を見せてもらって、こんな色が出ないかと相談されたことはあります。青色をきれいに出す方法もお教えしました」

「誰に？」

「男性の方ですけど。四十前後の」

「その人、ヘナを買ったんですか？」

「ええ。うちで扱っているものは一通り買って行かれましたけど」

「いつ頃ですか？」

彼女は販売伝票を調べてくれた。

「最初は昨年の春でした。三月の末ですね」

心臓がバクバクしてきた。

「それって、タトゥーサロンの人ですよね？　私もやって欲しいので、どこのサロンか教えてください」

自分もタトゥーを入れたいなんて、真っ赤な嘘を吐いたと思った。平野や竹田のよ

うにしれしれと、心にもないことを言うのは難しい。店の女性は苦笑しながら、

「たぶんサロンじゃないですよ」と言う。

「だって、営業車で来てましたから。ディケアセンターの車です。その人は、美術学校時代から、ずっとうちの画材を使っていると仰《おつしや》ってました。初めは、肌に塗っても落ちにくい絵の具がないか相談に来たんです。汗や摩擦で落ちない、入れ墨みたいなものができないだろうかと。それでヘナを紹介しました」

背骨のあたりがゾクゾクしている。風邪のせいではなく、恵平は、自分が誰よりも早く犯人に近づいているのではないかと感じていたのだ。

「ディケアセンター」

「フランセーズ悠々だったかな？」

それは進藤玲子が看護師をしていた場所である。

「その男性のお名前って、わかります？」

「さすがにそこまでは。領収証でも発行していればあれですが」

「その方が最後に来たのはいつですか？」

さすがに店の女性は怪訝《けげん》そうな顔をした。

「あの……黙っていてごめんなさい。私、丸の内西署で鑑識をしている者なんです。

あの……ええと……」

「何かの捜査なんですか？」

恵平はまた深々と頭を下げた。

「言えないんです。でも、どうか教えてください。お願いします」

口を真一文字に結んで、彼女はしばらく恵平を見ていた。それでも恵平が顔を上げ、彼女の瞳《ひとみ》を真正面から見つめると、微笑んで、こう言った。

「最後にみえたのは十日ほど前です。ヘナではなく、レジンが欲しいと仰って」

「レジン？　レジンって、あの、アクセサリーとかを作るヤツですか？」

「そうです。二液性《にえきせい》のエポキシ樹脂のことですね。うちで扱っている最大のものが二キロ入りですけど、それを三缶、計六缶買っていかれました」

「二液性の、エポキシ樹脂？」

「ええ。今は素人さんがアクセサリーやネイルに使っていますけど、レジン液といっても色々で、プロ仕様のものは硬さも透明度もあって、研磨するとガラスのような光沢が出せるんです。花とかビーズとか閉じ込めるときれいなんですよ」

何を閉じ込めるつもりだったのか、想像がついた。その人物がレジン液を購入したという十日ほど前は、進藤玲子の事件が起きる直前だ。

体が二つ折りになるほど頭を下げて、恵平は画想庵を飛び出した。平野に、桃田に、それとも係長に、誰に伝えるのが正しいのだろう。スマホを握って考えていると、平野から電話が入った。

「平野先輩！　よかった。いま」

――天狗の会のメンバーが一人、進藤玲子の勤めていた介護福祉施設にいたぞ――

開口一番、平野は言った。

――山口伸也《やまぐちしんや》って三十代後半の男だ。天狗の会のハイキングイベントでコーディネーターをやっている。珍しい蝶《ちょう》が載っているからと、吉田優衣子に例の本を貸していた。ほかの参加者から証言がとれたんだ。埼玉の美術学校を卒業後、整体師の資格を取って、介護福祉施設で働いている――

せっかくヘナのことを突き止めたのに、いいところを全部持って行かれた気がした。

「私も今、画材屋さんで」

――画材屋ぁ？――

平野は変な声を出した。

「はい。ダミちゃんへご飯を食べに行って、二週間程度で消えるタトゥーがあると教えてもらって、それに使われているのがヘナだったので、高円寺の問屋へ来てみたら、フランセーズ悠々の車に乗った男の人が一年半前くらいからヘナタトゥーの絵の具を買っていることがわかって」

――山口か――

「だと思います。汗や摩擦で消えない肌用の画材を探していて、お店の人がヘナを教えてあげたらしいです。フジミドリシジミの図鑑を持って来て、青色を発色させる方法も聞いていたって……それが昨年の春の話で、そのあと吉田優衣子さんに図鑑を貸してあげたとしたら、齟齬《そご》はないと思うんです」

――胸にタトゥーを入れるよう、進藤玲子に助言したのは山口か――

助言は的中し、緒形は進藤玲子を使うようになったのかもしれない。

「あと……あと、その男性は十日前、レジン液を大量に買っていきました。伝票を確認してもらったら十月二十七日午前十一時半。進藤玲子の事件が起きる前日です」

――はあ？　なんでレジンを……――

平野も犯人のおぞましい計画に気がついたらしく、寸の間だけ絶句した。

――わかった。よくやった、ケッペー――

平野は言って、勝手に電話を切ってしまった。

電柱の脇で通話していた恵平を、近所のおばさんがジロジロ見ながら通り過ぎて行く。画材屋で話を聞いただけだというのに、恵平は脱力してため息が出た。山口という男が捜査線上に浮かんだことで、事件には一応の決着がつくのだろうか。興奮しすぎたせいなのか、具合の悪さはどこかへ飛んで、恵平は立ち止まったまま空を仰いだ。横並びの建物の隙間に背の高い銀杏《いちょう》の木がそびえていて、黄葉しきれていない葉っぱが黄緑色に揺らいでいる。恵平は再度スマホを出して、桃田に掛けた。

平野がフランセーズ悠々へ飛んだこと、胸に入れたタトゥーは長くもたないと聞いたことなどを報告した。山口と思《おぼ》しき男が大量のレジン液を購入していたことも。

――よくもそんなエグいことを思いついたもんだねえ――

桃田もやはり同じことを想像したらしく、心底気味が悪そうな声で言う。敢《あ》えて言葉にしないのは、被害者進藤玲子がもはや、ただの知らない人ではないからだ。彼女は丸の内西署の管轄区内で被害に遭った。事件を追う署内の誰もが、捜査本部に置かれた写真に手を合わせ、その冥福《めいふく》を祈ってきたのだ。

「これで寮に戻りますから」

桃田が絶句したままなので、恵平は彼に伝えた。

――オッケー、よく休むこと。係長にはぼくから報告しておくからね――

「ありがとうございます」

電話を切ると、ひよっこの分際で暴走した自分の行為が、今さら胸にのしかかって来た。組織の一員未満であるのに、職務時間外に聞き込みまがいの行動をした。警察学校では、団体行動や指揮系統に従うことを、来る日も来る日も叩《たた》きこまれる。それは自分と、仲間と、ひいては民間人の命を守る基本なのだと教わった。

始末書かなあ……まさかね。

とりあえず歩き出す。ダミさんの雑炊を食べたおかげで、お腹の奥がまだ温かかった。滋養があっておいしくて、こういうご飯を食べてさえいれば、心がすさんだりはしないと思う。犯人の心がすさんでいるかは、わからないけど。

恵平はまた電車に乗って、東京駅へ戻って行った。

署を出たのは午後二時くらいだったのに、聞き込みをしている間に、日はすっかり暮れて、東京駅へ着いた頃には、ホームに冷たい風が吹き込んでいた。少し食欲も出てきたので、恵平はまたもダミちゃんへ寄った。土曜のダミちゃんは大入り満員で、恵平の特等席にも先客がいた。

「ごめんね、ケッペーちゃん」

女将《おかみ》さんがカウンターの中で、拝むようにして片手を挙げる。ダミさんのいない土曜日は、店を切り盛りするのも大変そうだ。

「いいの。また来るね」

そう言ってはみたものの、どこでご飯を食べるか考えものだ。吹きっさらしの道路を歩いて風邪がぶり返すと困るので、恵平は東京駅へ向かった。駅のレストラン街を利用することはほとんどないが、とりあえずそこなら暖かい。

呉服橋のガード下を通るとき、歩道の脇のガードパイプに腰掛けている人がいた。黒いスニーカーに黒い服、黒い帽子を被《かぶ》っている。夜に紛れそうな服装を見て、危ないな、と恵平は思った。

交通ルールを守っていても交通事故に遭う人がいる。そういう事故の多くは夜間に起こり、反射するライトや街の明かりで人影を認識できないことが原因だ。

「こんばんは」

すれ違いざま声を掛け、「おやすみなさい」と頭を下げた。心の中では、この人が危険な思いをしませんようにと考えていた。

こんばんは。背中に声が聞こえてきたのは、通り過ぎて数秒後のことだった。

同じ頃、丸の内西署の鑑識に平野から臨場要請が入った。被疑者山口伸也が住むマンションへ来てみたところ、とんでもないものが見つかったというのであった。

「捜査本部へは竹田さんが電話して、逮捕令状を申請してる。とにかく早くこっちへ来てくれ」

電話を受けたのは桃田だったが、鑑識官の多くは帰宅した後だった。

「逮捕令状を申請って、身柄を確保できなかったってこと？」

「任意で話を聞こうと思って来てみたら、鍵《かぎ》が掛かっていなかったんだよ。一間がリビング、もの入れスペースがアトリエになっていて、スリップのない例の図鑑を発見した。それどころか、冷蔵庫に氷漬けした被害者の胸が……」

「氷漬け？」

「いや、ちがうな。氷じゃなくってアクリル樹脂か？　なんかそんなヤツだよ。棚を外した庫内にドドーンと！　タトゥーがあるから間違いない。こいつ、尋常じゃねえ。狂ってやがる」

桃田はすぐさま係長を呼んで、係長が鑑識官を招集した。伊藤は資料室に籠《こ》もっていたので、桃田が彼を呼びに走ると、伊藤もまた資料室を飛び出してきたところであった。被疑者山口伸也の写真については、平野が介護福祉施設の履歴書や記念写真を抜粋し、データを捜査本部と鑑識へ送信してくれていた。伊藤は部下を率いて火災現場の防犯カメラ映像の照合作業を進めていたのだ。

「あ、伊藤さん」

危うくドアに当たりそうになって桃田が言う。臨場要請を伝えるより早く、

「被疑者の姿を確認したぞ」

と、伊藤が言った。

「火が出る直前に工場手前のコンビニあたりを通過していた。動きがまったく普通すぎて、照合しなけりゃわからなかった。それだけじゃない。デイサービスの車は毎週火曜と木曜に工場のあたりを走ってる。周辺にサービスを受けている人がいたのか、それとも、被疑者がそこを張っていたかだ」

「平野から電話があって、被疑者の部屋の冷蔵庫から進藤玲子の胸が出たと」

「はあっ?」

「樹脂で固めてあるらしいです。氷漬けにしたみたいに」

伊藤は室内を振り返り、

「臨場要請だ。現場へ行くぞ」

と、仲間に言った。署を早退した恵平に出動命令は出されなかった。

早い時間の地下街は、飲み屋を探す観光客で溢《あふ》れていた。土曜の夜ということもあり、駅地下は人また人の波である。お土産、雑貨、お菓子にお弁当。店舗の品揃えも華やかで、人垣に交じっていると遊びに来たように高揚する。飲食店には行列ができ、名簿を手にした店員が通路で客をさばいていて、これではとても独りで席を占領できないと恵平は思った。諦《あきら》めてまた地下街を出る。

駅周辺にも飲食店はたくさんあるが、多すぎるからこそ決めるのが難しい。あの店この店と迷っていると食欲が削《そ》がれていき、気づかぬうちにかなりの距離を移動していたりする。気がつけば、寮から随分離れた場所にいた。眼前に皇居のお堀が広がっているから、和田倉門《わだくらもん》あたりへ出たようだ。

もう牛丼でもなんでもいいからお腹に入れて帰ろうと、スマホのアプリで検索すると、牛丼屋は八重洲方面にしかないことがわかって引き返す。まったく何をやっているのか。ダミちゃんに入れなかったことが恨めしい。

ようやく夕食にありついたとき、さらに時間が経っていた。

牛丼屋も混んでいたので、テーブル席ではなくカウンターに座る。牛飯にネギタマをトッピングして七味を振りかけ、食べ終わると風邪薬を飲んで店を出た。

さくら通りの街路樹は葉を落とし、歩道をゆく人もまばらで、地下街の喧騒《けんそう》が嘘のようだ。近道をしようと小路《こみち》へ入ると、ついてくる誰かの足音がした。

おや？　と振り返ったが人影はなく、居酒屋のゴミ箱の陰でふたつの目玉がキラリと光った。猫か、ハクビシンか、それともアライグマなのか。

恵平はまた歩き出す。小路の先にひとつだけ、おでん屋の赤い提灯《ちょうちん》が灯《とも》っていた。

山口伸也の住まいは青梅《おうめ》線東青梅駅の近くにあった。丸の内西署の管轄区内ではないものの、殺人事件の捜査権は事件現場の所轄にある。山口の所在が不明なこともあり、桃田らはサイレンを鳴らさずに臨場した。すでに青梅署の警察官が支援に来ていたが、山口が帰宅する可能性を考えて現場周辺をこっそり見張ってくれている。離れた場所に鑑識車両を止めると、水道の修理業者に扮《ふん》して現場へ向かう。

それは七階建ての賃貸マンションで、四畳半のリビングに二畳のロフト、二畳程度のクローゼットがついた物件だった。

「お疲れ様です」

ノックすると、平野が開けた。住人同士のつながりはほとんどないのか、通路は無人で、両隣の部屋にも明かりがない。壁の薄そうなマンションなので、自《おの》ずとひそひそ声になる。

「マル被は？」

最後に入って玄関を閉めてから、桃田が聞いた。

「フランセーズ悠々に昨日、退職願が郵送されて来たそうだ。山口は二日前から無断欠勤していたらしい。鍵が開けっぱなしだったから、すぐに戻ると踏んで張ってたんだが、あまり帰って来ないので、まさか自殺でもしているんじゃないかと思って入った。死体はなかった」

玄関は狭すぎて団子になる場所もない。靴脱ぎの先がすぐリビングだが、竹田が中で鑑識ケースを受け取って、床に置かずに持っている。靴カバーをつけて係長と伊藤が入り、床に物の置き場を作る。それを見ながら竹田が言った。

「施設利用者の話によると、進藤玲子と山口は恋仲じゃあなかったが、結構仲がよかったってぇ話なんだ。山口は何度か進藤をハイキングに誘ったそうだが、都度、断られていたようだ。山口のほうは好意を寄せてたみてえだが、進藤には人に言えない別の仕事があるからな、ハイキングへ行く時間はねえよ」

続けて平野がこう言った。

「看護師と整体師だから、利用者の健康面については、相談の上、リハビリや行動プランを立てていたらしい。つまり進藤と山口は二人だけになる時間が多かった。そんなこんなで進藤は、女優を志していることを山口に打ち明けたんじゃないかと思う。ケッペーが言っていたけど、昨年の春頃に山口が蝶《ちょう》の図鑑を持って画材屋を訪ね、体に絵を描く方法を模索していたというんだ」

「うん。それはぼくも電話で聞いた」

桃田が答え、平野が頷《うなず》く。

「山口のパソコンには進藤玲子のAVを検索閲覧した記録が残っている。アダルト・アートBOXほか、エロ模型屋のサイトにアクセスした履歴もあった。AVのほうはよく観たようだが、アートBOXにアクセスしたのは一度だけ。ケッペーがホームレスのなんとかさんに聞き込んで来た頃だと思う」

「小野沢秀志の工場で誰かが口論していた話？　捨てろとか、削除しろって……そうか……あれってもしかして、ホームページのことだったのかな」

「かもしれねえ。通帳履歴を見たら、十月上旬、山口は自分の貯金から五十万円を引き出してんだよ。同じ頃、アダルト・アートBOXの小野沢に四十五万円が入金されている。山口は、好いた女のエロ模型を買い占めようとしたんじゃねえかな」

「もしくは原型を買い取ろうとしたのかも。それの交渉に小野沢を訪ねた。『削除しろ』はホームページ上の写真のこと。『捨てろ』は模型か、原型か……」

桃田は怪訝《けげん》そうな顔をした。

「でも不思議じゃないか。マルガイにシジミチョウのタトゥーを描いたのが山口として、彼はマルガイがAVに出演しているのを知っていたわけだよね？　なのに模型を売るのは気に入らなかった？　おかしくないか？　矛盾している」

「おかしかねえさ」

髪を掻きながら竹田が言う。床にフケが落ちたので、桃田はキッと竹田を睨《にら》んだ。

「竹田さん。現場にフケを落とされちゃ困ります」

「ああ、すまん」

竹田は背広の肩に積もったフケを手で払い、鑑識係長が敷いたシートに落とした。

「マルガイがAV女優をやっていると打ち明けたならだよ？　それはつまり、彼女が山口にだけ心を許した証《あかし》ってことだ。二人だけの秘密だ。山口は感動し、マルガイを応援したくなったんだろうさ。入れ墨のアイデアを出し、方法を模索して、自分が蝶の絵を描く。結果として仕事が増えたんだから、女も文句はねえはずだ。ところが、マルガイの仕事はそれだけじゃなかった。売春にエロ模型。ま、女にしてみりゃAVと同じ『お仕事』だ。自分のものを自分で売って何が悪いって話だろ？　女ってやつは男の純情を、これっぽっちも理解しちゃいねえんだよ」

　桃田は妙に感心し、

「竹田さんの口から男の純情を聞くとは思いませんでしたよ」

　と、言った。竹田はフンと鼻を鳴らした。

「俺ぁ、本部長と管理官にも話を通しておいた。山口の人相風体を各署に送って、緊急手配するそうだ。とりあえず任意同行を求めて逮捕状が出るのを待つ。ここへ帰ってくる目もあるからな。シーッ……だ」

　竹田が人差し指を唇に当てると、

「とにかく見てくれ。驚くぞ」

　平野は一歩後ずさり、奥へ行くよう桃田を促す。

　平野と竹田が居場所を替わって、桃田はようやくリビングを見た。

　縦長の狭い部屋はよく片付いていて、パソコンデスクと冷蔵庫、電子レンジの他に家具はなく、トイレとシャワー室と洗面所が玄関脇にある造りだ。ベッドもなく、ロフトに布団を敷いてベッド代わりにしているようだ。先に入った係長と伊藤は手際よくシートの道を作っていて、扉を開けた冷蔵庫の前で桃田を待っていた。桃田は撮影技師なので、カメラを抱えて小さな冷蔵庫へ向かう。

紫外線の青白い光が、テラテラと庫内に反射している。平野から電話をもらってはいたが、目に飛び込んできた光景に、桃田はカメラを構えることすら一瞬忘れた。

氷漬けと平野は言ったが、その言葉から想像できるものとは一線を画した立体物が、狭い庫内を占領していた。幅五十センチ、奥行き二十センチほどの直方体。空気よりも透明に見えるクリアレジンに、青い蝶を止まらせた女のバストが浮いている。それは扉を開けると正面に見えるよう工夫され、水に濡《ぬ》れたようにヌラヌラしていた。

「う……」

桃田は思わず口を覆った。吐きそうになったのだ。

鑑識官として相応のキャリアはあるが、真夏に腐乱死体を見るときよりも、衝撃はいっそう大きかった。顔を背けたその先に平野と竹田が立っていて、桃田は咄嗟《とっさ》に天井を向き、目を閉じて呼吸を整えた。臭くて汚くて無残なものにだけ、人は吐き気を覚えるわけではないのだと、このとき桃田は初めて知った。

「大丈夫かピーチ」

係長が聞いたが、桃田はまだ目を開けられなかった。

「仕方がない。ヤツがいつ戻ってくるかわからん。先に部屋を確認するぞ」

「いえ。もう大丈夫です」

山口が進藤玲子殺しの犯人である証拠の写真は、どうしても撮っておかなければならない。カメラを向けてファインダーを覗《のぞ》き、桃田は鬼畜の所業を写真に収めた。

二畳ほどのクローゼットには、フジミドリシジミが載った図鑑の他に、山口が描いたと思《おぼ》しきアクリル画や、フジミドリシジミをスケッチしたカンバス、何冊かのスケッチブックが置かれていた。スケッチブックを開いてみると、進藤玲子のAV画像のクロッキーが多数、胸のシジミチョウを誇張した画角で描かれていた。

ほかには画想庵の梱包《こんぽう》材、ブルーシート、エポキシ樹脂の缶、乳房を固めたと思しき型枠、十四色のヘナタトゥー、調色に使われた器に手作りのチューブ、ゴミ箱からハバロンナイフの替え刃が数枚みつかった。それぞれに番号を振り、写真に収めて回収する。替え刃から被害者らの血痕《けっこん》が出れば、確たる証拠になるだろう。

鑑識官が現場を捜索する間、刑事はじっとそれを見守る。

スケッチブックを確認しているのは係長で、ゴミ箱をあさっているのは伊藤だ。桃田はパソコンを調べていたのだが、『バストマニア』というキーワードでSNSをサーチした履歴が残っていた。サーチデータを遡《さかのぼ》っていくと、ネットのニュース速報にアクセスした履歴があって、速報ニュースにアクセスすると、鑑識作業中の自分たちが写っていた。桃田はハッと目を凝らす。

最初の事件が起きたホテル・アモーレを朝になって引き上げるときの画像である。ジュラルミンケースを持った自分と、すぐ後ろをチョコチョコついてくる恵平の姿だ。ブルーシートで目隠ししていたはずなのに、画角は俯瞰《ふかん》した形で写されている。おそらくは、向かい側のラブホテルから写したものだ。

桃田はチッと舌を鳴らした。すでに撤収するときで、しかもマスクを外した瞬間だ。横向きになった桃田はともかく、恵平は顔が写り込んでいる。

「……こういうことがあるから困るんだよな」

履歴を確認し終えるとデスクトップを見渡した。写真の保存用アプリがあったので立ち上げてみると、いくつかのフォルダが現れた。フランセーズ悠々で撮られたレクリエーション写真、整体師としての参考写真。天狗の会で撮ったと思しき山やハイキングの写真。集合写真には吉田優衣子の姿もある。さらに進藤玲子のAVから抜き出した数々の写真が、別のフォルダに収まっていた。

「ちょっと来て」

桃田は平野と竹田を呼んだ。

フォルダの写真を一覧にすると、山口がどれだけ被害者のバストに執着していたのかがよくわかる。彼はこの一枚一枚を、ビデオから抜き出して集めていたのだ。

「けったくそ悪い。AVはしばらくこりごりだな」

平野は吐き捨て、「ん?」と言った。

アプリのタイトル一覧画面に、山ではない別の風景が映っているのだ。

「それ見せてくれ」

指されたフォルダを桃田が開けると、それはホテル・アモーレの外観を撮った画像であった。ホテル近くの駐車場、ホテルへ入っていく進藤玲子と撮影隊、居酒屋へ入る緒形と磯崎、独りでホテルを出た進藤玲子。

「おい」

と、竹田が平野を突《つっ》く。

「事件当日、緒形と磯崎、俳優の田口怜央の他にもうひとり、アルバイトの男がいたよな。緒形が現場近くで手配したって野郎だよ。四十前後の」

「それが山口だと言うんですか? くそ、そうか」

平野がうめく。

「そうか」

と、桃田も膝《ひざ》を打った。

「山口は前から準備して、チャンスを狙っていたってことか」

「まてよ。じゃ、進藤玲子は知ってたんじゃね？　臨時のバイトが山口だって……はあっ？」

平野は助言を求めるように、最年長の伊藤を振り向く。伊藤は無言で寄って来て、隠し撮りした画像を眺めた。

「こりゃあ……ほぼ……というか完璧《かんぺき》にストーカーだな。大昔にもあったよな、女を殺して皮を剝《は》ぎ、犯人がその皮を被《かぶ》って縊死《いし》した事件」

「伊藤さん、知ってるんすか、その事件」

平野が聞くと、竹田が答えた。

「大昔だが、俺も知ってる。やんちゃをすると、婆さんに『ソースケが来るぞ』と脅されたもんだよ。『ソースケ』が何かわからなかったが、殺した女の皮を被った化け物だと思ってた。ションベンちびるほどおっかなかったよ」

「俺もだよ。山口って野郎、本当は女に女優をやめて欲しかったんじゃねえのかな。だけどそれは言えねえんだよ。なぜって、自分と彼女のつながりは、乳に描いてやる蝶《ちょう》だけだから。女優をやめればその縁も切れちまう。女のほうはそんな気はねえ。借金に追われてクビが回らねえんだからな。野郎が乳の模型を盗んだのも、撮影現場へ行ったのも、自分以外の男に媚《こ》びて欲しくなかったからかもな」

「や、ちょっと待ってくださいよ。でも、進藤玲子は山口のいる前で撮影したってことじゃないですか。遺体から田口怜央の体液が検出されてるんだから」

理解できないというように、平野は伊藤や竹田を見た。

「あー……男と女は複雑なのさ」

言い捨てて伊藤は作業に戻る。

「わかるか？　ピーチ」

「さあ」

平野が聞くと桃田が答える。次いで平野は別のフォルダを開けさせた。

夕暮れの東京駅が映っている。日付は犯行の翌日だ。

「ん？」

と桃田は小さく唸《うな》り、フォルダの中身を一覧に並べた。すると。

「これ……ふざけるなよ……ケッペーじゃねえか」

身を乗り出して平野がうめいた。

そこには堀北恵平を隠し撮りした写真が、ずらずらずらりと並んでいた。一枚目はネットニュースの画像を切り取ったものだった。桃田の後ろをついていく恵平の顔を拡大している。平野は桃田のマウスを奪い、それぞれの写真を確認した。丸の内西署に詰めかけた報道陣。裏口を出ていく堀北恵平。東京駅の地下道を行く後ろ姿。ダミちゃんを撮った写真まである。

「なんだ……これは……どういうことだ」

「ぼくに聞くな」

と、桃田は答えた。平野の隣で、竹田も食い入るようにモニターを睨《にら》む。

「ひよっこに興味があるってか？　あいつはペチャパイだろうがよ」

誰ひとり笑わない。竹田もまた真剣な声で先を続けた。

「警察官とわかって興味を持った……てぇことか？　野郎、何を考えていやがる」

三人の会話の不穏さに、係長も伊藤も寄って来た。

「マスコミのくそったれめ」

苦々しい声で係長が言い、

「まさか……次のターゲットが堀北ってことは」

桃田が係長を振り向いた。

「堀北は寮だ。今のところは安全だ。今日は風邪で早退だからな」

「伊藤さん、違うんす。ケッペーは山口の尻尾《しっぽ》をつかんで、高円寺の画材屋まで検証に行ったんですよ。くそっ、寮に戻っているといいけどな」

平野はスマホを出して恵平に掛けた。

「は？　なんでそうなるんだよ、俺は堀北に命令したぞ！　今日は帰って休めって」

図らずも伊藤は大声で怒鳴った。

その声に気づいた山口が入口で身を翻し、逃走したとしてもそのほうがいいと、平野も桃田も思っていた。ヤツが恵平の背後に迫っているより、そのほうがいい。

とりあえず、今はそのほうがずっといいのだと。


早く寮へ戻って眠ろうと、恵平は路地を急いでいた。

表通りのように明るい道ではないが、かといって真っ暗ということもない。風邪を治す使命があるのに、気がつけばまた日付が変わろうとしている。

昼ですら土地勘がない東京都内は、暗くなってしまうと景色が全く変わってしまう。常日頃、見た目の風景やビルの外観にどれほど頼って歩いているのかを身に染みて感じる羽目になる。そもそも恵平の行動範囲はそう広くない。常に東京駅を起点にして、寮と署と交番とダミちゃんを行ったり来たりしているだけだ。地下街を通らずに寮を目指すのも、初めてのことだった。

右を見て左を見てビルを見て、ついに恵平は足を止め、スマホを出した。容量オーバーで課金されるのが嫌で、なるべく使うのを控えているが、今夜は諦《あきら》めて地図アプリを立ち上げる。行き先を寮に設定し、地図上に浮かんだ矢印に従って歩き出す。それですら、夜道をゆくのは大変だった。

飲み屋街が並ぶ道を行くとき、バーから酔っ払いがまろび出てきた。赤いドレスのママさんが、背中に手を掛けて介抱している。反対側のスナックからもサラリーマンが三人出てきた。真ん中の人が完全にできあがっていて、二人が両側を支えている。通りの角まで歩き切ってから、恵平はまたアプリを見た。

「こっちだ」

方向を指して歩き出す。

最短で寮へ向かうルートはホテル街の裏を示している。アプリを見ながらその道を行くと、通りの一角をフェンスで囲って、道路を掘り返しているところがあった。下水か水道の工事らしいが、夜間は作業をしていない。大股《おおまた》で歩いていると、人の足らしきものが二本、フェンスの奥に突き出していてギョッとした。

腰を屈《かが》めて目をこらすと、道に倒れた人がいる。酔っ払いだろうか、うつ伏せになって、頭はフェンスの奥にある。

「もしもし？　大丈夫ですか？」

声を掛けると、小さくうめいた。

恵平はスマホをポケットに入れた。駆け寄って肩に手を掛けてみる。

地面に帽子が落ちていて、スキンヘッドの男性が、頭から血を流していた。

「ちょっと……しっかりしてください。大丈夫ですか？」

もう一度声を掛けると、目を開けた。

「どうしましたか？　救急車を呼びますか？　動けますか？」

他にも通行人がいればいいのに、こんな時に限って誰も通らない。

「大丈夫。大丈夫です」

男性はそう言うと、上体を起こして帽子を拾った。あぐらをかいて、頭を撫《な》でる。

額に滲《にじ》んだ血液が、鼻の脇を垂れて顎《あご》から落ちた。けっこうな出血である。

ポケットをまさぐって、恵平はハンカチを出した。それを畳んで患部を押さえ、スマホを構える。

「救急車を呼びますね」

「いやいや、恥ずかしいからやめてください。足を引っかけて転んだだけで、もう大丈夫ですから」

男性が立とうとしたとき、スマホが着信音を鳴らした。恵平は電話に出ようとしたが、彼がよろめいたので、切ってしまった。

「やっぱり救急車を」

「いや、すぐそこが家なんです。家へ帰れば大丈夫ですから。家内が家にいますんで、本当に……もう……」

「それじゃ、お家までお送りします」

手を貸すと、彼はようやく立ち上がった。血のついたハンカチを返そうとするので、

「差し上げますからそのままで」

と、腕を持つ。

「すみません」

言いながら男はハンカチの上から帽子を被《かぶ》った。血はまだ流れていて、一度拭《ふ》き取った場所にまた筋がつく。

「どこですか？」

「そのビルです」

　それは工事場所からほんの数メートル先のビルだった。一見するとマンションではなく、雑居ビルのように思えた。見上げると上の階にかろうじて明かりがついている。

「何階ですか？」

「四階です。でも、エレベーターがありますから」

　よろめくような足取りで、男は恵平と一緒に歩いた。さほど大柄な男性でもないので、恵平にも支えられる。肩口に男の血が垂れてきて、

「すみません」

　と、彼は何度も謝った。

「いえ、それより傷口をしっかり押さえたほうが」

「大した傷じゃないですよ。頭って出血が多いから……」

　扉もない裏口のような踊り場から内部へ入ると、階段脇に小さくて古いエレベーターがあり、男は腕を伸ばしてボタンを押した。

「もうここで」

「いいえ。お送りします。私、こう見えて警察官ですから」

　使命感に駆られて言った。

エレベーターが開き、一緒に入ると、明かりでようやく男の顔が見えた。やはり結構な出血だ。奥さんに会ったらその場で救急車を手配して、それから寮へ帰ろうと、恵平は考えていた。

「すみませんね。本当に」

男は目を伏せている。古くて狭い庫内に二人。それでも恵平は何の疑問も抱かなかった。黒いスニーカーに黒いズボン、黒いニットシャツを着た男性だ。上から下まで真っ黒なんて……もしも自分が通らなかったら、車に轢《ひ》かれていたかもしれない。そう思ったとき、違和感を覚えた。同じ服装の人間と、どこかで会った。今夜のことだ。あれは、そう。呉服橋のガード下。ダミちゃんの前の歩道だった。ガードパイプに腰掛けていた人が、やはり真っ黒な服装だった。

チン！

と、音がしてエレベーターの扉が開く。そこには暗い通路があって、切れかかったような非常灯が、青白い光を落としていた。通路の奥は部屋ではなくて、だだっ広い空間だ。壁の一部が壊されて、床も剝《は》がれて、コンクリートが剝《む》き出している。ブラインドもない窓から向かいのビルの明かりが入り、かろうじて工事中のフロアであることが見て取れた。

「え。ここです」か？

と聞く前に突き飛ばされて、恵平の体は通路に倒れた。なんで？　と頭で声がする。

自分が自分に問いかけた声だ。振り向けば目前に足があり、足はスニーカーを履いていた。近頃流行のソックと呼ばれる紐《ひも》なしタイプ。シンプルなデザインでスウェード製。ミッドソールが特徴的で、つま先には丸く、土踏まずには食い込む形でアールを描き、トップラインが高くて履きやすそうな、黒色のタイプだ。

「自首しますよ」

男は頭上からそう言った。

見上げると、流れ出る血と両方の黒目がテラリテラリと光っていた。

「え……」

恵平は可能な限り素早く立った。

「自首します……って？」

「進藤玲子。吉田優衣子。小野沢秀志──」

よく知る三人の被害者の名前を、頭の中で反芻《はんすう》する。男は言った。

「──それからあなた。これから、僕が、殺しました」

男は背中に手を回し、折り畳みナイフの刃を立てた。平野が言ったハバロンだ。さほど大きなナイフではないが、刃先は鋭く光を弾《はじ》く。恵平は後ずさり、武器になるようなものを探して周囲を見たが、だだっ広い空間には角材もなければパイプもない。

「もしかして山口伸也さん？」

ジリジリと後ずさりながら聞いてみる。すると男は動きを止めた。

「日本の警察は優秀だって聞くけれど、本当なんですね」

「どうしてこんなことをするの」

「気がつかないから」

「え？」

「会ったの、何度目だと思いますか。ぼくと、あなたが会ったの」

「……え……」

二度目のはずだと恵平は思った。さっきと今と、でもわからない。そう聞くからには自分のことを、もっと前から知っていたと言うのだろうか。

「最初の時は焼き鳥屋。あなたは席を譲ってくれた。ぼくは座れなかったけど、譲ってくれようとしたのは確かだ……こんな……殺人者に」

「……覚えてる、覚えています。ダミちゃんの外でウロウロしていた人ですね？」

山口は「ふっ」と笑った。

「二度目の時は定食屋。あなたの隣でビールを飲んだ」

ゾッとした。

「どうして、私を……つけ回していた?」

「ネットニュースで顔を見たから、あなただと、すぐにわかった。焼き鳥屋でぼくに席を譲ってくれた人だって」

山口の歯が見える。黄色い乱ぐい歯を剝き出して笑っている。

「こんな若いのに警官なんだと、そう思って、興味を持って、警察署へ見に行った。ぼくの事件で大騒ぎになって、マスコミが大勢押し寄せていて、だから誰も怪しまなかった。ぼくも一緒に待っていた。あなたが出て来るのを待っていた。本当に警察官なのかなと……思って……」

「本当に警察官よ」

恵平は言い切った。仕事に誇りを持つこと。誇りを持って仕事をすること。月岡の言葉が、今では胸に刺さっている。

「だから教えて、あなたはどうして進藤玲子さんを殺したの?」

恵平はポケットをまさぐって、スマホに犯人の声を録音しようとした。

途端に、凄《すさ》まじい音で着信が来た。

山口は叫びながら襲いかかって来た。宙を裂く刃を間一髪で躱《かわ》したが、スマホは恵平の手を離れ、床に落ちて、鳴り続けている。

「どうして？　どうしてって、決まってる。玲子ちゃんをスターにしたのはぼくだ。ぼくが彼女をプロデュースして、ぼくが彼女を売り出したんだ」

山口は恵平のスマホを遠くへ蹴《け》った。

「プロデュースって、彼女の胸の、タトゥーのことを言ってるんですか」

「そうさ」

山口は満足げに首を傾げた。

「夜勤のとき、二人だけになって絵を描いたんだ。ぼくが直接彼女の胸に。それで彼女は仕事が増えた。ぼくのおかげだ。あの蝶《ちょう》を選んだのはぼくだし、乳首に止まるアイデアを出したのもぼくだ」

「フジミドリシジミですね。八王子の山にいる」

「可憐《かれん》で珍しい、小さな蝶だよ。玲子ちゃんにそっくりなんだ」

山口はまたも笑った。かしましいスマホの呼び出し音は、切れたと思うとまた鳴り始める。片手にナイフ、片手はズボンをまさぐって、山口はポケットから紐を取り出

「捨てろ！」

した。この男には、女性の首を絞める性癖があるのかもしれない。

「進藤さんとは仲がよかったんでしょ？　それなのに、あなたは進藤さんが売れ始めたことを、一緒に喜んであげなかったの？　仕事が増えて、メジャーになって、夢を叶《かな》えられたかもしれないのに」

「喜んだよ。もちろんぼくも喜んだ。でも、あの女……」

山口はナイフを持つ手で紐の端を持ち、強度を確かめるようにピンと張った。

「……あの女はぼくに言ったんだ。本物のタトゥーをいれるから、もう描かなくていいと言ったんだ。五万円払うから図鑑を売って欲しいって。もう、ぼくには蝶を描いて欲しくないって」

ふざけるな！　と、山口は叫んだ。ドスが利いて底冷えのする、低くておぞましい声だった。

「図鑑を見ながら描いたのは何度かだけで。そのあとは、空で描けるほど練習したんだぞ」

「図鑑……吉田優衣子さんに貸したわね？　あなたが殺した二人目の人よ」

「あの蝶に興味があると言ったから、図鑑を貸した。写真を見なくても描けるから、もう図鑑はいらないと思った」

恵平はジリジリと後ずさる。山口は階段やエレベーターがあるほうに立っていて、恵平の背後には窓がある。もしも窓から飛び降りたとして、四階ではやはり助かるまい。隙を突いて階段に逃げることは可能だろうか。考える。

「進藤玲子さんのバストを切り取ったのはなぜ？」

「ぼくのものだから」

と、山口は言った。

「あれはぼくの作品だ。ぼくが考えて、ぼくが描いた。勝手に売りに出されちゃ困る」

狂っている。と、恵平は思った。

「吉田優衣子さんを殺したのはなぜ？　彼女の胸にも蝶を描いたの？」

「描かないよ」

と、山口は言った。

「それならどうして彼女を殺して、彼女の胸を傷つけたの」

「フランセーズ悠々に刑事が来たから」

「どういうこと？」

山口はまた笑う。

「だって、ぼくが玲子ちゃんにタトゥーを描いたのがわかったら、刑事はぼくを疑うだろう？　だからバストマニアの犯行にするしかないと思った。死ぬのは誰でもよかったんだけど、吉田さんにはたまたま図鑑を貸していたし、ハイキングの参加者だったから、申し込み票で住所もわかったし」

「それだけ？」

「そうだよ」

　体中の血が沸騰する。ただそれだけのために彼女を殺したのか。殺して、奪って、捨てたのか。まるきり価値のないもののように、彼女と彼女の人生を、陵辱して捨てたのか。

「……ひどい」

　小野沢を殺して火をつけた後、逃げて行く犯人や不審者が防犯カメラに映り込んでいなかった理由はこれだ。この男には心がない。それを犯罪とすら思わないから、犯行後も慌てることなく、普通の人に紛れられたのだ。こんな人間が存在するなんて、想像すらできなかった。スマホは遠くで鳴り続けている。その音はけたたましく、神経を逆なでする。恵平には、山口の苛立《いらだ》ちが見えるようだった。

「撮影の時、ホテルに、山口さん、あなたはいたのね。進藤さんを狙うつもりで」

「そうだよ。レフ板を持っていたのがぼくだ。彼女の最後の作品だから、きれいに撮らせてあげたかったし、実際きれいに取れたはずだよ」

「撮影隊は全員一緒にホテルを出たと」

「ホテルを出てから、また戻ったんだ。裏口からね」

「ずっと計画していたの？　樹脂を用意して、撮影隊を見張っていたの？」

「玲子ちゃんが話してくれた。スタジオじゃなくてホテルを使っていることも、監督がその場で適当にアルバイトを見つけてくるから、照明が下手くそで、肌がきれいに映らないって」

なんてこと。なんてことだろう。

「私も殺すの？　わたし、胸が小さいよ」

我ながら情けないが、口をついて出たのがそれだった。ああ。せめてジャンパーを着ていたら、腕に巻き付けて刃物を避《よ》けることができたのに。

「きみの胸はいらない」

山口は即答した。

「それよりぼくと一緒に死のう。若い警察官と殺人犯。一緒に死んだら伝説になるよ」

「いらない！　そんな伝説は」

山口は襲いかかって来た。恵平の首に紐《ひも》を掛け、力任せに自分の胸に抱き寄せた。恵平は紐の隙間に手をはさみ、山口の力に抗《あらが》った。

片手にナイフを持っているので、彼は思うように紐を引けない。腕で恵平を拘束しようとしたとき、彼女は肩の関節を外し、床にしゃがんで向こうずねを蹴った。山口は一瞬ひるんだが、すぐさま腕を振り回し、ナイフの切っ先が肩口に触れた。トレーナーが切れて血が滲《にじ》む。それでも恵平は動きを止めず、階段に向かって走ろうとしたが、首根っこを摑《つか》まれて転倒した。仰向《あおむ》けにされ、刺されそうになる。顔をねじると耳が切れ、再度振り下ろされた腕を摑んで、小指を逆方向に折り曲げた。

「ぎゃ！」

ひるんだ隙に胃を蹴った。警察学校で習った護身術では、相手が倒れるはずだったけど、実践ではそうならなかった。山口は咳《せ》き込んだが、まったく攻撃を止めようとしない。恵平は四《よ》つん這《ば》いになって廊下へ逃げた。

「待て」

また足を摑んで引き戻される。仰向けになると、体の上に乗って来た。

再び両手で手首を摑む。今度は小指に届かない。押し合いになれば相手が有利だ。

切っ先は恵平の鼻先まで攻め寄ってきた。

――お母さん！――

思わず目を閉じたとき、チン！　とエレベーターの音がして、誰かが、

「きゃーっ」と大声で叫んだ。

「きゃー！　おまわりさん、きゃー！　人殺しーっ」

「大変よーっ、誰か来てーっ、来てくださーい！」

突然の悲鳴で山口の体が少し浮き、恵平が体を捻《ねじ》ったとたん、ナイフが床に突き刺さる。間髪容《い》れずに目を狙う。二本指の目潰《めつぶ》しは眼球を逸《そ》れたが、山口がひるんだ隙に拘束が解けた。見ればエレベーター前に派手なおばさんが三人もいて、しきりに悲鳴を上げている。

「危ない！　危険だから逃げてください！」

もう、自分のことなどどうでもよかった。警察官としての使命が滾《たぎ》り、恵平は彼女たちの許《もと》へ走り寄る。

「いやー！　この人、血が出てるっ」

「だから離れて、離れて下さい」

山口が襲いかかってくる。闖入者《ちんにゅう》に興奮し、闇雲にナイフを振り回す。その一閃《いっせん》が

恵平の首を切ろうとしたとき、何かが恵平の首に触れ、次いでナイフに巻き付いた。体を引かれて、逞《たくま》しいおばさんの胸に抱かれる。

ドスの利いた声がした。

「オネエと思ってなめんじゃねえぞ！」

振り向くと、盾のようにカツラを持ったダミさんが、山口の前に立ちはだかっていた。もう一人のおばさんもキラキラドレスをめくり上げ、ハイヒールを脱いで両手に握り、腰を屈《かが》めて戦闘態勢に入っている。突然男になったおばさんたちに、山口はサッと顔色を変えた。

「なんだ、おまえら」

「見りゃわかんだろ？　オカマだよ」

山口は奇声を上げてダミさんに躍りかかったが、ダミさんは軽々と攻撃を避け、よろめく山口にハイヒールの鉄槌《てっつい》が下った。山口は倒れ、手にしたナイフが遠くへ飛ぶと、ダミさんたちはその背中に容赦なくダイブした。

「やれー、ダミちゃんかっこいいー、シンちゃん痺《しび》れる、オトコマエっ！」

恵平を抱きしめたまま、逞《たくま》しいおばさんが拳《こぶし》を振るう。男になったおばさんたちは、鮮やかな手口で殺人犯山口を拘束した。

うつ伏せにされ、ストッキングで後ろ手に縛られて、さらに両足もキッチリ括《くく》られ、山口は床に投げ出されていた。ダミさんは恵平の命を救ったカツラを拾ってまた被《かぶ》り、二人のおばさんたちはストッキングを脱いだせいであらわになったスネ毛をドレスの裾《すそ》で隠していた。

「だいじょうぶかいケッペーちゃん、ヤベーな、血が出てるじゃないか」

そう聞く声はダミさんで、でも、化粧した顔はおばさんだ。

警察官だから、自分が彼らを守らなきゃならないと思っていたのに、山口が拘束された途端、恵平は腰が抜けていた。何が起きたかわからない。わかるのは、殺されずに済んだということだけだ。

「ダミさん……どうして……」

床に座ったままで、恵平はダミさんに聞いた。

「うちの前を通るのを見たからね。ちょうどお客を送り出すとき。ケッペーちゃんの後ろをこの野郎がついていったから、すぐジュリちゃんとシンちゃんに声かけて、追いかけたんだけど、どっかの路地へ入っちゃうから、見失って遅くなったんだよ。スマホの音が聞こえなかったら、危ないところだった」

「……シンちゃん……？」

「シンコでぇーっす」

キラキラドレスのおばさんが笑う。

「……ジュリちゃん」

「私よ、ジュリエット。ダミさんの向かいのスナックのママ。『億千万子《おくせんまんこ》』っていう」

「そのくらいにしとけ」

とダミさんは言い、そしてようやく恵平は思った。派手なおばさんたちじゃなかった。ダミさんだった。三人とも男の人だった。守らなきゃと思って守られるなんて、自分が如何《いか》に慢心し、非力で、バカだったのか。ダミさんたちが来てくれなかったら死んでいた。殺されて、平野や桃田に捜査されるところだった。でも助かった……助かったんだ……そう思ったら涙が出てきた。

遠くからパトカーのサイレンが近づいて来る。部屋の隅に蹴《け》り飛ばされたスマホをジュリちゃんが拾って来てくれて、見れば平野、桃田、伊藤と係長、そしてたぶん竹田からも、何本もの着信履歴が残されていた。

「あらー、一一〇番しなくても場所がわかるの？　警察って便利よねー」

画面を覗《のぞ》いてシンちゃんが言う。

「た……ぶん……追跡機能を使って、えっ、えっ……」

恵平は泣きながら平野に返信した。

「えっ、えっ……」

――ケッペー！　無事か。この野郎っ！――

平野の怒号が聞こえた途端、恵平の涙腺《るいせん》は決壊した。

「ひらっ、うえっ、ひら、ひっく……ダミ……や、山……ぐ……うわーん！」

こりゃダメだとダミさんは言って、恵平の代わりに平野と話した。

床に転がされた殺人犯は、舌をかみ切らないようにというダミさんの提案で、ジュリちゃんのブラジャーを咥《くわ》えさせられていた。ジュリちゃんはペッタンコになった胸が恥ずかしいと言って、両手で胸を隠している。

「ところで、ねえ？　色男の警察官も来るかしら？」

こんな時なのにジュリちゃんは、ドレスの裾を引っ張っている。その姿が平和すぎて、恵平は声を上げて泣き出した。

工事中の部屋のサッシにパトカーの赤いライトが光る。心優しき三人のオネエは、恵平の仲間が到着するまで、背中をさすっていてくれた。

エピローグ

幸いにも恵平は軽傷ですみ、腕を八針、耳は三針縫っただけで、入院の必要はないと診断された。お気に入りだった無印良品のトレーナーはザックリ切られてお釈迦《しゃか》になったが、補修して着るつもりで、今も大切に取ってある。早退したにも拘《かか》わらず勝手に捜査を続けたことに対しては、案じていたほどのペナルティは科せられなかった。恵平がした聞き込みは正式に捜査と呼べるようなものではない稚拙さだったし、早退後の自己管理の甘さという点でのみ、係長や伊藤から大目玉を喰らった。罰として指紋鑑定の専門家について鑑定方法を徹底的にレクチャーされることになり、腕や耳の傷が癒《い》えるまでは、勤務中に署から一歩も出るなと言い渡された。

恵平が研修でキュウキュウしていたある日のこと。

ダミさんと二人のおばさんが丸の内西署へ呼ばれて来た。山口伸也逮捕に協力した功績により、感謝状を授与されることになったのだ。恵平はそれが嬉《うれ》しくて、正面ロビーで三人を出迎えた。ハチマキではなく整髪料で髪を固めて、鯉口シャツではなく背広を着たダミさんがやって来たとき、その両脇を白いドレスのシンちゃんと、真っ赤なイブニングドレスのジュリちゃんが固めて、職員たちの度肝を抜いた。

「ねえ？　あの刑事さんはどこ？」

脇を通るとき、ジュリちゃんが恵平に聞いてきた。

「あの刑事さんって」

平野のことだろうかと思って聞くと、

「白髪を真ん中分けした刑事さん。武田《たけだ》鉄矢《てつや》にそっくりの、会えるかしら？」

恥じらいながらジュリちゃんが答えた。

「竹田さんはうちではなくて、本庁捜査一課におられます」

教えてあげるとジュリちゃんは悶《もだ》えた。

「そうなの？　いやだあーっ、せっかくお洒落《しゃれ》してきたのにぃーっ」

「はい、わかった、わかった、そこまでにしとけ。俺っちが、もっといいのを紹介してやるからさ」

戸惑う案内役の職員を尻目《しりめ》に、ダミさんは二人をエスコートして行った。

そしてついに山口の送検が終わった日。丸の内西署の刑事課を竹田刑事が訪れた。

彼は人形焼きをたくさん買ってきて、鑑識の連中にも喰《く》わせてやれと平野に言った。

「どうだ？　ひよっこは。続けられそうか？」

ずしりと重い包みを受け取って、平野が答える
「大丈夫じゃないすかね。ああ見えて、堀北はタフだから」

そうか、と竹田は小さく笑い、

「よろしく言っておいてくれや」

と、踵《きびす》を返した。

「あれ、会ってかないんすか？　鑑識にいますよ。今は指紋鑑定の研修中で」

「やめとくよ。ケツの青いひよっこなんざ、ションベン臭くてかなわねえ」

平野はニヤリと竹田に笑った。

「って言いながら、竹田さん。けっこう堀北のこと、気に入ってましたよね？」

「なに言ってんだ。そんなことあるか」

「だって、堀北をひよっこだって……あいつはまだ卵なのに」

竹田は一瞬戸惑って、それから頭をガリガリ掻《か》いた。

「またな。相棒」

片手を挙げて去って行く。

平野は袋一杯の人形焼きを見下ろすと、「胸焼けしそうだな」と呟《つぶや》いた。

山口伸也の取り調べは今も続いているが、本人はまったく悪びれることなく、レジンで固めた胸はどうなったのか、あれをどんなに苦労して作り上げたかということを得々として話すという。山口が案じているのは罪状や刑罰ではなくて、『作品』が自分の手元に戻って来るかということだけだ。弁護士が精神鑑定を要請し、検察側も了承したという。

山口の『作品』は、証拠品として丸の内西署が保管している。本来ならば荼毘《だび》に付し、適切に葬るべきだが、それを見た遺族の衝撃を思えば安易に戻すこともできない。彼女の胸は白い風呂敷に包まれ、花と水と線香を供えて、今のところは証拠品保管室に置かれている。山口の送検が滞りなく済み、遺族の気持ちが落ち着いた頃、どうするべきか検討することになりそうだ。

保管室の前を通るとき、恵平は考える。様々な顔を持った進藤玲子という女性のことを。女優であり、看護師でもあった美しい人。ひたむきに夢を追い続けた彼女の失われた未来を考える。

そうして被害者たちに誓うのだ。私は事件を忘れない。今はそれしか言えないけれど、あなたたちのことも決して忘れはしませんと。

十一月も終わりに近づいたある晩のこと、当番勤務で一緒になった伊藤とともに、恵平は休憩所でお茶を飲んでいた。

定時退署の桃田が通り、恵平と伊藤の姿を見ると、赤いフレームを指で上げ、ニッと笑って立ち去っていく。今夜の当番はお願いしますと、桃田流の挨拶《あいさつ》だ。

入れ替わりに平野がやって来て、缶コーヒーを買ってベンチに座った。静かな夜で、三人が飲み物を啜《すす》る音だけが小さく響いたその後に、

「そういやぁ……」

と、伊藤が平野の顔を見た。狭いベンチに三人が並ぶ、ちょっとシュールな光景だなと、恵平は密《ひそ》かに思っていた。

「平野。おまえ、よく知ってたな」

「え。何がすか？」

「岩渕宗佑の事件のことさ」

「ああ、あれ」

「勉強したのか？　類似事件のことを調べたのか」

「や。聞いたんですよ。先輩に」

「どの先輩だ」

恵平は、ペイさんやメリーさんから聞いた柏村のことを、まだ平野に伝えていなかった。それどころではなくなって、すっかり失念していたのである。

「派出所の、柏村さんっていう」

「柏村？　どこの派出所だ」

伊藤は身を乗り出した。

「どこっていうか……んー」

平野は困った顔で首を傾げて、

「東京駅うら交番？」

と、茶化《ちゃか》すようなそぶりで伊藤を見つめた。

「あ？……おまえ、そこへ行ったのか」

伊藤の反応は思いがけないものだった。平野より先に恵平が聞く。

「伊藤先輩はご存じですか？　うら交番と、柏村さんのこと」

すると伊藤は身を乗り出して恵平を見た。

「堀北も知っているのか。行ったのか？」

「はい。平野先輩と」

「昔、ときわ橋にあったっていう交番か？　古い煉瓦《れんが》の」

「そうです」

「ていうか、伊藤さんはどうして知っているんすか」

伊藤は立ち上がり、眉《まゆ》をひそめて額を掻いた。ボリボリ……それから手にしたお茶を飲み干して、ゴミ箱に缶を捨て、黙っている。恵平は平野と顔を見合わせた。

「もしかして、幽霊なんすか、柏村さんは」

「いや……」

「たまたまだと会えるんですが、探そうとすると交番がないんです。超絶うまいお茶を出してくれるんだけど」

「いや……そうか……いや」

伊藤はゆっくり振り向いた。

「柏村ってお巡りと幻の交番は、警視庁の伝説みたいなものなんだがな、俺も一度だけ、あの交番に行った人から話を聞いたことがある」

「伝説？　どういうことですか」

恵平は思わず席を立ち、平野もまた立ち上がった。

「酔っ払っていたらしい。東京駅の周りに幻の交番があるって話は、飲み会の席なんかでOBがよく話すんだ。都市伝説みたいなもんで、知っているヤツはけっこう多い。俺の先輩も一度だけ、暮れにスリを追っかけて、地下道へ入って、その先で古い交番に……」

「赤い電球が下がっています。高架下に食い込むみたいな建物で」

「そう。そこで年寄りの警官に会って、お茶をもらったことがあると」

「柏村さんだ。何か話を？」

「いいや」

伊藤は笑った。

「警官をやめようと悩んでいた時だったそうだが、そのお茶がおいしくて……なんとなく、辞めるのをやめたそうだ」

「それっていつのことですか」

「もう二十年も昔のことだ。先輩も亡くなっているし、その後も何度か探してみたが、一度も行き着けたことはないと言っていた。似たような話はたまに聞く。ここだけの話、前の警視総監も」

「警視総監」

恵平と平野は姿勢を正した。

「幻の交番を知っておられたそうだ」

「つか、幻じゃないけどな」

平野は不満そうな顔をしたが、伊藤はそれを一笑に付した。

「探して、なくて、諦《あきら》める。大抵がそんな話をする。夢なのか、気のせいなのか、俺は興味があったんだがな、残念ながらそんな体験をしたことはない。今回の事件もそうだが、現実の事件がこんなにも奇妙だと、幻の交番くらい、なんちゃないような気になるもんだ」

伊藤は笑い、平野の肩に手を置いた。

「ちょっとションベンしてくるわ」

そして休憩所を出ていった。

「マジかよ……」

平野はコーヒーの缶を放った。

カランと乾いた音がして、恵平は、柏村の優しげな笑顔を恋しく思う。そして、柏村さんには救いたい人がいるのよという、メリーさんの言葉を思い出していた。

人の少なくなった建物に、何人かの仲間たちがまだ勤務している。東京駅おもて交番には、洞田と伊倉が詰めている。柏村には仲間がいるのだろうか。恵平は、午後の紅茶をゆっくり飲んだ。

「また探しに行きますか？」

訊《たず》ねると、平野はチッと舌を鳴らした。

「酔っ払ってなきゃ行けないのなら、次は暮れだな、年の暮れ」

そう言って、彼も出ていく。

それはもしかして、二人で忘年会をやろうという意味だろうか。

「まさかね」

黒いスーツに黒い髪、スレンダーな平野の背中を見送りながら、恵平は考える。自分もいつか、彼らのような警察官になろう。平野や伊藤や桃田や係長や、そして伊倉や山川や洞田……竹田のような警察官に。

丸の内西署の夜は、深々と更けていく。

……to be continued.

【主な参考文献】

『世界の建築様式』エミリー・コール編著　乙須敏紀訳（GAIA　BOOKS）
『〈物語〉日本近代殺人史』山崎哲（春秋社）
『関東大震災と横浜　廃墟から復興まで　関東大震災90周年』横浜都市発展記念館・横浜開港資料館（横浜市ふるさと歴史財団）
『絵解き東京駅ものがたり　秘蔵の写真でたどる歴史写真帖』山口雅人／資料写真（イカロス出版）
『東京駅の履歴書　赤煉瓦に刻まれた一世紀』辻聡（交通新聞社新書）
『加藤嶺夫写真全集　昭和の東京　5　中央区』川本三郎・泉麻人／監修（デコ）
『新聞紙面で見る二〇世紀の歩み　明治・大正・昭和・平成　永久保存版』（毎日新聞社）
『東京路地裏横丁』山口昌弘（CCCメディアハウス）
『信州の年中行事』斉藤武雄（信濃毎日新聞社）

本書は書き下ろしです。この作品はフィクションです。設定の一部で実在の事象に着想を得てはおりますが、小説内の描写は作者の創造に依るものであり、実在の人物、団体、事件等とは一切関係ありません。

COVER《カバー》　東京駅《とうきょうえき》おもてうら交番《こうばん》・堀北恵平《ほりきたけっぺい》
内藤《ないとう》 了《りょう》

角川ホラー文庫　21775

令和元年８月25日　初版発行

発行者——郡司 聡
発　行——株式会社KADOKAWA
〒102-8177　東京都千代田区富士見2-13-3
電話 0570-002-301（ナビダイヤル）
印刷所——旭印刷株式会社
製本所——本間製本株式会社
装幀者——田島照久

ISBN978-4-04-107786-3　C0193